どきどきフェノメノン

A phenomenon among students

森 博嗣

角川文庫 15107

JN264401

「可愛《かわい》いわね、先生は。可愛い目をしていらっしゃるわね。」

彼らは僕には女生徒よりも一人前《いちにんまえ》の女という感じを与えた。林檎《りんご》を皮ごと噛《か》じっていたり、キャラメルの紙を剥《む》いていることを除《のぞ》けば。……しかし年かさらしい女生徒の一人は僕の側《そば》を通る時に誰《たれ》かの足を踏んだと見え、「御免《ごめん》なさいまし」と声をかけた。彼女だけは彼らよりもませているだけにかえって僕には女生徒らしかった。僕は巻煙草を咥《くわ》えたまま、この矛盾を感じた僕自身を冷笑しない訳には行かなかった。

（歯車　／　芥川龍之介）

1

狭苦しい乗りものの中で、すぐ隣に座っている男性の存在感が圧倒的だった。飛行機だろうか。これは夢だと思った。彼の向こうに小さな窓があって、それがとんでもなく眩《まぶ》しい。彼は完全なシルエットになって、とんがり帽子を被《かぶ》っていること以外、人相などさっぱりわからない。インド人のような気がする。その彼が顔を近づけて、不思議な言葉を口にしたかと思うと、内容の印象だけを鮮明に残しつつ、あっという間にすべてが消えてしまった。飛行機ごとブラックホールへ突っ込んだら、こんな感じだろうか。躰《からだ》が一度痙攣《けいれん》して、ホットプレートの上の烏賊《いか》みたいに跳ね上がった。

こうして、窪居《くぼい》佳那《かな》は今日もまた戦慄《せんりつ》の朝をベッドで迎えた。だが、ベッドの上にいるだけ上等といえる。ベッドの下にシーツごと落ちていたり、知らないうちにソファへ移動していたり、ときには、プロレスラのようにベッドに片足だけのせていたり、といった程度のことは彼女にはごく普通のこと。これはテレポートの類《たぐい》の特殊能力ではない（彼女は、そういった馬鹿げた能力を一つも信じていなかったが）。泥酔したときにときどき発生する記憶の不連続とはまた別の、もう少しだけ落ち着かない不安定さが感覚としてたしかにあったものの、しかし、小さいときからずっとこうだったので、すっかり慣れている。客観的に見て自分はもう大人なのだし、たとえば、なにかの間違いで他人と同居しなければならない事態に陥る可能性もある。そう、そろそろ現実のものとなる可能性もなきにしもあらずだ。否、自分さえしっかりしていれば、そんな間違いはないとは思うが……、少なくとも、子供の頃よりは可能性が高まっているのは認めないわけにはいかないだろう。それなのに、自分のこの天性の寝相の悪さはどうにも直らない。これが彼女の七つの大きな悩みの一つだった（残りの六つについては、おいおい語ろう）。といっても、寝ている間に違う部屋へ行くとか、屋外を徘徊《はいかい》するといったことはないので、今のところ実害はない。したがって、現在ではなく、将来的な悩みというべきだろう。そのときになったら、そのときである、とも思える。たとえば、ベッドの柱と自分の手首を縛っておくなどの対策が考えられる。実は紐《ひも》を使って既に試したことがあって、見事に失敗した。無意識の彼女も、紐くらい解《ほど》けることが判明しただけだ。今度は、自転車の盗難防止用の鍵《かぎ》付きの鎖か、あるいは手錠（どこに売っているのか知らないが）を試してみよう、とそのときは考えた。でも、もしも夜中に地震や火事があったり、泥棒が侵入したり、などの不測の事態を想像すると、鎖や手錠で自らを拘束する行為の危険性は否定できない。そのまま焼死してしまった場合、現場検証の結果はどうなるのか。死んでしまえば無関係だが、謂《い》われのない同情をかいたくない、と正直思った。それを考えると今一つ思い切れないのである。

佳那はベッドから起き上がり、バスルームへ直行した。これもいつものコースだ。これ以外の手順で目覚めた場合には、一日体力が持続しないことが明らかになっている。否、体力ではない。気力、すなわち精神力だ。ようするに、一日やる気が続かない。どうしてだろう？

もの心がついた頃から毎朝バスルームでシャンプーをしてきたからかもしれない。それができなかったのは、修学旅行や、クラブの合宿のときくらいだった。いずれも、やる気が途中で消え失《う》せた。修学旅行やクラブの合宿が共通してつまらなかったからかもしれない。だいたいにおいて、生活の身近に他人がずっと存在し続ける状況というのは、彼女は好きではない。できれば自分独りきりが良い。こんなふうで将来どうなるのか、と少し心配ではあったけれど、これは一種のハードルであって、この嫌さを乗り越えるような好ましい状況がきっと訪れるにちがいない、とも考える。べつに、白馬に乗ってこなくても良いけれど、どこかの国の王子様だったら、ハードルをクリアするかもしれない、ということだ。そうでなければ、世の中のこんなに大勢が恋人と暮らしたり、結婚したりするはずがないではないか。

バスルームには、シャンプーが二十本以上置いてあった。間違いやすいのでマジックでナンバが書かれている。今日は十七番を使う日だ。つまり、今日は十七日である。とにかく、熱い湯を頭から浴びて、髪を洗った。

躰がようやく目を覚ます。気持ちが良い。表面から熱が浸透して、閉じ籠《こ》もっていた感覚がじわじわと戻ってくる。自分は無数の微生物によって活《い》かされている、と空想する。どういった結合によって、ばらばらにならないのか、その理由も考えてみたが思いつかない。磁石とかではないだろう。ちょっとだけつんとくる香りがした。髪は短いので、たちまち洗えてしまう。躰も暖まった。

お湯を止め、バスタオルを頭から被る。鏡の前に立って、歯を磨く。メガネをかけていないので、自分の顔がぼんやりとしか見えない。それでも、ガラスの曇りを拭《ぬぐ》い、顔を近づけ、目を見た。ときどき充血していることがあるからだ。今日は大丈夫。

バスルームから出て、初めて時計を見る。薬屋でもらった水中メガネをかけたウサギの時計だ。いつもの時刻だった。目覚ましを設定したことはない。だいたい決まった時間に起きるように彼女の躰はできている。この点は、とても便利な機能だと思う。そうか、この機能がない人は、起こしてくれる誰かを見つけなければならないってことか、とも思う。

冷蔵庫からミルクを出してグラスに注いだ。パンを一枚トースタに入れてから、服を着ることにする。

電話のメロディが鳴った。いつもの時刻よりも少し早い。

彼女は携帯を片手に取った。

「おはよう。もう頭は洗ったかね？」

「洗ったとこ」

「十七番だ」

「そう、十七番」彼女はクロゼットからジーンズを引っ張り出しながら話す。

「どうだったね？」

「うーん、まだ、わかんない」そのままベッドに腰掛け、片脚を通し始める。「まだ乾いてないもん」

「洗っているときは？」

「そう……、ちょっと、香りが強いかも」

「うん、そうだ、そのとおりだ」

「悪くはないと思うよ。ねえ、雨太郎《あまたろう》、元気？」

「健《すこ》やかだ。今日の夕方、武蔵坊《むさしぼう》がそちらへ訪ねていく、飯を食わしてやってくれ」

「えぇ！　嘘《うそ》」

「本当だ」

「そんなの急に言われても……」

「昨夜、連絡があった。遅かったので、君には電話ができなかった。すまない。七時頃だそうだ。なにか、大事な用事でもあったかね？」

「いいえ、ないけどぉ……。でも、大学から帰ってこないといけないわけでしょう？　私、これでもけっこう忙しい身なんだから」

「頼む。この借りはきっと返す」

「父さんさ、武蔵坊さんに、借金でもあるの？」

「何をいうか。私がそんなことをする男に見えるかね」

「いえ、見えないけどさぁ」

「情けない」

「あのね、娘のところへ変な男を寄こすってのも、けっこう情けなくない？」

「いいや。武蔵坊は変な男ではない。安心しなさい」

「わかってるけどぉ」

しかし、他人にご飯を恵んでもらうこと自体、充分に情けないし、大いに変だと思ったが、それ以上言っても無駄なので口にしなかった。

「母さんは？」

「寝ている」

「元気？」

「死んだように寝ているから、わからない」

「あ、じゃあ、またね」

「気をつけて」

「え、何に?」

電話が切れた。佳那は口を尖《とが》らせる。武蔵坊に気をつけて、という意味ではないだろうな、と彼女は考える。

トースタが鳴った。シャツのボタンをとめながら、ダイニングへ戻る。キティちゃんの焦げ目がついたトーストを、一口齧《かじ》ってから、皿にのせた。もう一杯ミルクを飲みたくなった。

2

窪居佳那は自転車を愛用している。子供のときは、自転車に乗ったことがなかった。自分が乗れるとは思っていなかった。これは、大学に入ってからだ。両親にはまだ打ち明けていない。大学院に上がったときには新しい自転車に買い替えた。普通の自転車の三倍ほど高いやつだ。一見、高くは見えない。事実誰にも、「良い自転車だね」なんて言われたことはなかった。価値がわかる人間が身近にいない、ということだ。もちろん、彼女の方からその話をしたこともない。

彼女は自慢話が嫌いだ。人が自慢するのを聞くのも駄目。なにかのトラウマではないか、と思えるほど拒否反応が現れる。だから、自分もそんな真似はしたくない。そもそも彼女の場合、自分のことを、すすんで話すようなケースは滅多になかった。かといって、無口というわけではなく、人の話には適当に合わせることができる。そんなことはとても簡単なことで、子供のときから、そうして話を合わせていれば友達ができることも知っていた。それは、電車に乗るためには切符が必要なことと同じだ。切符が買いたくて電車に乗っているのではない。

大学までは、平均すれば上り坂である。アップダウンも多い。しかし、歩くよりはずっと楽だ。自転車で坂道のカーブを下るときの爽快感《そうかい》といったらない。躰《からだ》が傾き、遠心力を受け止める。オートバイのレーサになった気分が味わえる。そう、レーサの映画を観たことがあった。中学生のときだ。あれは、とても好きな映画の一つ。観たときは、将来は自分もレーサになろうと決意したのに、何故か、彼女のこれまでの人生には、その入口はなかった。どうやったら、オートバイのレーサになれるのだろう？　まず、オートバイを買わなくては駄目なのか、それには、免許が必要だ。たとえば、自分の父親がレーサだったり、メカニックだったり、メーカの幹部だったりすることに比べると、かなり道程は遠い。人生というのは、それぞれが、いろいろな位置に生まれ落ちて、自分の行きたいところが遠い人と近い人がいる。そんな不公平が最初からあるように思えてしかたがない。

キャンパスの近くの交差点に病院がある。その隣に小さな花屋と果物屋が並んでいる。きっとお見舞いの人が利用するためだろう。病院に寄生した商売といえる。観光地の土産物屋もそんな印象だ。剣道の教室で知り合った友人がその花屋でバイトをしている。ちょうどシャッタを上げて、大きな鉢を抱えた藤木美保《ふじきみほ》の姿が見えたので、佳那は道路を横断して、そちらへ近づいた。

「おはよう」美保が見つけて白い歯を見せる。「昨日のサッカー見た？」

「見てない」ガードレールの横に佳那は自転車を停める。跨《また》ったままだ。「サッカーの花言葉は？」

「サッカーに花言葉なんてないよ」

「今日の夕方、寄るから」

「どうして？」

「花を買うの」

「へえ」美保は目を丸くする。「じゃあ、取っといてあげようか？」

「うん、じゃあ、薔薇《ばら》を適当に四、五本、見繕《みつくろ》っといて」

「適当ね」

「じゃね」

「あ、ちょっと、ね、ね」後ろから呼び止められる。

自転車なので、バックができない。代わりに、横断歩道の手前まで美保の方が駆け寄ってきた。

「何？」

「今度の金曜さ、飲み会があるんだけれど」

「私、飲まないから」

「べつに飲まなくていいよ。ね、お願い。なんだったら、奢《おご》ってもいいよ」

「え？　わかんない。どうして？」

「なんか、一人だとぉ、ちょっとさ、心細くって」

「何の飲み会？」

「うんと、ほら、道場の菅《すが》さんから、誘われて」

「あぁあぁ」

「ね、いいでしょう？」

「金曜日かぁ……」

「どうせ独りでしょう？」

「むっかぁ」

「ごめんごめん。ね、私を助けると思って……」

「じゃあ、返事は夕方」

「ね、お願いね」

「訳ありな感じ」

「ゆっくり話す、あとで」

だいたい想像ができた。

菅さんというのは、菅洋子《ようこ》のことで、剣道教室の先輩である。佳那よりも五つくらい年上の独身女性で、たしか、銀行員。なにかと仕切りたがるキャラクタなので、佳那自身は多少苦手としている。否、おそらく、みんなが苦手としているだろう。そういう人間にかぎって、ことあるごとにイベントを企画し、大勢で行動を共にしようと企《たくら》む傾向にあるのは不思議な摂理といえる。菅が企画する飲み会には、だいたい彼女の職場の男性が四、五人やってくる。一方では、剣道教室を中心とした女性陣が招集されてこれを迎える、という図式だった。飲み会に「図式」を見てしまう佳那の方が特殊かもしれない。一度だけ出て、彼女は敬遠していたが、その後も続いていることだけは知っていた。

藤木美保は、もう幾度か参加しているはずだから、その場の雰囲気に対して心細いなんてことはありえない。つまり、彼女の心理状態になんらかの変化があった、ということである。それに、彼女が心細いなんて言葉を使うのは、過去の例からも明らかで、ようするに恋愛感情の控えめな表現なのだ。「恋愛感情」などという用語も、非常に客観的な視線を意識した言葉で、意識しないと多用してしまう自分の傾向を佳那は自覚している。何だろう、ほかの言葉を言い換えているような気がするのだが……。

坂道でペダルを踏みながら、佳那は舌打ちした。馬鹿馬鹿しいテーマだ。でも、ジェット気流の溜息《ためいき》とともに、しかたがないか、という言葉も呟《つぶや》いていた。

3

昼間でも暗い階段を上り、トンネルのような廊下を歩き、院生室のドアを開けた。鍵はかかっていなかった。合い鍵を全員が持っていて、佳那ももちろん持っているのだが、ほとんど使ったことはない。どんな時刻でも、たいがい誰かがいるし、いないときにも、施錠されていることは稀《まれ》である。

大地震のあとの惨状のように散らかった部屋を奥へ進むと、ソファに水谷浩樹《みずたにひろき》が寝ていた。粗大ゴミ置き場から拾ってきた白地に真っ赤な水玉模様のソファだ。水谷という男も、そのまま粗大ゴミ置き場に寝ていても違和感のない風貌《ふうぼう》で、佳那は常日頃からなるべく近づかないようにしている。ドアの開け閉めでけっこうな音を立てたが、彼は目を開けなかった。

彼女は自分のデスクに座り、パソコンをスリープから覚ます。ネットワークに繋《つな》がっているカレンダで、今日のスケジュールを確かめ、それから、メールをサーバから読み込んだ。ウィルスに感染したどこかのマシンが送信したと思われる意味不明のメール、出逢《であ》い系サイトの未承諾メール、事務からの掲示メール、発表会のエントリィを求めるメール、それくらいだ。

いつも見ているウェブサイトを二、三、軽くチェックしてから、そろそろ昨日の作業の続きをしようと気合いを入れ、実験データの入ったファイルと、文章を書いているエディタのウインドウを開いたとき、院生室のドアが開いた。入ってきたのは、鷹野《たかの》史哉《ふみや》だった。

「おはよう」佳那は気の抜けた口調を装って言う。

「あっれぇ、水谷、また徹夜ぁ？」鷹野は部屋の中へ入ってきて言った。「下宿引き払って、ここで暮らせばいいのに」

「そうだよね」簡単に相槌《あいづち》を打つ。

「起こさなくて良いかな？」

「さあ。私、お母さんじゃないから」

「窪居さん、昨日の実験どうでした？」

「駄目」佳那は首をふった。「せっかく手伝ってもらったけれど、やり直しになりそうな雰囲気」

「あ、やっぱり」

「今度は、水谷君に頼むから」

「いや、いいっすよ、僕、手伝いますよ」

「そんな暇ないでしょう？　ゼミ、今度当たってなかった？」

「実験しながらでも、文献くらい読めますし」

「いいよ、無理しなくって」

鷹野は、自分のデスクにバッグを置き、また部屋から出ていった。なにか用事があったようだ。筆記具を持っていったから、講義かもしれない。しかし、同級の水谷は寝ている。講義だったら、起こしていくだろう。この二人はM1、つまり、大学院の修士課程（マスタコース）一年だ。佳那の二年後輩になる。同じ講座では、留学生を除けば、佳那が一番歳上で、ドクタコースの在籍者で日本人は彼女一人。ほかに留学生の中国人が一人、韓国人が二人、この同じ部屋を使っているが、いずれも夜中にバイトをしているせいで、朝はそんなに早くない。

とにかく、今までのデータを図面に出力して、先生のところへ持っていこうか、と佳那は考える。彼女がマスタだったら、迷わずそうしていただろう。

十秒間ほど考えた。

考えた、というのは、天秤《てんびん》が止まるのを待った、という意味である。

ディスプレィをじっと見つめて、溜息をつく。この段階で持っていっても話にならない。駄目だ、まだ相談にいくわけにはいかない。

ソファに寝ていた水谷が音もなく起き上がった。首を少し傾けたまま、こちらを見る。目を細め、眩《まぶ》しそうな表情であるが、そういった表情の変化は実はごく僅《わず》かで、具体的にどこがいつもと違うのかといわれると、絶対に指摘できないだろう。子供向けの人形劇みたいに、表情に乏しいキャラである。

「あんたさ、授業はいいの？」

「え？」

「鷹野君、もう出ていったよ」

「あ、そうですか」水谷は座り直し、足を床に下ろした。「そうかあ……」天井を見て目を瞑《つむ》る。

そのまま動かなくなった。その姿勢でまた眠るつもりか、と思われたが、一分ほど経ったあと、急に立ち上がり、無言で部屋から出ていってしまった。頭の毛が立っていたし、服装もかなりみっともなく乱れていたけれど、教えてやる責任は感じなかった。

データの解析を進めて、ディスプレィとにらめっこをしている間に昼休みになり、M1の二人が部屋へ戻ってきた。水谷の毛はまだ立っていた。鷹野が生協へ一緒に食事にいかないか、と佳那を誘ったが、彼女は断った。頭がようやく暖まってきて、もう少し考えたかったからだ。昼を食べないことは彼女の場合、普通である。

次に時計を意識したときには、既に午後三時に近い時刻になっていた。鷹野が隣のデスクでキーボードを叩いていた。水谷の姿は見えない。きっと実験室だろう。

ずっと座っていたので、躰を動かしながら立ち上がった。鷹野がこちらへ顔を向ける。

長髪、日焼けした顔、スポーツマンタイプ、爽《さわ》やか系の彼である。

「没頭してますね」

「まあね」佳那は応《こた》える。

「実験、もうやりますか？」

「駄目。何が原因でうまくいかないのか、もう少し考えてみる。闇雲にやったって、時間の無駄だから」

「先生に相談してみたら、どうですか？」

「うーん」一応頷《うなず》いてみたが、もちろん肯定のニュアンスではない。

相談にいったところで、結局は自分で考えることには変わりない。それに、そんなに頻繁に相談するわけにはいかない。軽く見られてしまう。ドクタともなると、それくらいは考えるのだ、という言葉が彼女の体内電光掲示板に流れた。

4

夕方。最近日が長くなっている。まだ外は明るい。同室の男子たちが生協へ食事にいったので、部屋には彼女一人。夕飯を生協で食べる習慣が、佳那の場合はほとんどない。彼らもそれを知っているので誘わない。

一日中ディスプレィを眺めていたが、図面を処理しただけで、実質的な進展はなかった。労働に時間を潰《つぶ》したことで、少し焦り始めている。こんなときは、その日のうちに徹底的に考えて、せめて明日からの方針だけでも決断したいところだが、しかし、今夜武蔵坊が来ることが、ずっと彼女の精神的自由を奪っていた。シャツの端を画鋲《がびょう》でとめられたみたいな感覚に近い。何度も時計を見たのも、そのせいだった。こういう時間に追われる状況は好きではない。特に考えるときには、時間を忘れて徹底的に考え続けていたいものだ。

まだ多少時間があったけれど、落ち着かない。パソコンをスリープさせ、実験室へ下りることにした。彼女のいる部屋は研究棟の三階。実験室は隣の棟の一階である。

階段の途中で、相澤《あいざわ》准教授に会った。彼女の指導教官だ。

頭を下げ、無言ですれ違おうとしたとき、彼の方から話しかけてきた。

「そうだ。来週の学会のスライド、もう作った？」

「あ、まだです」彼女は答える。

「見なくて良い？」

「いいえ……、あの、できれば、見てもらいたいです」

「それじゃあ、今週中に」彼は片手を挙げる。「来週は月曜日からずっといないから」

「わかりました」

相澤は階段を上っていった。

学会の研究発表は、いろいろ合わせると一年に四回くらいはあって、院生になってから既に何度か経験していた。マスタのときは、事前に発表練習を先生の前でして本番に臨んだものだが、ドクタともなると、もう一人前と見なされる。指導教官は、研究論文の連名者、つまり、共同研究者の一人という位置付けだ。もちろん、論文の場合はきっちり査読をしてもらうが、口頭発表くらいで先生のチェックを受けるのは、多少情けないか、と躊《ちゅう》躇《ちょ》していたところだった。だから、相澤准教授から言われて、正直にいってとても嬉《うれ》しかった。実際問題として、まだ自分に充分な実力があるとは評価できない。論文の文章だって、先生に赤を入れてもらわなくては、とても発表できない。ただ、こういった実力というか、自分のレベルを、マスタのときよりも今の方が正確に把握できるようになった点は成長といえるだろう。自分と先生との差も、以前よりもはっきりと認識できる。

来週の発表のスライドは、週末に大学に出てきて、ゆっくりと作るつもりだったので、なにも準備をしていなかった。今週ということは、あと三日ある。今日はもう仕事はできないし、明後日金曜日の何時に相澤の時間が空くかわからない。そうだ、金曜日の夜は、藤木美保に誘われていた。ということは、明日一日で発表の用意をしなければならない。今日の夜が使えたら、もっと楽なのに。今夜は武蔵坊が来る。どうして、みんなで寄ってたかって私の邪魔をするのかしら、と佳那は思った。こう思うことは、一ヵ月に五回くらいある。

実験室では、中央のテーブルで、水谷浩樹が一人作業をしていた。サンプルを作っているようだ。小さな破片にヤスリをかけている。手動ではなく、電動のサンダに試料をセットして、スイッチを押すだけの単純な作業だが、サンプルの数が多いので、サンダにセットし、それを取り替える手間はけっこう面倒である。彼は分厚い漫画雑誌を広げ、椅子に深々と腰掛けてそれを読んでいた。サンダの高い摩擦音だけが唸《うな》っている。視線を上げ、佳那の方を一度見ただけで、彼は表情を変えない。

実験室の奥へ行って、佳那は自分の実験器具を確認した。否、特に確認するようなことはないのだが、彼の手前、なにかを確認しているような振りをしただけである。

「ねえ、水谷君、明日の夜か、明後日になると思うけれど、ちょっと実験を手伝ってほしいんだ」

漫画から顔を上げて、水谷がメガネの中の瞳《ひとみ》を彼女へ向ける。

「あ、ええ」

「どっちが都合が良い。明日？　明後日？」

「どっちでも」

「じゃあ、たぶん、明日」彼女は一瞬だけ微笑んだ。「えっと、六時頃から始めて、そうね、たぶん、四時間くらいで終わると思うけれど」そう言いながらも、だいたい八時間くらいかかるものだ、と彼女は思った。

「それは、いつやるの？」佳那は尋ねる。彼が作っているサンプルを使った測定のことだ。

「今晩、これから」

「そう……、気をつけてね」

「何をですか？」

「うーん、たとえば、夜中に一人で実験室にいると、なにかあったとき、大変でしょう？一応、ほら、先生にも管理責任がかかったりするんだよ」

「危ない作業なんてないですよ」

「わかんないじゃない。感電するとか、煙草吸ってて、引火するとか」

「吸いませんよ、煙草なんか」

「君は吸わなくても、誰か来るかもしれないでしょう？　ああ、それにね、そんなのより、まえに一度あったんだけれど、徹夜の実験してて、朝方に心臓発作で倒れた奴がいたの。だいぶ経ってから見つかってさ、病院へ運ばれたんだけれど、もう再起不能」

「死んだんですか？」

「ううん、一命は取り留めたんだけれど、もう戻って来られなかった。なんていうの、いろいろ障害が残って、リハビリに時間がかかったりして」

「恐いですね」

「はい」

「そうだよ。徹夜とか、あんまりしない方が良いと思うよぉ。若いつもりでいるでしょう？　もうね、老化は始まっているんだから。血圧とか、大丈夫？　高そう」

「測ったことないです」

「あ、私持ってるから、今度測ってみなさい」

「血圧計なんか、持っているんですか？」

「もらったの」

佳那は水谷の前の椅子に腰掛ける。壁の時計を見た。

「今夜は、実験しないんですか？」

「うん。しない」

「今夜してくれたら、手伝いながら、これ削ってられたんですけど」

「じゃあ、削るの明日にしたら？」

「いえ」彼は無表情で首をふった。「今夜やりたいから」

そのとき、デスクの上に置かれていた彼のバッグに目が行く。普通のショルダバッグが、無造作に置かれていて、ちょうど視点が下がった佳那に、その中身の一部が見えた。銀色の縫いぐるみみたいなものが入っている。直径十センチほどの毛玉みたいなものだ。

「何？　それ」彼女はきく。

「え？」水谷はそちらを一度見たが、何のことかわからないらしい。

「その、鞄《かばん》の中の」

「ああ……」水谷は立ち上がって、バッグへ手を伸ばす。

彼が摑《つか》み出したのは、女の子の人形だった。縫いぐるみだと思ったのは、その人形の頭で、躰は頭に比べて異様に小さい。ようするに、頭でっかち。目が丸く、オレンジ色に光っているのが、多少不気味だった。

「何なの、それ」佳那は顔をしかめた。

「人形です」

「それくらい、わかるけど」

水谷は、片手でそれを持っていたが、首を少し傾げて黙っている。そのうち、人形の顔にかかる髪を、指で直し始めた。

「どうして、そんなの持ち歩いているわけ？　おまじない？」

「いえ、夜、実験しているとき、ちょっと退屈だから」

「え？」佳那は驚いた。「退屈だから、何なの？　それで遊ぶわけ？」

「まあ、そうですね」

「うわ」目の下の筋肉が痙攣《けいれん》しそうになる。「どうやって、遊ぶの？　え？　着替えとかさせるの？」

「ええ、まあ」

「嘘ぉ……」

沈黙。

回転する銀河系を一瞬思い起こす。まったく関係ないが、「カオス」というイメージだろうか。

佳那は大きく息を吸って立ち上がった。言葉が出てこなかったが、出てこない方が良いかもしれないと思った。なんとなく、彼に向かって何度か小さく頷く。わかった、わかった、君の自由にしなさい、私はなにも言わない。人間は基本的に自由なのだ。という言葉が体内電光掲示板に流れた。

知らなかった。水谷は四年生のときに佳那と同じ講座に配属になった。研究テーマはわりと近いが、まったく同じではない。おかしな奴だとは常々感じていたけれど、こういった具体的なアイテムを見たのは初めてのことで、多少インパクトを受けた。

明日は、それ持ってこないでよね、という言葉も思いついたが、しかし、そんな権利は自分にはない。彼にお願いして実験を手伝ってもらう立場なのだ。

「この服、どうです?」まだ人形を片手に持っている水谷が言った。

「服?」

人形の服のことらしい。よく見ると、ジージャンにジーンズ。そういえば、人形は丸いメガネをかけている。認識するのに、しばらく時間がかかった。

そのメガネもジーンズも、ファッションは今日の佳那と同じだった。

5

ビルの窓がオレンジ色のスペクトルを強調していた。窪居佳那は振り返って西の空を眺めて目を細める。浮かんでいる雲が、なんとなく南国の島々の形に見えた。夕焼けの空には、いつもその連想が伴う。大人になったら南国の島に住みたい、と考えていたのに、まだ実現していない。それどころか、南国の島へ行ったことさえない。グアムやバリが、地球上のどのあたりにあるのかも知らなかった。それを確かめる暇もないし、これまでの人生のどこにも、そんな自由な時間はなかった。南国の島を、もっと近くに作ってくれたら絶対に会員になるのに、と思う。

自転車を花屋の前に停めて中に入っていくと、レジの奥で藤木美保が顔を上げ、カーネル・サンダースみたいににっこりと微笑んだ。美保は奥へ行き、薔薇《ばら》の花束を持って戻ってくる。

「ちょうど良かったぁ、今作ったところだよ」美保がそれを差し出した。

「ありがとう。いくら?」

「ねえ、今から、もしかして暇ない? もうすぐバイト終わりなんだけれど」

「ああ、悪い。駄目なんだ。ちょっと約束があるから」佳那は時計を見る。まだ六時だったから、余裕はあるが、しかし、おしゃべりをするのは面倒だ。

「え？　誰？　男の人？」そう言いながら、美保は薔薇の花束をじっと見つめる。「ああ、そうかそうか……、そうだよねぇ。うんうん、ごめんごめん」なにかの縁起を担いでいるのだろうか、どうして、単語をそんなに重ねたがるのか不明である。

佳那は黙っていた。美保は誤解している。だが、誤解させておいた方が安定している。真実というものは、常に不安定で、説明が面倒だ。たとえば、カップラーメンの蓋《ふた》に印刷された細かい文字が、その面倒臭さの証拠である。財布を取り出して、カウンタに戻った美保に、料金を支払った。

店を出ようとすると、彼女が後ろをついてくる。

「いいなあぁいいなあぁ」そう言って砂かけ婆《ばばあ》みたいに溜息をついた。

良くはないのだ、と言いたかったものの、佳那はここでも言葉を呑《の》み込《こ》んだ。同情されるよりは、たとえ間違いであっても羨望《せんぼう》される方が、まだ状況は良い、というのが佳那の基本的な価値観である。生まれながらにして自分にはそういう傾向があった、と知っている。おそらくこれは、父親の血だろう。プライドが高い、という希望的な言い方もあるし、意地っ張り、気障《きざ》、格好《かっこう》つけたがり、などの微妙に劣化した表現も思い浮かぶ。

佳那が今夜はボーイフレンドと会う、と美保は勘違いしているのだが、そういったシチュエーションで薔薇の花束を必要とする人間だ、と認識されている点に多少不満が残ったけれど、そもそも、薔薇なんか買ったりした自分が悪いのだ。余計なことをしたから、余計な誤解をされたわけで、しかたがないといえばしかたがない。しかたがない、という言葉は、本当に便利で万能で、全然しかたがなくない点が皮肉である。それにしても、世の中には、どうして花なんてものがあって、どうしてこれを飾ったり、贈ったりするのだろうか、と常々不思議に思っていた。だが理由はともかく、そういったわかりやすいアイテムが存在することは、たとえば、「恋」といった言葉が存在するのと同様、やっぱり便利ではある。そうだ、当事者にとっては、この上なく都合が良い。まさにコンビニだ。

考えてみると、「ボーイフレンド」や「彼氏」という言葉も、花と同じで、非常にわかりやすいアイテムといえる。それぞれに幅広い属性があるだろうし、また、どうしても必要なものでもないはずなのに、何故だか、みんなにとって必要で、共通する大切なものだと認識されている点が不可思議である。おそらく、集団錯覚だろう。川から流れてきた大きな桃に、なんの躊躇《ため》らいもなく包丁を入れる軽率な老夫婦と同様に、人々は、ボーイフレンドやガールフレンドに対して、一種不思議な無防備状態にあって、迷いもなく甘いイメージを抱こうとするのだ、実態を無視して。すなわち具体的な事象から目を逸らして、より抽象的なもやもやした雰囲気だけを捉えようとする、その盲目的な積極性が、花を見る気持ちと極めて類似している。名付けるならば、源氏物語症候群、たとえるならば、目を瞑って、一所懸命手探りするようなものではないか、そう、落としたコンタクトを探すときみたいに……、それが「恋」というものか、などと佳那は分析する。

けれど、同時にまた、そういった分析をとことんしてしまう自分に、多少の悲哀を感じるのも事実であった。できるならば、和歌の一つも詠みたくなる。もしかして、素直ではない？　いやいや、子供のときはもっと素直だったと思う。違う。そうではない、今だって素直だ。自分くらい素直な人間はいないのではないだろうか。素直だからこそ、こうして考えてしまうし、疑問を持つのではないか……。

うん、そういうことにしておこう。

ようは、ほかに考えることがない、という現状を憂うべきかもしれない。自分の思考を支配するほどの他者が、もし現れたら、この状況は一気に打破できる、とおぼろげに予感するものの、それはいわゆる他力本願という手法にほかならない。待てよ、恋とは、そもそも他力本願ではないか。違うだろうか。難しい。今一つわからない。経験不足だからだろうか。だいいち、恋愛の対象が他人でなくてはならない点が、実に不愉快だ。

駄目だ。

また、変な方向へ考えている。

堂々巡り。

法隆寺《ほうりゅうじ》の夢殿《ゆめどの》みたいな建築物が、紅葉の森林の中に佇《たたず》んでいて、その艶《つや》やかな板張りの縁側を靴下のまま歩いている。ぐるぐると……。それが、彼女の「堂々巡り」のイメージだった。もう少し考え続けると、靴下の汚れが気になるし、さらに続けると、バターになってしまう。

自転車に乗りながら、そんなことを一巡り考えた。もう、空中南国島は見えなかった。アパートに近づくと、自転車置き場の前に袈裟《けさ》姿の大男が立っていた。よく駅の前などで見かける僧侶の格好である。孔雀王《くじゃくおう》のコスプレかもしれない。

「ひぃ、もう来てる」こっそり独り言。それとともに舌打ち。

向こうも、彼女に気づいて、被っていた笠《かさ》を片手で持ち上げた。

「こんにちは」自転車から降りて、佳那は頭を下げた。条件反射で意味もなく微笑んでしまう自分が非常に腹立たしい。

男は難しい顔のまま、軽く頷くように、お辞儀をした。お辞儀をしたつもりだろう。笠の前縁が十五センチくらい下がった程度だ。良いよな、それで済むから、と佳那は思う。

「すみません。早かったですね」自転車を駐《と》めながら、せめてもの嫌みで時計を見た。まだ六時十五分。父からの電話では七時と聞いている。

「あ、いや、お気遣いはご無用です。ここで七時まで待つつもりでおりました。まだ帰宅されていないとは思わなかったものですから」

こんなところに一時間も立たれたら、この近辺の環境が変わってしまうだろう。

階段を上がり、玄関の鍵を開ける。中に入ったところで、外に立っている男と目が合った。

「とにかく、どうぞ」今度は微笑まずに言うことができた。やればできるのだ。

「よろしいですか？　待ちましょうか？」男は憮然《ぶぜん》とした表情できいた。

人を入れられないほど部屋が散らかっていると言いたいのか……、と頭の電光掲示板に言葉が流れたが、事実、いつもの状態はそれに近い。今朝は電話があったから、多少なりとも片づけてから出てきたのである。

佳那は靴を脱ぎ、客のためにスリッパを出した。

6

武蔵坊という男は、年齢がよくわからない。きっと三十代だろう。しかし二十代はありえない、とはいえないし、四十代かもしれないし、五十代という可能性も残されている。そういうことがどちらでも良い人物だ。無精髭《ぶしようひげ》が顔の半分を覆っているので、人相はよくわからない。しかし、人相などどちらでも良い人物だ。特徴といえば眉《まゆ》が凄《すご》い。額に小動物がいるのかと思えるほどだ。あとは、坊主頭がでかい点が目立つが、躰が全体にでかいから順当なところかもしれない。体重は軽く百キロはあるだろう。だから、「軽く」ではなく、「重く」が正しい。

そういう大男が、女性の一人暮らしの部屋に入ってくる、という衝撃映像が、既に信じられない。よく本人も、なんの呵責《かしゃく》もなくできるものだ。修行を積み、心頭滅却すれば、できるのかもしれない。きっと、こうして女性の部屋でご飯を恵んでもらうことが修行の一つなのだろう。苦行かもしれない。苦行だと感じているとしたら、まだ救いはある。彼が、佳那のところへやってくるのは、これで五回めだ。最初はもの凄くびっくりして、二回めにはもの凄く嫌だった。三回めももの凄く嫌で、四回めはもの凄く呆《あき》れた。今回も嫌だし、呆れているけれど、今までに比べれば、まだ平常心を保てるようになっていた。人間、何事も慣れだ。

武蔵坊というのは渾名《あだな》である。本名は、誰も知らないらしい。なんでも、名乗らないことが修行だというが、都合の悪いことは全部修行のせいにしているにちがいない。そんなことよりも、働いてお金を稼いで、食事くらい自力でしてもらいたいものだ。きっと、神様か仏様の教えに従って、仕事で金を稼ぐこと、すなわち他人を騙《だま》す行為を一切しない、というポリシィなのだろう。けれど、食べものならば人から施《ほどこ》しを受けても良い、という例外が、いかにもご都合主義ではないか。

彼はこうして、知り合いの家を毎晩一軒ずつ巡り歩いて生活しているのである。ここへやってくるインターバルから計算して、その知り合いの数は、約六十人くらいだと推定される。否、もっと少ないだろう。どこかのお人好しは、十日間くらい食べさせてやるにきまっている。なにしろ、見るたびに太っている。食いすぎなのだ。これでも修行だろうか。とにかく、武蔵坊にはソファで待ってもらい、キッチンでお米を研ぎ、夕食の支度を急いだ。自分一人のときは滅多に自炊はしない。今回はレトルトのカレーに、多少、具とルーを増量して誤魔化そう、と決めてあった。とにかく、なにを出しても文句を言われる筋合いはないのだし、たとえ文句を言われても、影響はない。腹はもう垂直に立っているのだから、これ以上立ちようがない。

とりあえず、一段落ついたところで、お茶を出した。

「なにか私にできることがあれば」武蔵坊が話した。「どこかを修繕したいとか、重いものを運びたい、とか」

「うーん」佳那は考える。「修理をしたいものはないけれど、移動させたいものは、そういえば一つあります」

「では、今のうちに」彼はさっと立ち上がった。

「いえ、いいの。ちょっと待って下さい。よぉく考えますから」

「では、のちほど」武蔵坊は座り直した。

テーブルの上に置いたままだった薔薇の花束の包装を大事に解き、一番大きなコップに水を入れ、そこに差し入れた。それから、また食事の準備にかかる。

「お父上は、ここへいらっしゃったことがないそうですね」武蔵坊が言った。

「ええ」背中を向けたまま、佳那は答える。「電話なら、毎日かけてきますけれど」

「このまえ、お会いしたら、貴女《あなた》のことを、真面目で困るっておっしゃっていましたよ」

「え？」佳那は振り向いた。「真面目？」

「そう」武蔵坊は頷く。

「どういう意味かしら」佳那はすぐに武蔵坊に背を向ける。

「不真面目すぎるよりは、良いのではないですか」武蔵坊が言った。

当たり前だ。

真面目？　何だろう。たしかに、研究に没頭はしているが、自分がそんなに真面目な人間だと考えたことはない。それを言ったら、父親の方が数段真面目である。

「あぁ、そうか」包丁を持ったまま、彼女は振り返った。

「そう」武蔵坊がまだ彼女を見ていて、頷いた。

すぐにもう一度、背中を向ける。

何が、そう、なのだ……。嫌な奴。

男気《け》がない、という意味で、真面目、という表現を使いたいらしい。余計なお世話だ。

しかも、それは心外である。どちらかというと、異性に対する真面目さ、積極性、盲進性が、自分には不足していると評価していた。だから、彼女自身にしてみれば、それは不真面目なのだ。佳那はそう考えている。

「よく、花を飾られるのですか？」

「え？」佳那は振り向く。テーブルの薔薇を見てから、首をふる。「いえ。これは、そのぉ、違います」

会話は途切れる。

違いますという返事は、不適切だった。反省。何がどう違うのか、わからない。それに、なんだか後ろめたいことをしている気分になって、ますます腹立たしい。

「明日の朝に、必要なものなのですね？」武蔵坊がきいた。

勘の良い人間なのだ、彼は頭が切れる。図体がでかいだけではない。油断はできない。おそらく、包装を丁寧にはがして再利用しようとした点、とりあえずという感じでコップに差した点、などの観察から、その結論を導いたのだろう。

困った。どう答えようか。

「ええ、お友達が花屋でバイトをしているんですよ。研究室へでも、持っていこうと思って」佳那はちらりと後ろを振り返る。「ここに飾っても、しかたがありませんしね」

上手《うま》く演じることができた。完璧《かんぺき》率八十パーセント。

武蔵坊は黙っていた。納得しただろうか。

どうしよう。彼にあれを頼もうか。頼めば、なんとなく、弱みを握られるような気がする。しかし、ほかに頼めるような人物はいないし。この際だから、利用できるものは利用しようか。まな板でジャガイモとニンジンを切りながら、佳那は考えた。

7

カレーはまあまあカレーらしく出来上がった。短時間で作ったにしては上出来だと思う。ただし、万が一将来、なにかの間違いで自分の大切な人から、「僕はカレーが好きなんだ」と言われて、それを作るような羽目になった場合には、まず、図書館でカレーの歴史を繙《ひもと》こう、と佳那は思った。歴史を知らずに、こういったものを作ることは、どんなに美味《おい》しくできても、所詮《しょせん》邪道である。彼女はそう考える。やはり、自分は真面目かもしれない。少し、不安になったものの、その懸念《けねん》は首をふって消し去った。

武蔵坊は、お代《か》わりを二回もして、美味しいと三回言って、平らげた。皿を洗うと彼は言ったが、それは丁重に断った。

「では、仕事を」彼は立ち上がった。

佳那は時計を見る。時刻はまだ七時半。ちょっと早い。

「もう少し待って下さい。まだ決心がつかなくて」

「そうですか。あまり遅くまで、お邪魔するのも、いかがなものかと思います」武蔵坊は真面目な顔で言う。

もう、だいぶまえから、力一杯確実にいかがなものだということに、気づいていないようだ。

「テレビでも見てて下さい。私、ちょっと、出かけてきますから」

佳那はそう言いながら、コップに差してあった薔薇を取り上げる。それを持って奥の部屋へ入った。

デスクの引出《ひきだし》からスケールを取り出して、薔薇の長さを測った。十センチほど長い。ハサミで根本を切った。短くて少々格好が悪くなったが、これもやむをえない。キッチンへ戻り、もう一度包装で花束を包む。武蔵坊がそれを見ていたけれど、なにも言わなかった。さっきは、研究室へ持っていくと話したのに、今から行くところへそれを持っていく、という矛盾を感じているだろう。きかれたら、今から大学へ行くのだ、と言い訳をするつもりだった。こちらから口にするのは、かえって不自然だ。

「じゃあ、すみません。一時間くらいで戻ります。お留守番していて下さいね」

「わかりました」武蔵坊は立ち上がって頭を下げた。

佳那は帽子を被って、アパートを出た。

8

夜に自転車に乗るのが好きだ。ル・マンの耐久レースを思い出す。もちろん、レトロな映画で観ただけのイメージである。カーレーサにもなりたいと思ったことがあった。これも、いつの間にか萎《しぼ》んでしまった夢の一つ。ティッシュみたいに丸めて投げ捨てられた夢が、彼女の周りに沢山、今でも落ちている。ときどき思い出し、膝《ひざ》を折って見つめてしまうけれど、恐くてもう一度拾い上げることはできない。手を伸ばし、数秒間どきどきするだけで、また手を引っ込める。このまま放っておく方が良いだろう。最近、どきどきするような新しいことがないけれど、こうして捨てられた夢の「どきどき利子」で食いつないでいるようなものだった。このあたりで、起死回生の大きな夢を立ち上げて、そして今度こそ本気で邁進《まいしん》したいものである。けれど、いったい何が？　どこらへんに大きい夢があるのか？　どれもピンとくるものがない。パンチ力に欠けているのである。

一キロほど離れた公園までやってきた。佳那は腕時計を見る。

なかなか、この時刻にここへは来られない。三週間ぶりだろうか。バス停が近くにあって、公園の入口は比較的明るい。メインストリートに面した平たい土地。よく成長した樹木に囲われ、園内は別世界のような静けさがある。少なくとも、そう錯覚させる結界《けっかい》だった。

小さな白い明かりの側《そば》に、その像がある。犬のブロンズ像だ。低い台の上に乗ってお座りをしている。実物とほぼ同じ大きさで、それが、水飲み場の後ろにあった。どんな理由でそこにあるのかわからない。今は、犬は見えなかった。その前に、白っぽい服装の人物が立っていたからだ。佳那は犬を見たかったのではない。その人物が目的だった。

彼女は公園には入らず、暗い脇道へ自転車を進め、低い石垣と柵《さく》越しに、公園の中を眺めた。樹木の隙間で、一番見やすいところを探して、自転車を停めた。

犬の前に立っているのは、明らかにホームレス風の人物で、季節の合わない服を重ね着している。男性か女性か性別はわからない。体格は華奢《きやしや》で、髪が長く、帽子を被っていた。顔がいつもよく見えない。しかし、何をしているのかはわかる。犬の銅像を洗っているのだ。水道でタオルを濡《ぬ》らし、犬の躰を拭《ふ》いている。それが、もの凄く優しい仕草で、丁寧な手つきで、本当に犬を可愛がっている、ということが伝わってくる。佳那が最初にその光景を見たときに、びっくりしてしまったのは、犬が銅像だったことだった。本物の犬を触っていると勘違いしたからだ。

以来、何度か、そこで見かけるようになった。その人がいないときに、犬の像の近くまで行って、じっと見つめることもある。触って、撫《な》でてやった。小型の日本犬で、台に名前などは記されていない。ジロとかタロとかいった名前が相応《ふさわ》しい犬種だった。しばらく見ていると、その人物は立ち上がり、公園の奥の方へ歩いていった。闇の中に消えるように、見えなくなってしまった。

佳那は、また自転車を走らせる。

住宅地の坂道を上っていくと、十二階建てのマンションがそそり立っている。丘の上なので余計に大きく見えた。窓の照明が半分くらい灯《とも》っているだろうか。佳那は、目的の位置の明かりを確かめた。明るい。この時刻ならば、たいてい帰宅している。規則正しい生活をする人なのだ。

自転車から降りて、エントランスのスロープを上っていく。近くに人影はない。前後左右、それに上方も確かめた。自転車を柵に立てかけ、建物に近づく。ロビィ手前の左手に、郵便ポストが並んでいて、突き当たりはガラスのドア。それは閉まっている。小型のカメラが、その上にあった。カメラがあることは、もちろん知っていた。そのために帽子を被ってきたのだ。そちらを見なければ大丈夫だろう。

目的のポストがどの位置なのかも、あらかじめ確かめてあったし、そのポストの内法《うちのり》も、メジャで測定済みだった。鍵はかかっていない。上着の内側に潜ませてあった花束を右手で取り出し、左手でポストを開け、素早く中へ入れた。

カメラを見ないようにして、外へ戻る。流れるような動作で、自転車のハンドルを摑《つか》み、跨《また》って、スロープを下りた。

下り坂のカーブを走る。風が顔に当たって、気持ちが良い。まだ、心臓の鼓動が自覚できた。さすがに、ティッシュの夢なんかよりは、はるかにどきどきする。

9

アパートに戻り、自転車置き場でタイヤにチェーンをかけていたら、道路の方で人の気配がして、佳那は振り返った。

明るい電信柱の下に立っていたのは、後輩の鷹野史哉だった。こんな場所で見かけるのは初めてのことだったので、彼女は少し驚いた。

「バイトの帰りなんですよ、ちょっとこの近くへ来たもんだから……」

「でも、どうして、ここへ?」佳那は道路へ出ていく。

アパートの前の道は、表通りではない。彼が、わざわざここを目指してやってきたことは明らかだった。

「いいえ、本当に……」鷹野は片手を広げた。ストップという意味のジェスチャだろう。

「ええ……、窪居さんち、この辺かなって、ふと、思っただけです。偶然」

「この辺って?」

「あ、ええ、俺、講座の名簿作ったから……」

「あぁ、そうだったよね」佳那は頷く。

鷹野もようやく少し微笑んだ。

四秒ほど沈黙。

「あの、じゃあ、私、もう……」佳那は、顔の前で片手の指を動かした。さようなら、という意味である。

「あ、あの、もし良かったら、どこかで、コーヒーくらい、あ、いえ、えっと、もう食事は?」

「食べたよ」佳那は少し可笑《おか》しくなって、口を歪《ゆが》ませる。「それに、お客さんを待たせているの」

「あ……、え? 今まで、じゃあ、どこに?」

「さあ。どこでしょう?」佳那は両手を広げた。もうこれで精一杯という意味だ。少し余裕が出てきた。「ごめんね。また、今度」

「あ、はい……、どうも」鷹野は緊張した笑いを浮かべる。「そうですね。あ、でも、また、今度って、いつです?」

「明日、研究室で」

「あ、そうかそうか、そうですよね」

「じゃあ、お休みなさい」

背中を向けて、佳那は階段を駆け上がる。二階へ上がっても、表の道路の方を見なかった。まだ、そこに鷹野史哉が立っているかどうか、知りたい気持ちはもちろん強かったけれど、自分の取るべき行動として、それは洗練されていない、という判断が働いた。

剣道のときにも、いつもそれを考えている。自分の動きを滑《なめ》らかにしたい。自分の生き方も、無駄なく、流れるように、すべてをこなしたい。

きっと、常にそう考えていないとできないことだろう。ここはこうしよう、今度は絶対にこうしよう、そう考えて、生きている。生きてきた。ときどき、そんな自分に疲れてしまうこともあるけれど、それでも、それが自分の生き方だ。元気なときだけでも、そうしていたい。

鷹野のことは、ペンディング。考えないことにした。

あとにしよう。

あとで、ゆっくりと、紅茶かコーヒーでも淹《い》れて、思い出してみよう。独りきりで、静かに。きっと楽しいだろう。楽しいことの分析作業は先送りして、北京ダックみたいに太らせるにかぎる。

玄関を開けると、通路の真ん中に武蔵坊が座っていた。

坐禅《ざぜん》を組んでいる。座っていても充分に大きい。誰かが間違えてドアを開けたら、きっと悲鳴を上げただろう。

「あ、どうも、お待たせしてしまって」靴を脱ぎながら、佳那は言う。

「仕事をいたしましょう」武蔵坊は細目を開けて立ち上がった。涅槃《ねはん》の目というのだろうか、眠そうな顔に見える。

「あ、それなんですけれど、やっぱり、今回はやめておきます」

「運ばなくても、良くなった、という意味ですか？」

「ええ……。いえ、いつかはお願いしたいのですけれど、今はまだ、その、ちょっと時期尚早だと判断しました」

「そうですか」武蔵坊は頷いたが、深呼吸するように息を吸い込み、また吐いた。「しかし、それではお返しができない。ほかになにか、私にできることはありませんか？」

「留守番をしていただきました」佳那は思いついて言った。「どうも、ありがとう」

「私のような者を信用して下さったことには、大変感銘を受けました。そうだ、剣道をなさっていましたね？」

「ええ」

「ちょっと、筋を拝見しましょうか？」

「スジ？」佳那は考える。筋肉のことを想像したけれど、なんとか補正して意味を勝手に解釈する。「いえ、べつに、そのぉ……、だって、道場は遠いですし」

「道場でなくてもできます。表で……」

「いや、だって、もう、夜ですし」佳那は言う。周囲の窓から、注目されるにきまっている。考えただけでも赤面ものだった。

「そうですか。お嫌《いや》ですか。では、部屋の中で」

「部屋の中？　そんなの、できますか？」

「剣術は、そもそも部屋の中での戦いを想定したものです」

「そうなんですか？」

そうか、屋外なら、もっと長い武器の方が有利だろう。

「下に、響きません？」

「構えるだけです」

しかたがない。なりゆきである。

できるだけ早く帰ってほしかった、ということもあって、武蔵坊の言うとおり、竹刀《しない》を出してきて、リビングで彼女は、それを構えた。

ガラス戸を背にして、ソファの横に武蔵坊が立っている。本当にこいつは大きいな、と思う。同じ人間とは思えない。人間として大きすぎるぞ。どうかしている。気づけよ。恐竜みたいに絶滅するぞ。

「私を相手だと思って」躰を僅《わず》かに横に向けて、武蔵坊が言った。

呼吸を整え、剣先を相手の喉《のど》に向ける。

踵《かかと》が上がり、膝《ひざ》をほんの気持ちだけ和らげる。

手首の力も軽く。

武蔵坊の目を睨《にら》みつけた。

二十秒ほど、そのまま。

呼吸を相手に気取られないように。

静かに。

静止。

本当に打ち込んでやろうか、と思った。

躰の中に、ハードロックのメロディが流れる。そんな気がする。これは最近の現象で、剣道の稽古《けいこ》をしていると、いつもその音楽が流れる。表には現れない体内の小刻みな振動が、そのリズムなのかもしれない。

武蔵坊が、達人だということは、もちろん知っている。父親がそう話していた。しかし、実際に彼の試合なり、構えなりを見たことは一度もなかった。

「そう、一番、最後が良かった」武蔵坊は言った。

「どうも、ありがとうございました」竹刀を納め、佳那は一礼する。

「とても、筋が良い」

「構えを見ただけで、強いか弱いかなんて、わかるものですか？」

「いや、わかりません」武蔵坊は微笑んだ。「ただ、強いか弱いかよりも、構えの方が大切だということです」

「はあ、そんなものですか」佳那は相槌《あいづち》を打った。

道場では武蔵坊と向き合いたくない。大きすぎる。打たれたら痛いだろうな、と想像した。

「いつ頃になりますか？」彼はきいた。

「え、何が？」

「次は、いつ頃ならば、よろしいでしょうか？　ご都合の良いときに、いつでも参上いたします。さきほどの仕事がいつ頃になりそうか、ということです」

「ああ、そうね、はっきりとはわかりませんけれど、二週間くらいさきかな」

「では、二週間後に、また寄らせていただいても、よろしいですか？」

「父ではなく、私に直接、えっと、事前に、できれば三日くらいまえに、電話をいただくわけにはいきませんか？」

「承知しました」武蔵坊は頭を下げた。「では、今夜はこれにて」

武蔵坊は、荷物も持っていない。履きものと笠があるだけだ。彼はそのまま、玄関へ歩いていく。佳那はほっとした。

「どうも、大変お世話になりました」大男は草履を履き、笠を手にして振り返った。「ありがとうございました」

「はい、ええ……、お気をつけて」佳那は片手を軽く上げる。

武蔵坊がドアから出ていき、佳那は大きな溜息をついてから鍵をかけた。まだ、片手に竹刀を持ったままだった。

「なんか、濃い一日」独り言を呟《つぶや》き、キッチンへ戻る。

洗いものは明日にすることにして、コーヒーか紅茶を淹れる気にもなれず、奥へ行って、ベッドに倒れ込んだ。まだ九時まえ。毛布を引っ張り顔をつける。良い香りがした。九時まえに嗅《か》いではいけない禁断の香りだった。

10

翌日の木曜日、窪居佳那は猛烈に働いた。こういった場合、馬車馬がよく引き合いに出されるけれど、佳那の頭のライブラリィには、馬車に関しては比較的優雅なシーンしか存在しない。あの馬たちは、そんなにあくせく働いているようには思えないのだ。そう、「あくせく」というのも、以前に漢字を調べたことがあって、その時点で自分の人生から切り離した思い出がある。

馬車馬は、おそらく、言われた作業だけを必死にこなすような場合に用いる比喩《ひゆ》だろうから、その観点で比較しても、佳那の仕事とは隔たりがある。彼女の場合の忙しさは、物理的にたしかに時間当たりの作業量が多いが、誰かから言われてやっている状況、他者によって強いられている条件ではない。もちろん、指導教官の相澤准教授から睨まれてはいるけれど、たとえば、彼女が今すべてを投げ出して、アパートの部屋に引き籠《こ》もり、大学へ出てこなくなっても、きっと誰も怒らないし、文句も言われないし、正直なところ困る人間さえ一人もいないだろう。希望的に予想しても、電話が一回かかってくるくらいだ。そして、そのあとは、きっと別の誰かが、佳那の研究テーマを引き継ぎ、その人間が、数年後にそのテーマで論文を書いて、うまくすれば博士号を取得するだろう。だから、どちらかというと、佳那が辞めてしまえば、彼女が途中まで進めた分、次の誰かが得をする、ということになる。単にそれだけのことなのだ。

あるいは、こんなに忙しくしなくても、もっとゆったりと悠々自適にのんびり研究を進めれば良いではないか、という意見もあるだろう。ときどき帰省すると、母親がこの種のことを必ず口にする。父親は、研究というものがわかっているので、そんなことは言わない。ゆっくりできない理由は、何だろう？　自分でもよくはわからない。しかし、飛行機だって低速では失速してしまうし、自転車だってゆっくりは走れない。あれと同じメカニズムではないだろうか。

プレゼンテーションの資料とスライドを作りながら、実験のデータを整理した。図面を見て気づいたことを逐次確認して、既往の文献と比較する。延々とその作業を繰り返していた。新しい図面が表れると、椅子からつい立ち上がり、画面を見つめながら素早い溜息をついたりする。

「調子、良さそうですね」デスク越し、パソコンのディスプレィ越しに、後輩の鷹野史哉が言った。

もちろん聞こえていたが、四秒間ほどそのまま佳那は動かなかった。昨夜のこともあるので、多少硬化しているというか、幾分は攻撃的になっている。それから、表情を固定して、視線だけを彼の方へ向けた。

目が合う。五ミリくらい口を傾け、二センチほど首を傾げてみせた。鷹野はにっこりと笑ってなにも言わない。白い歯を見せ、爽やかさをアピールしているようだ。

しかし、そんなことを評価している場合ではない。すぐに気をとり直し、また急速潜行、作業に没頭した。

夕方の四時頃には、プレゼンテーションをほぼ完成させた。二回見直し、修正をしてから、それをメールに添付して、相澤准教授のところへ送る。リターンキーから手が離れると同時に、彼女は立ち上がり、部屋を真っ直ぐに歩いて、ドアへ近づく。ちょうど自動ドアのように、手前に勢い良くそれが開き、水谷浩樹が部屋へ入ってきた。

「危ないなあ」彼女は両手を胸の前で広げる。

「あ、すいません」表情が顔に出ないので、あまりすまなそうには見えない水谷だった。

彼がぼうっと立ち止まっていたので、佳那は短い溜息をつく。自分の前髪が風圧で持ち上がった。

「どいてね」優しく微笑みかける。

ようやく道を譲った水谷の横をすり抜け、彼女は通路へ出た。怒っているように見えるだろうか、と自分の行動を振り返りながら、しかし、前方の目標へ近づくにつれて、緊張は高まり、心臓の鼓動が彼女の思考を攪乱《かくらん》した。

ノックをするまえに、音を立てないよう、長く細い深呼吸をする。

ノックを二回。中から返事が聞こえたのでドアを開けた。

「失礼します」

相澤准教授の部屋には、大きな観葉植物が三本ある。それだけで、工学部の研究室としては異質だった。そのうちの一本は、先が蔦《つた》のようにスチールの書棚に絡みつき、書物のページの中にまで蔓《つる》を伸ばそうとしたらしい。相澤がそう話していた。非常に気持ち悪い。植物というものは、無機質のものに比べると、やはり生きている分だけ気持ちが悪い。そんなふうに感じてしまうこと自体、佳那がすっかりエンジニアリングの世界に染まっている証拠といえる。

コンピュータのキーボードに両手をのせたままの姿勢で、デスクの相澤は振り返り、佳那の方を向いて「何？」という顔をした。この人物がゆっくりと寛《くつろ》いでいる場面に出逢《であ》ったことは一度もない。

「あの、発表用の資料を作りました。メールで送りましたので、確認していただけますか？」

「ああ」口を小さく開ける相澤。

マウスへ片手が動き、彼は再びディスプレィに向かった。メーラのウインドウを前面に出して、新しいメールを読み込む。佳那がたった今送ったメールが彼のパソコンに読み込まれたようだ。聞き慣れた音が鳴った。

「OK、わかった。見ておきます」

「お願いします」佳那は頭を下げる。

二秒間ほど沈黙。

既に相澤はこちらを見ていない。

「あのぉ……、先生」

「何？」彼は無表情のまま振り向いた。

「今日って、お誕生日ですよね？」

「あ、うん……」相澤は一瞬表情を固着したのち、ぎこちなく笑おうとする。「そう、そうだね、べつに……、うん、これといって、関係ないけれど」

「関係ないんですか?」佳那は微笑んだ。予定どおり、上手く微笑むことができた、と自己評価。

「この歳になると、関係ないよ。べつにパーティがあるわけじゃなし、プレゼントがあるわけじゃなし」

「そうなんですか……。あ、なにか、差し上げれば良かったですね」

「うん、良い論文を書いてくれれば、それが一番」相澤は鼻から息をもらした。

「がんばります」佳那はにっこりと笑って頷き、ドアのところへ退いた。こういったときは、よく自分がおもちゃのロボットみたいに思える。「失礼します」

通路へ出た。少し歩いてから、ゆっくりと大きな呼吸をする。

うまくいった。かなり爽やかだったのではないか。上出来上出来……。

そのまま院生室へ行けば十メートルほどの距離だが、気持ちを切り換える自信がなかった。否、慌てて切り換えるのがもったいない。彼女は通路でUターンして、階段の方へ向かった。

重い鉄の扉を押し開け、屋上へ出る。

風が顔に当たり、髪の毛が引っ張られた。今朝のシャンプーのせいか、いつもよりも頭が軽い。屋上には、もちろん誰もいなかった。周囲に錆《さ》びついた手摺《てすり》があるだけ。ほかには空調設備のもっと錆びついた機械。佳那は両手を斜め上に伸ばして、それから空を仰いだ。高いところで、空を真っ直ぐに見上げると、どういうわけか、後ろに倒れそうになる。子供のときには、これは地球が自転しているせいだと信じていた、そんな佳那である。

＝

金曜日も猛烈に仕事をした。相澤准教授から戻ってきたプレゼンの資料をたちまち修正。測定データも処理。過去の論文を検索して、既往の実験データと比較するために換算方法を決めて、マクロで実行。得られた分析結果はまずまずだった。それを踏まえて新しい実験の計画も立てた。センサがどうしても二つ足りないので、相澤准教授に相談のメールを書いた。きっと、買いなさい、という返事が来るはず。今日は、相澤は学外委員会で不在だったが、メールの返事は数時間後にはあるだろう。

分析結果の傾向が好ましくなければ、データを採り直すために金曜日の夜は再実験をしようと考えていたのだ。それは、どうにか回避された。夕刻、佳那は自転車を走らせて地下鉄の駅へ向かった。駐輪場でタイヤにチェーンをかけてから、階段を駆け下り、ホームにちょうど入ってきた電車に飛び乗った。一番先頭の車両である。

ガラス越しに運転席や、トンネルの風景を眺めているのが好きだ。これだけは本当に飽きない。しかし、もしこれが仕事だったら、たまには外を走りたい、と考えるかもしれない、と想像する。

地上に出ると、もう日が暮れていた。繁華街の人の流れに乗って歩く。自分だけは周囲の人間とは違う存在だと認識しているけれど、サバンナの水牛だって、同じように考えているかもしれない。

店はすぐに見つかった。階段を上りガラスのドアを開ける。店員に案内されて、奥のコーナまで歩いた。知った顔がこちらを振り向く。

「あ、来た来た！」藤木美保である。「来ないかと思ったよう」

「なんとかね」佳那は美保の隣のシートに腰掛けた。壁際の一番端の席だった。

反対側、シートの一番奥で菅洋子がこちらへ顔を向けている。鯨《くじら》みたいな微笑。力みすぎて、頭から潮を吹きそうだった。メンバは既に全員揃《そろ》っているようだ。佳那は時計を見る。約束の時間に十五分遅刻していた。

菅洋子がなにか言ったけれど、よく聞こえない。水中で聞いたイルカの声みたいだった。それくらい店の中は喧《やかま》しい。壁際のシートに女性が五人、つまり、菅から佳那まで並んでいる。対するテーブルの向こう側は、男性が五人。全員がスーツ姿だった。仕事の帰りということだろうか。佳那は、できるだけ、彼らの顔を見ないようにした。視線を合わせないように、という意味である。合わせてしまうと、火花が散って、アルコールに引火するような幻想があった。

グラスを手に取る。本当は今夜は一切飲まないつもりで来たのだが、意外に喉が渇いてしまったこと、近くに飲みものが、それしかなかったこと、それから、昨日の相澤准教授との上出来コンタクトのこと、加えて、この二日の自分の仕事への集中ぶりを多少褒めてやりたかったこと、などを勘案して、最初の一杯だけビールを飲むことに決めた。

途中、テーブルの向こう側から、質問が幾度か出たが、それには、記者団の質問に対する官房長官と同様に、軽く受け流して対処した。視線を合わせることは可能なかぎり避け、料理に集中する。好みのイタリアンだった。ピザをまず食べ、サラダを大盛り皿に取り、それから、ちょうど運ばれてきたスパゲッティも真っさきに手を出した。

誰かが、「お腹が減っているの?」みたいなことを言ったようだったけれど、無視。そういう当たり前の会話は面倒である。当たり前で面倒なことは、佳那は嫌いだ。

ウェイタがやってきたので、二杯めは赤いオレンジジュースをオーダした。隣の美保がそれを飲んでいたからだ。

「これと、同じもの、お願いします」

「かしこまりました」

ウェイタがかしこまって戻っていった。ちょっと格好の良いウェイタで、ウェイタにしておくのが惜しい。なにか事情があるのだろうか、なんてことを考えて、しばらく、そちらを眺めていた。

美保が顔を寄せて来て、耳もとで囁《ささや》く。

「真ん中の人、ずっと君を見ているぞう」彼女は早口でそう言って、くくと断続的な息を吐く。「駄目だよ、そっち見ちゃ」

「見ない見ない」佳那は応《こた》える。

「あんね、ラグビィやってる感じ。押し倒さずにはいられないって、エネルギィ有り余ってんの、汗かいてるよ。まいったね」

「ふうん」

「ああいうのってさ、佳那は駄目？」

「べつに」

「あらま、ホントに？」

「聞き流しておいて」

「あとね、その一人こっちの人はさあ、留学してたことばっかり話してるんだ。そのわりに、なんか垢《あか》抜けないよねぇ、やけにこっちの服とか髪型のこととか、ああだこうだ言うわりにさ、自分のその顔はどうなのって感じしない？」

「ちょっと、タバスコ取って」佳那は頼んだ。

「煙草？」

「タバスコ」

「ちょっと、食べすぎじゃない?」美保が小声で言う。「あんまりがつがつしない方が良いと思うな、こういう場合」

「がつがつしてる?」

「そうでもないけど」

「どういう場合?」

「えっとぉ、つまり、男性の前でってこと」

「どういう男性?」

「ううんっと、難しいね、それ。ねえ、いつも、そんなに食べるの?」

「好きなものなら」

「ふうん、正直なんだ。生き方が正直だよね」

「何? 普通、みんなそうなんじゃない?」

「私なんか、騙《だま》し騙しだもの。お腹いっぱい食べたことなんて、ここんところないもの」

何の話なのかよくわからないが、佳那は微笑んでみせる。タバスコを手に入れたので、ピザをもう一切れ食べた。サラダと一緒に口に入れると、ますます美味《おい》しいこともわかった。実験と同じで、いろいろ試してデータを採らないとわからない。

赤いジュースも運ばれてきた。口をつけると、つーんと来るほど酸っぱかった。

「あれ、これ、お酒入ってない？」佳那はきいた。

「あ、少しだけね」

「大丈夫かなぁ」

「なんで？」美保がきいてきた。

しかし、そこで、テーブルの向こう側から話しかけられ、二人の会話は中断する。美保は余所《よそ》行きの高い声で応えている。佳那は冷たいジュースを喉に通してから、フォークでサラダに挑んだ。一瞬だけ、テーブルの向こう側へ視線を向けると、三人の男たちがこちらをじっと見ている。

嫌な感じだ。

なんというのか、動物園の檻《おり》の中にいるパンダみたいではないか。

しかし、無視。ササの葉を食べている。むしゃむしゃ。美味しい。けれど、一人でゆっくり食べたいものである。見られているのは落ち着かない。竹林が恋しい。

しばらく、パンダになったつもりで、下を向いて動物的にサラダを食べ続けた。ジュースも飲む。これがまたやけに美味《うま》い。いろいろな言葉が頭上を飛び交っているが、まるで鳥の鳴き声のように聞こえた。遠くの方で菅洋子がしている演説は、九官鳥の声を連想させた。日頃聞かない波長の笑い声も混じっている。未開のジャングルの中か。

佳那の言語解読機能はほぼストップしていた。言葉は聞いても意味を受け取らない状態である。こういった喧噪《けんそう》の中にいると、自然にそれができる。否、自然にそうなってしまう。特に、アルコールが血液中に吸収されると、この傾向を助長するように思える。

体調は悪くない。

天井を見上げて溜息をついた。照明器具が油で黄色くなっている。毎日掃除をするのは無理なのだろうか。きっと従業員を減らして経費をケチっているのだろう。

腰のあたりに刺激があったので、下を向くと、美保の手がそこにあった。もう一度顔を上げて彼女を見る。

眉を寄せて、美保はじっとこちらを向いている。

「何?」

「何って……」ますます困った顔になる。「なんか、怒ってるわけ？　全然上の空」

「そうでもないよ」

「どこ行ってんのって感じ」

「ここにいるよ」

「まあ、いつも、この人はこうなんですよ」彼女は、男性陣に聞こえる声で説明した。「なんていうか、マイペース？　そうそう、自分本位で、我関せずって態度。でも、根はけっこう優しいんですよ」

「こらこら」佳那は頬杖《ほおづえ》をつきながら横を向く。男たちの方へは顔を向けない姿勢である。

月も、裏面は地球に向けていない。それと同じだと思った。「あのさ、私のこと、勝手に弁解しないでほしいんだけれど」

「駄目でしょう、打ち解けなくちゃ」

「いや、打ち解けてるよ」佳那は言う。「私よりも、みんなの方が、普段と違うじゃん」

「そんなことで、良いのかなぁ」

「ちょっと」佳那は目を細めた。「私はね、食べにきてるの。来てくれって言ったの、誰？」

「あ、あ、あ……」美保はぱっと片手を広げた。バレーのブロックでもするつもりだろうか。「ま、ま、ま、ま」

　ちょっと暑かったので、佳那はグラスのジュースを一気に飲み干した。

「すごーい」美保が目を丸くする。

「怒ってないし、料理は美味いし、ほっといてくれる？」佳那は言葉を吐き捨てる。「あ、なんか気持ちいい」

「窪居さーん」遠くから、菅洋子が手をふった。「どうしたのぉ？　どんどん食べてよねぇ。ほかにもっと食べたいものあったら注文するよ」

「肉が食べたいなあ」佳那は即答する。

「うわぁ」美保がのけぞった。「窪居ちゃん、酔っ払ってない？」

「あなたたち、勝手にやってて。私が食べる役は引き受けるから。あ、でも、それよりも、喉が渇いちゃって……」佳那は片手を高々と挙げる。「おにいさーん！」

「ちょっとちょっと」縋《すが》りつくように、美保が躰を寄せてくる。「悪かったって、怒ったんでしょう？」

「怒ってないって言ってるでしょうが！」

「どうしたの？　何、騒いでる？」遠くから別の声。

「あ、あ、大丈夫大丈夫」美保の後頭部が見える。

ウェイタがやってきた。

「中ジョッキ、生で」佳那はオーダした。

12

「うぅ」佳那は目を開ける。

宇宙ステーションが目の前に光っていた。

どうしたのだろう？

「ねえねえ」すぐ横で声がした。「お腹空《なかす》かない？　なんかさぁ、食べるものない？　コンビニで買ってこようか？」

ピントが合うまえに、その声が藤木美保だとわかった。もう一度、前方をよく見据えてみると、宇宙ステーションは、天井の蛍光灯だった。

「あれ？　ここって、私の部屋？」

「うわお、ひっさしぶりに、まともなこと言ってるじゃん」美保がけらけらと笑った。

佳那は起き上がった。ソファの上で両脚を伸ばしている。たしかに自分の部屋だ。振り返ると、テーブルの椅子に美保が腰掛けていた。雑誌を広げて読んでいるようだった。

「あれぇ？」佳那は立ち上がる。

ちょっとよろめいた。

自分が着ている洋服を確かめ、それから、壁の時計を見る。時刻は二時を少し回っていた。窓にはカーテンが引かれているが、夜であることはまちがいない。つまり、午前二時だ。

えっと……、今日は、もう土曜日か。

おかしい。覚えがない。どうやってここへ帰ってきたのか、思い出せない。テーブルの方へ移動し、美保の向かい側の椅子に腰掛けた。彼女が読んでいる雑誌は、佳那が買ったものだ。美保が、ここまで送ってくれた、ということだろうか。それくらいの想像はできたが、それにしても、そんなに飲んだかな……、と不思議に思う。ここへ、美保が来たことは一度もない。そもそも、自分の部屋へ友人を入れることが、佳那の場合は滅多にないことだった。

今現在、自分の体調にはまったく不安はない。疲れてもいない。眠くもないし、気持ちも悪くない。

「コーヒー淹《い》れようか？」佳那は、それとなくきいた。

「嬉しい。ありがとう」美保が顔を上げて微笑んだ。「もう、でも、そろそろ帰らないとね。今日またバイトがあるから」

「私も大学へ行かなくちゃ」

「土曜日なのに？」欠伸《あくび》をしながら、美保が言った。

「とにかく、コーヒーを飲もう」佳那はキッチンへ歩いた。

ときどきだが、こういう奇妙な現象が起こる。飲んでも、普段はなんともない。ところが、ごく少量なのに、すっかり記憶が飛んでしまうことが稀《まれ》にある。挙動の一般的傾向が摑《つか》めない実験データみたいに、ばらついている。

お酒の種類なのか、それとも自分の体調なのか、どんなファクタが影響しているのかさえわからない。すなわち、いかなる条件が揃ったときに、こんな状態になってしまうのか、それが不明なのだ。そのため、どうすれば防ぐことができるのか、なんとも手の打ちようがない。

だから、できるだけ、とにかくアルコールの絶対量を減らす、といった対策しか取れないのだが、悪いことに、どんどん、少量でも問題が発生するようになってきた。

一方、自分一人で飲むときには、こういった現象は一度も起こらない。いくら飲んでも、まったく大丈夫なのだ。ようするに、実験をしようとしても、再現ができない。なにか影響要因があるはずなのだが、まだ研究途上の状態。もしかして、これを究明できたら論文が一編書けるのではないか、と思えるほどである。

コーヒーができるまえに、美保からいろいろ聞いたところによると、どうやら、あの赤いジュースにはウォッカが入っていたらしい。

「なんだ、そうか」佳那は頷いた。「危ないなあ。そいつのせいだよ」

「知らないもん、私。佳那ちゃん、そんなにお酒弱かったっけ？」

佳那ちゃん、という呼び方が新鮮だった。なにか、あったのだろうか。数時間の記憶がないため、非常に不安である。

コーヒーをすすり飲みながら、さらに話をきく。一次会の店を出てから、もう一軒、近くの別の店に行ったらしい。

「え、全然覚えてないの？」美保が首を傾げる。

「いや、そんなことない。ぼんやりとは……」とは言うものの、実はパーフェクトに覚えていない。

「そんな酔ってなかったよ、全然。しっかりしてたって」

そうなのだ。これは聞いた話であって、自分で見たことはもちろんないが、しっかりしているのだ。傍目《はため》には完全なしらふに見える。

ただし、これまでに収集した情報によれば、まず、非常に傍若無人《ぼうじゃくぶじん》で、活発で、声が大きく、態度もでかく、男勝りの攻撃的な人格になるらしい。大声で笑い、やけに明るい、素振りがオーバになる、という噂もある。是非一度見てみたいものだが、ビデオに撮っておいてくれ、とお願いするわけにもいかない。

これが、佳那の七つの悩みごとのうちの一つなのだ。簡単にいえば、「酒癖が悪い」ということである。いつも悪くなるのなら、諦《あきら》めて飲まないのだが、そうでもない。確率としては、十回か二十回に一度ほどの低い数値である。そこがまた難しい。つまり、毎回のことならば、それなりに周りのみんなも理解してくれるだろう。そのように対応してくれる。周知されていないことが、また危ないのだ。

どうせならば、飲みつぶれてしまったり、酩酊《めいてい》して動けなくなる、というパターンの方が、まだ幾分良いかもしれない。誰も、佳那がそれほど酔っ払っているとは認識していない。自分自身も、どこからそうなるのか、まったく不明。自然な流れで、いつの間にかその状態に至るのだ。防ぎようがない。

やはり、すっかりアルコールを断つしかないのか。人生から酒を切り離すことくらい容《た》易《やす》い。佳那はコーヒーをすすりながら、そう考えた。

それとなく、さらに美保から話をきき出す。かなりのテクニックが必要だったが、美保も話したがっているので、それを利用してのことである。二軒めの店はカラオケだったようだ。

「えっと、あの人、名前は何だったっけ？」佳那は尋ねた。

「どっち？」美保はきき返す。「猪俣《いのまた》さん？」

「違う方」

「ああ、矢崎《やざき》さん」

「そうそう」

「けっこう、いい線行ってなかった？」

「え？　何が？」

顔を左右非対称にして、美保はにやりと笑う。そして、そのままの表情を維持して、器用にも舌を出した。多機能な顔である。

何だろう？　カラオケが上手、という意味ではなさそうだ。

胸騒ぎがする。

カラオケの店には、四人で行ったようだ。つまり、女性は佳那と美保、男性が、その猪俣と矢崎のようである。

まいった。

どちらも、顔さえ覚えていない。

だいたい、五人の男たちの一人として印象がない。覚えているのは、全員がネクタイをしていたことくらい。

「あ、そういえばさあ、あの男の子は？　研究室の後輩？」

「え？　何の話？」

「何、言ってるの、バイトの子、知り合いみたいだったじゃない」

「私の？」

「なあんかさあ、女王様みたいだったよう」

「女王様？　どういう意味、それ？」

「傅《かしず》かせているみたいな。あれ？　言葉違ったっけ？　えっと、跪《ひざまず》かせて？　諂《へつら》わせて？」

「えっと、よく覚えてないんだけど、どんな子だった？」

「まったぁ！」美保はまた顔を歪《ゆが》ませる。「佳那ちゃん、恐いお姉さん？」

「何、それ」

「ま、そんなふうかなって」

「ねえ……、どんな子だった？」

「マジで覚えてないの？」

「全然」

「駄目じゃん、そんなことじゃあ……。あ、あでも、学校じゃあ、秘密の仲なんでしょう？」

「ちょっと、待ってね」佳那は両手を広げた。「それ、けっこう真剣に、切実な問題なんだなぁ」

「あらま」

「えっと、背が高い？　それとも、メガネ？」

「うーんっと、どうだったかしら。あんまりね、そうそう、印象の強いタイプじゃなかったから。えっと、ひょろっとしてて、あ、メガネ……、してた、うん。してたしてた」

「日本人だった？」佳那は質問する。

「当たり前じゃん」

「いや、だって、中国人とか、韓国人とか、見た目じゃ、わからないよ」

「しゃべったもん、わかるよぅ」

「あ、そう……。ぼそぼそっていう、オタッキィなしゃべり方？」

「そうそうそう」美保はうんうんと頷いた。「それよそれそれ、あれはねーえ、ちょっと引く。うん、なんか、それはちょっと勘弁してほしいって。あ、ほら、そういうのない？」

　水谷浩樹だ。まちがいない。

最悪だ。

そんな、カラオケなんかでバイトするなよ、と言いたかったが、しかし、言える立場ではない。

うーん、これはまずい、と思う佳那である。

13

次の日の朝は、父親からの電話をベッドの中で受けた。

「どうした？　二日酔いか」

「違う、そういうのじゃなくて……」佳那は目を瞑《つむ》ったまま答えている。「ちょっとね、風邪気味かしら」

「二日酔いの人間の約九割は、公式発表では風邪気味だ」

「ごめんなさい」

「元気がないな、本当に風邪か？」

「そうかも」

「大事にしなさい」

「どうも」

それからまた寝直したため、そのあとの午前中はなかった。目が覚めたのは正午過ぎ。慌てて大学まで自転車を走らせる。幸い、院生室には誰もいなかった。水谷に会っても、なにもなかったように振る舞おう、という決心は既にしていた。向こうから、その話をしてきても無視である。

そういった緊張の中だったためか、思いのほか仕事が捗《はかど》った。頭も冴《さ》えていたし、データ整理中に、今まで気づかなかった点も見つけて、おまけにその原因も思い至った。なかなかの発見だ。次の実験の目処《めど》も立った。明日か、明後日にも測定を始めよう。しかし、アシスタントは、水谷には頼めない。一人でやるには、ちょっと効率が悪くて辛《つら》いところだ。となると……、また、鷹野か、それとも、留学生の誰かにお願いするか。留学生たちは、日本人以上にバイトに忙しいから、頼みにくい。

こういった人間関係で悩みたくないものである。もっと自分だけで機械的に研究が進められたら良いのに。つまり、自分以外は、全員ロボットだったら良いのに。相澤准教授と自分の二人だけが人間で、ほかは世界中、全部ロボットだったたっていうのは、どうだろう？　かなり、ロマンティックな気がする。悪くない。そんな空想をしていたら、院生室のドアが開いた。

佳那の心臓が一度大きく脈動する。

入ってきたのは、水谷だ。彼はいつもどおりに、にこりともせず真っ直ぐに自分のデスクまで行き、ショルダバッグを椅子に置いた。

見るとも見ないともいえない外した視線で、佳那は彼を観察していた。とはいっても、顔はディスプレィを向いている。水谷がこちらを見たら、機敏に視線を戻し、知らない顔で作業に集中している振りをする。話しかけてきたら、まずはとぼけてみせる。心の準備はできている。大丈夫、大したことではない。

水谷は、バッグの中へ手を突っ込んで、ごそごそとなにかを探していた。こちらをちらりと見ようとする。そのまえに、佳那は視線を逸《そ》らした。考えている顔をつくる。マウスを動かして、ウインドウの前後を入れ換える。スプレッドシートに整列した小さな数字を眺めた。もちろん、目が捉えているだけのこと。見てはいない。

近くまで、水谷が来る気配。

どきどき。

しかし、佳那は我慢してディスプレィを見続ける。

水谷が、すぐ横に立った。

彼女は顔を上げる。

水谷は僅かに笑みを浮かべていた。

沈黙が、約三秒間。

「何？　どうしたの？」たまらなくなって、佳那は尋ねた。

水谷の薄ら笑いは、微妙に増長。

彼は、片腕を背中に回している。

ようやく、佳那はそれに気づき、首を傾げ、どうしたのか、という顔をしてみせた。少しだけ彼女は彼の方へ躰を向けた。

水谷は、隠していた手を前に出す。その手は、大きな頭の人形を摑んでいた。先日の実験のときに見た、例の人形だった。

「なんだ……」佳那は鼻から息を吐く。

彼女の目の前に突き出された人形は、金色のガウンを羽織り、杖《つえ》のようなものを手に持っている。そして、頭には、細かく煌《きら》めく飾りものをのせていた。顔は同じなのに、まえのときとは全然雰囲気が違っている。ヘアスタイルも違うし、そういえば、金髪である。もしかしたら、違う人形だろうか。幾つも、同じシリーズで持っているのかもしれない。気持ち悪い。

佳那は溜息《ためいき》をつき、目を細めた。

「どうしたの？」

水谷は相変わらずの笑顔である。彼は籠もるような小さな声で答えた。

「クイーンですよ」

「ああ……、クイーンね」言葉を繰り返してから、遅れて頭に意味が入ってきた。彼女は急に寒くなった。

14

佳那は日曜日も研究室に出た。どちらかというと、土曜日も日曜日も大学にいることの方が多い。そうでないときは、アパートで掃除か洗濯をしている。ショッピングはむしろ平日の方が向いているので週末にはしない。しかし、週末は大学もさすがに静かだ。学生たちの大半は出てこない。研究室に自分一人だけ、ということも多く、仕事がとても捗る。

ところが、この日は、お昼頃、水谷浩樹が部屋に入ってきた。このため、一気に空気が悪くなった。彼はなにも感じていないふうだが、なんとなく酸素濃度が低い、という感じ。酸素濃度が低いというのは、バーゲンのときのデパートがそうだと母親から聞いたことがあるが、バーゲンには行ったことがないので、実際に体験したことはない。エベレストの頂上は気圧が低いから、もう少し違う感じだろう。逆に、海底探査の潜水艦には是非乗ってみたい。だが、彼女の研究分野では、将来スペースシャトルに乗って実験する可能性は僅かにあっても、海底に潜ることは無縁である。一生、潜水艦には乗れないかもしれない、と思うと多少寂しい。

しかし、そんなことを考えている場合ではない。

咳《せき》が出た。息苦しくなってきた。小さいときの彼女は、ずっと喘息《ぜんそく》気味だった。病院へ何度通っただろう。最近でも、ときどき咳き込んで眠れなくなることがある。しかし、これはおそらく精神的なものだ、と考えていた。今の咳なんか、そうにきまっている。

どうして、こんなにネガティブになってしまったのだろうか。水谷と喧嘩をしたわけでもない。具体的に彼から攻撃を受け、被害に遭ったわけでもない。もちろん、彼はなんの悪気もないだろう。それは、こっちだって同じ。特別な敵意はない。

しかし、どうしても生理的に駄目なのだ。

受けつけない。以前から、あれだけは近寄りたくないな、という対象は幾つか存在した。たとえば、よくテレビで放映されているどこかの神社の裸祭りとか、それから、五百人くらいの人たちを集めた披露宴で、花嫁が自分でデザインしたウェディングドレスを着て登場するとか、それから、スーパでホットプレートでソーセージを焼いているエプロン姿のおばあさんとか、歩行者天国の道路の真ん中でラジカセを鳴らして大勢で振りを合わせて踊っている連中とか、それから、リングの外で机とか椅子を振り回して暴れるプロレスラとか、ユニフォームでビールかけをしている野球選手とか、あと、えっと……、人生相談の番組のスタジオに集まっているおばさんたちとか、白い手袋をしてマイクを握っている駅前の政治家とか……。

いずれにしても、理由ははっきりしない。ただ、嫌なのだ。その人たちの自由は尊重したいけれど、自分は関わりたくない。つまり、ミミズとか、ムカデとか、ナメクジとかと同じだといえる。それらが絶滅してほしいなんて考えていないけれど、自分のそばにはいてほしくない、という単純な主張である。ライオンやトラみたいに直接的な被害を受ける可能性は低いのに、そう感じるのは何故か、という問題であるが、これ以上考えても説得力のある解答が得られそうもなかった。

何度か、水谷の姿を盗み見た。彼はディスプレィを睨んだままの姿勢でほとんど動いていない。手も止まっていて、キーボードを打っているわけでもない。マウスを握った片手がときどき少し動く程度。画面に何が映っているのかまでは角度的に見えなかった。そういうことを気にしている自分が非常に苛立《いらだ》たしい。

これでは気が散って仕事にならない。

しかたがない。場所を変えよう。

彼女は、サーバにやりかけのファイルを三つほど転送してから、パソコンをスリープさせた。バッグを持って立ち上がる。

彼の横を通って、ドアまで歩いた。ドアに手をかけたとき、後ろから声をかけられる。黙ってはいられない。なんか、そんな嫌な予感がしていたのだ。

「窪居さん、あの、今度、実験いつですか？」

「えっと……」外面的には、まったく落ち着いている、いつもの先輩・窪居佳那だった。

「まだ決めてないけれど。いいよ、そんな心配してくれなくても、助っ人なら、ほかにも頼めるし」

「いえ、そうじゃなくて、僕が使いたいんですよ。分離器とか、ポロシメータとか。あと、データロガも、チャンネルが足らないんで、もう一台スイッチボックスを動かしたいんです。どうしても必要になっちゃって」

「何の実験をするの？」

「あ、詳しく説明しましょうか？」水谷はここで少し微笑んだ。窓を背にしているから逆光である。はっきりいって、目が光っているウルトラマンと同じくらい不気味だった。

「あ、いえ」彼女は片手を振った。「わかった。いつ頃？」

「なるべく早く」

「どれくらいの間？」

「二日で終わると思います」

「うん、じゃあ、そっちがさきにやって。私、そのあとで良いから」

「はい、わかりました」水谷は頷いた。

「じゃあね……」

「今日はもう、帰るんですか？」

「うん、ちょっと、いろいろあって」広げていた片手の指を動かし、ドアを開けて外に出た。

なんで帰る理由をお前に説明しなくちゃならんのだ、という文字が頭の中の電光掲示板に流れる。憤りというか、鬱憤《うっぷん》というか、憤慨というか、ほとんど同じだが、とにかく、大きく息を吸って、吐いて、舌が鳴って、それから、肩に力がぐっと入る。万力《まんりき》になった気持ちである。何をこんなに意識しているのか、自分は……、と回顧してみるが、しかし、やはりどう考えても、自分に落ち度はないはず。酒を飲んだだけだ。否、向こうにだって落ち度はない。変な人形を持っていただけだ。これはつまり、明らかに相性の問題というほかない。不可抗力なのだ。避けられない運命、と佳那は思うのである。

15

その夜、佳那はまた自転車で走った。風が少し冷たいが、頭を冷やすのには良い環境条件だった。

小さなバッグを肩に掛けている。中には、封筒が一つ入っていた。夕方に購入したチケットをその中に入れて、それから、それらしい文面を作文して添えた。会社の名前もでっち上げる。それを封筒にも印刷した。広告会社のような感じ。貴方《あなた》は、偶然に選ばれたラッキィな一人です。管弦楽の夕べへご招待いたします。カラープリンタを久しぶりに使ったので、パソコンが二回ハングしたが、なんとか出力できた。ペダルを漕《こ》ぎながら、まだその文章が頭に残っていてちらついた。多少心配だ。誰が作ったのか、ばれないだろうか。無意識に使っていて、自分以外は滅多に使わないフレーズがあったりしないだろうか。けれど、もう決めた。今の自分は、放たれた巡航ミサイルみたいなもので、もうプログラムどおり目標へ向かって突き進むしかない。

近づくにしたがって、心臓の鼓動が大きくなる。それが実感できた。これは良いどきどき。こういうどきどきを、もっとしたいものである。このところ、嫌などきどきがわりと多い。昼間の研究室での空気がそうだった。あれが引き金だったように思う。人間、嫌なことがあると、その反動で良いことが無性に恋しくなる。躰が酸素を求めるように。

時刻は八時半。街はもうすっかり静まり返っている。このあたりは驚くほど夜が早い。商店もシャッタを閉めているところがほとんどだし、人通りも少ない。佳那は、歩道ではなく、車道の端を走っている。車がときどき彼女を追い越していった。

ハイウェイへ向かう国道に、大きな陸橋が架かっていて、そこのスロープを自転車に乗ったまま上った。これは、できるときとできないときがある。今回は途中で力尽きた。体調があまり良くない証拠である。そろそろ歳かもしれない。待てよ、体重が減ったということも考えられるではないか。ハンドルを摑んで突っ張らないかぎり、ペダルを押す力は、ほぼ体重に比例しているはず。しかし、坂を上ることに対する抗力も、重力によるものだから、自転車と人間の質量に比例している。スロープの角度をθ《シータ》として、三秒ほど、頭の中で式を展開させたが、途中でシャットダウン。

陸橋の上に出た。自転車を押して、そこを歩いていく。誰もいない。下は、片側三車線の大通りで、川の流れのように車が絶えなかった。両側にはマンションが建ち並んでいる。空には月。よく見ると星も出ている。風はない。地上の照明で、空はぼんやりと白っぽかった。目を細めると、光が長く尖《とが》って見える。どうしてそうなるのか、という理由を知ったのは、つい最近だ。子供のときに大人たちに尋ねても、誰も教えてくれなかった。

途中で再び自転車に跨《また》がり、スロープはブレーキを利かせながら下っていく。陸橋のあとも、しばらくは道は下り坂だった。片手でハンドル。片手でバッグを持つ。

バス停のライトが見えてくる。その横の公園は対照的に暗い。五人くらいがバスを待っていた。ベンチには誰も座っていない。速度を落とし、公園の中を見ながら、脇道へ入った。犬の銅像が見える。しかし、誰もいなかった。佳那は腕時計を見る。少し時間が早かったかもしれない。

あの犬はどれくらいの重さだろう? 触ってみた感じでは、グラスファイバではなく、金属でできているようだった。もし本ものの犬だったら二十キログラムくらいではないか。動物の比重はだいたい水と同じで一・〇。銅は、鉄よりも少し重い。確か、比重は八・九。つまり、約九倍。あの犬の銅像がもし中空ではなく、密実な銅の固まりだとしたら、百八十キログラム程度はあることになる。もし固定されていなくても、とても動かせない。低い台の上に乗っているが、あの台の重さだけでも、さらに百キロは加算されるだろう。その台は、下の地面に固定されているのか。置いてあるだけだろうか。

しばらく待ったが、誰も現れなかったので、先へ進むことにする。いつものコースで、ペダルを漕ぐ足を速め、坂道を一気に上っていった。

マンションが見えてくる。それを見上げるたびに、心地良い緊張感が躰に伝播《でんぱ》する。この感覚が、なんともいえず、素晴らしい。もうやめられない。自分は、おそらくこの気持ち良さに惹《ひ》かれて、こんな行為を繰り返しているのだろう。すっかり虜《とりこ》になっているといって良かった。

予定どおりの行動だ。注意するポイントも、頭の中に既にマニュアル化されている。ロボットのようにてきぱきと、彼女は動いた。そして最後は、バッグから取り出した封筒を、所定の郵便受けの中に入れた。すぐにUターン。引き返して、自転車に飛び乗り、坂道を下っていく。

両手を挙げたり、着ているものを脱ぐわけにはいかなかったけれど、ゴールを決めたばかりのサッカー選手になった気分だった。

滑らかに下っていき、再び公園まで戻った。同じ道を通って、また犬の銅像をチェック。今度は、そこに人がいた。

音がしないように慎重にブレーキをかけ、樹の陰になるところで、自転車をゆっくりと停めた。佳那はじっと、その人物を眺める。犬の世話をしていた。頭を撫《な》でたり、背中を擦《さす》ったり。持ってきた布で、犬の躰を丁寧に拭《ふ》いている。眺めているだけで、気持ちが綺麗になった。

心が和む。

ああ、今夜は最高だ、と彼女は思った。

16

「おはよう」

「あぁ、おはようございます」佳那は布団の中で電話に出た。

「今日も、まだみたいだね」

「ちょっと、最近、朝が辛《つら》くって」

「夜遅くまで起きているから？」

「そう……、いろいろとあって」

「研究か？　それとも、それ以外か？」

「うーん、なかなか寝つけないっていうか」

「ほう、それは、いわゆるストレスなのでは？」

「うん、私もそう思う」

「恋の病かもしれん」

「鯉の病？」

「知らないのか？」

「知ってる。ニュースで見たよ。沢山死んだんだよね」

「いや、それほどのことはないと思うが」

「あぁあ」欠伸が出る。目の焦点をどうにか合わせて、壁の時計を見た。「ああ、もうこんな時間だ。起きなきゃ」

「まあ、しかたのないところだろう。まだこうして、父親の電話に出てくれる、たとえそれが義理であっても、まずまずの評価に値する貴重さというものだ」

「すみません。また、あとでかけるから」

「うん、結果は夜でも良いが。それよりもだね、また、その、武蔵坊が、なんというか、そちらへ……」

「え？　来るの？」

「いやいや、電話をかけたい、と言ってきたのだが」

「電話？　なんで？　かけてくればいいじゃない」

「それはそれ、彼らしいジェントルさというべき行動ではないかと想像する。まずは、私に知らせてきて、それとなく、そちらに伝えてほしかった、ということであろう」

「ふうん」

「気に入らないようだな」

「そうねぇ、めちゃくちゃ気に入っているわけじゃないよ、少なくとも」

「お母さんも、そうだったよ」

「え？　何？　何の話、それ」

「ほら、目が覚めただろう。では、また……」

電話が切れた。

「何なんだよう」独り言を呟く。「意味、わかんねぇ」

大きな溜息をついて、布団から出た。まず、コーヒーメーカをセットする。そして、バスルームへ直行。とりあえず、頭を洗う。熱い湯をかぶりながら昨夜のことを思い出して、また少しどきどきした。残り火みたいなものだろうか。こういうのも、嬉しいものだ。これがないと、生きていけないのではないか、と思えてしまう。駐《と》まっているトラックの大きなタイヤの前に、ジュースの空き缶を置いておく。それが潰《つぶ》れるか潰れないか。思い出しただけでどきどきするのと、だいたい同じだ。たしか、小学生のときに、それをやったような気がする。夢だったかもしれない。だんだん、過去の記憶というものは、実際にあったことと、こうして想像したり、夢で見たり、友達に話した嘘の物語などと渾然《こんぜん》一体となる。現実と虚構の境が曖昧《あいまい》になるのだ。このまま歳をとったら、この傾向がもっと顕著になるだろうか。きっとそうにちがいない。

タオルで頭を拭きながら、リビングでコーヒーを飲んでいるとき、電話が鳴った。番号は父親からではない。

「はい」

「窪居さん、おはようございます。武蔵坊です」

「あ、どうも、おはようございます」

「今、ちょっとよろしいでしょうか？」

「ええ、べつに、少しなら」

「少しです」

「何ですか？」

「あの、このまえお話を伺った件ですが、もう、私の仕事が必要になりましたでしょうか？」

「だって、まだあれ、先週ですよ」

「では、まだですね？」

「そうですねぇ、まだちょっと、いつになるかも……」

「わかりました。はい、けっこうです。では、また、かけさせていただきますので、そのときは、どうかよろしくお願いいたします」

「あ、ちょっと」

「はい、何でしょうか?」

「父に知らせなくて良いですから、私に直接電話を下さい。あの、できたら、メールの方が良いですけれど、えっと、武蔵坊さん、メールって、できませんよね?」

「ご明察のとおり、不勉強でして、はい、できませんです」

「あ、だったら、いいんです。すみません。じゃあ、また再来週くらいに」

「わかりました。失礼いたします」

電話が切れる。

わかりました、というのは、わかりました、とどう違うのだろう。武蔵坊の小動物系眉毛の映像を頭から振り払うのに、数秒間かかった。

また電話が鳴る。武蔵坊がなにか言い忘れたのか、と思って画面を見ると、違う番号だった。間違い電話でないことを祈って、ボタンを押す。

「もしもし、窪居さん?」女の声だ。

「はい」

「私、私、わかる?」

「え？」

「藤木だよぅ」

「ああ、なんだ」

藤木美保である。しかし、彼女が電話をかけてくるなんて、初めてのことだ。

「あれ？　電話番号、教えたっけ？」

「このまえ、教えてくれたじゃん」

「このまえ？」佳那は考える。

このまえ、というのは、あの空白の夜のことだろうか。空が白かったら白夜なのだが、この場合、記憶が空白という意味であって、情緒の欠片もない。

「もしかして、カラオケで？」

「そうそう」

「私、ほかにも、誰かに教えてた？」

「ううん、私だけだよ」

「良かったぁ」これは本当にそう思って出た言葉だ。胸を撫で下ろすというのだろう。実際には、片手を目に当てて、溜息をついていたので、行動としては一致していない。

「あのね、あのね、朝、店に寄ってくれない？」

「今日？」

「うん、そう」

「いいけれど、どうして？」

「電話じゃ言えない大事なこと」

「へえ……」

「聞きたい？」

言えないんじゃないのか、とは口にせず。

「うーん」

何の話かわからない状態では、聞きたいか聞きたくないかの判断ができないのが普通だ、とは思ったが、だいたいの想像はついた。男の話にきまっている。彼女の頭には、それしかないのではないか、とさえ思える。脳細胞がピンク色かも。

「このまえの人？」

「そうなの」

「だろうね。違う人だったら、びっくりだもんな」

「意地悪言わないで。ね、寄ってね。お願いお願い」

「わっかりました」佳那は軽く頷く。使ってみると、くねっとした軽い歯ごたえの言葉である。ヨーグルトの中にまじったナタデココみたいな。

「じゃあ、あとでねぇ」

また静かになる。

両手を挙げて、座ったままで深呼吸。

窓から眩しい日差しが入り、テーブルの表面が光っていた。

どうも、自分の生活が、このところ多少複雑系になりつつあるのが問題だ、と思えた。できることならば、もっとシンプルにいきたい。考えること、関わることが、多すぎるから、こういう縺《もつ》れた状況になるのだ。しかし、人のせいばかりではない。自分から発したものだってある。まだまだ修行が足りないな。壁際に立てかけてある竹刀を眺めて、佳那はそう思った。

17

交差点のガードレールに自転車を立てかけ、佳那は店の中へ入っていく。藤木美保がEの口をしながら、飛び出してきた。

「えっと、矢崎さん、だっけ？」佳那は尋ねる。

「違う違う違う違う」もの凄く困ったという表情で、ぶるぶると首をふる美保である。

「違うよう、猪俣さんだってば」

「ああ、そうかそうか」頷きながらも、佳那は、二人の男性の顔をまったく記憶していない。「で、何なの？」

「あのねあのね、電話がかかってきたわけよ」

「あそう」

「また会ってほしいって」

そりゃそうだろうな、ほかに電話をかけてくる動機はない。

「会えば？」

「うーん、それがねぇ」美保は顔をしかめた。どうしてこんなにオーバアクションになっているのか不思議である。劇団に入門しそうな勢いだ。

「向こうがさぁ、また四人で遊びたいって」

「四人で？」

急に立ち眩《くら》みがする。思わず、佳那は近くにあったカウンタに片手をついた。

「ほら、矢崎さんよ、矢崎さん」美保は言う。「絶対に、佳那ちゃんにぞっこんだと思うよう」

「ぞっこん？」

族婚という文字が頭に浮かぶ。世も末である。

佳那は溜息をついた。

「ちょっと、私は……、その」彼女は片手を広げて後退する。

「いつが良い？　向こうは夜だったら、いつでも良いって。私もね、だいたい空いているし。剣道の日なんかどう？　終わったあととか、駄目？　やっぱり、汗くさいかしら？」

「ううん。あの、ちょっと考えさせて」

「そうだよね。でもさ、奢《おご》ってもらえるんだから、行かなきゃ損じゃない？　こっちは減るもんじゃなし」

「ちょっと、それは、どうかと思うな」

「何が？」

「減るもんじゃなしって、何？」

「あれ、なんか、減るもの、ある？」本当に不思議だ、という顔で首を傾げる美保であった。

話をしているうちに、いつの間にか、店の外まで出てきてしまった。佳那が後退し、美保が前進するためである。相撲でいうと押し出し。この勢いはもう止められない、と感じたので、とりあえず、その場は保留して、自転車に乗った。

頭の中で風車が回っているみたいだった。もしかしたら、風力発電かもしれない。とにかく、プロペラである。

どうやって断ろうか……。

研究室に着いても、頭の中は、美保に対する言い訳ばかりを考えていた。こういうとき、メールが届く相手であれば簡単だ。ずばっと書けば、それで済む。文章というのは、実に雄弁で、非情で、そして正直だ。それに比べて、直接話すことは難しい。せいぜい電話をかけるしかないだろう。しかし、問題は理由だ。都合がつかない、という王道的言い訳は、いつでも良い、という予防線によって既に封じられている。そうなると、当の矢崎氏が気に入らない、という真っ向勝負の理由以外、説得力がないだろう。他には、今自分は病気だ、とか、家族に危篤の者がいて、あるいは、研究の佳境であって、今それどころではない、くらいが候補として考えられるが、どれも弱い。

そのとき、突然、武蔵坊の顔が思い浮かんだ。

「あ！　そうか」佳那は顔を上げた。

その手があったか……。

既に、婚約している人がいる、という嘘を使う。まさに古典というか、アンティークというか、オールドタイマというか、意味はどれも同じだが、ようするに、トラディショナルなメソッドがあったではないか。ドラマとか少女漫画では何度かお目にかかったことがある。そのときは、またか、と思ったし、こんなのするか？　馬鹿馬鹿しい、と感じたものだが、まさか、自分の人生において、こんなにも現実的な場面が訪れるとは。もし適用されようものなら、まちがいなくミラクル。そもそも、実際に適用可能な手法だとも認識していなかった。否、今でも、まだ信じていない。そうだ、冷静に考えてみろ、うまくいくはずがないではないか。

だんだん、また落ち込んできた。

駄目だ駄目だ。

やはり古い観念に立脚している点が危ない。今どき、婚約者がいるなんて、なんの理由にもならない。相手は、カラオケに誘っているだけなのだ。人妻だって堂々と誘えるだろう。法的にも問題はない。その程度のことで、引き下がるはずがないではないか。

だがしかし、武蔵坊は、使えるんじゃないか。あの男はちょっと生身の人間を逸脱している。あれを間近に見せたら、相手はびびるぞ。そうだ、連れていって直接会わせる手があるな。そう考えると、少し楽しくなってきた。こういう企《たくら》みというか、もとい、企画を立案することが、わりと好きな佳那である。

ただし懸念される問題として、見た目に、ちょっと歳が離れすぎていて、本当らしく見えない、という点がある。こちらの策略が見抜かれる恐れがなきにしもあらず。できるだけ客観的視点に立ってみたが、やはり、武蔵坊は、親戚の叔父さんくらいにしか見えない。下手をすると、父親を連れてきたと誤解される。それは彼女のプライドが許さない。

「どうしたんです?」目の前に、鷹野史哉が立っていた。

驚いた。

部屋には自分一人だと認識していたのだ。

いつから、鷹野はいたのだろう。部屋に入ってきたことに気づかなかった。

「え？」

「あ、そうかって……」鷹野は言う。

さっき、声を実際に上げたようだ。まずい。どうも、自分の世界に入ってしまうと周囲の現実から乖離《かいり》し、見境がなくなる。佳那の悪い癖だ。

「なんか、アイデアを閃《ひらめ》いたんですね？」彼がきいてきた。爽やかな青年だ。

「あ、うん、そうそう。まあ、そんなところかな」佳那は微笑んで誤魔化した。

「格好良いですよね、そうやって没頭している窪居さんって」鷹野はそう言うと、戻っていって、自分の椅子に座った。顔が見えなくなる。

あらら、直球で来たな、と彼女は思った。こういうジャブは気をつけた方が良い。それは、ここ数年で学んだ教訓である。

咄嗟《とっさ》のことで、混乱して、適切なディフェンスができなかったことが悔やまれた。そう、武蔵坊ではなく、鷹野史哉を使う手もあるな、と二秒ほど考えたが、すぐに却下。それでは、もっと深みに嵌《はま》りそうだ。リスクが大きすぎる。

気持ちを切り換え、メールを読んだ。そこへ、ドアを開けて、水谷浩樹が入ってきた。彼は佳那と鷹野を一瞥《いちべつ》してから、自分のデスクへ行き、持っていたファイルを置いた。表情にはなにも表れていない。世界が滅亡したときも、そういう顔をしているだろう。

この男でも、コンマ一秒くらい想像してみた。つまり、使えないか、という意味だ。もちろん、問題外である。考えるまえに、少し笑えてきたくらいだ。しかし……。

待てよ……。

あと腐れは、ないかもしれないな。

そう、
毒をもって毒を制す、
という言葉が思い浮かんだ。

毒をもって、というのは、毒を盛って、ではないはず。たぶん、毒を使ってという意味だろうな、と佳那は考える。すなわち、水谷を矢面《やおもて》に立てれば、水谷自体も、それだけで、けっこう満足してくれるかもしれない。のちのち接しやすくなる、という気もしてくる。

考えどころだ。

こんなこと、考えている場合か、とも考える。

けれど、ディスプレィの数字を見ても、まったく焦点が合わなかった。もう、それしか考えられない。

水谷が、佳那の近くまで来た。

「あの、データロガに設定が残っているんですけど、消したらまずいですか?」ぼそぼそっという口調で彼がきいた。

「え？　ああ、そうか」佳那は立ち上がる。「ちょっと待って、引き上げにいくから」

佳那は部屋を出て、実験室へ向かった。後ろでドアの音がして、振り返ると、水谷が後ろをついてくる。五メートルほどの距離だった。階段になったところで、少し接近したものの、お互いに無言。この人物には世間話というものが、通用しない感じがする。自分も、世間話は好きではない。

そうか、こいつ、カラオケ屋でバイトをしているんだ。

それを思い出した。思い出したといっても、実際の記憶はない。美保からの情報である。待ち合わせをするならば、まえと同じカラオケ屋、ということになるのではないか。

これは、使えそうだ。

数々のシナリオが彼女の頭の中で次々に創作された。実験室に到着した頃には、ほぼ決断していた。

椅子に座り、データロガにあった設定ファイルをMOへ待避させた。その作業をしている佳那を、すぐ横に立って水谷が見ている。なにもしゃべらない。まあ、話しかけられるよりは、まだましだ。

「はい、終わり。あとはご自由に」佳那はMOを片手に持って立ち上がった。

「べつに、それくらいだったら、口で言ってくれたら、やりましたよ」水谷が無表情で言う。

わざわざ実験室へ出向かなくても良かったのに、という意味らしい。口調だけからすると、もの凄く嫌みたらしく非難されているように聞こえるが、内容を冷静に受け取れば、彼なりの好意のようでもある。そういうことは、しかし、部屋を出るときに言ってくれたら良いではないか。何を今までぼんやり見ていたのか。すべて終わってから言うことか？

今度は水谷が椅子に座り、実験の準備を始めた。データロガのキーボードから新しい設定を入れようとしている。

「水谷君、ちょっと、いいかな」佳那は軟らかい発声で切りだした。

水谷は、きょとんとした顔を、こちらへ向ける。メガネの奥の細い目は、どこを見ているのかよくわからない。口は少し尖っていて、河童《かっぱ》みたいだったが、実物の河童に会った経験が佳那にはないので、確かな評価とはいえない。

「一つね、頼みたいことがあるんだけれど」

「実験ですか？　いいですよ」

「ううん、実験の手伝いじゃなくて」

「何ですか？」

「君さ、カラオケの店でバイトしているでしょう？」

「はい」

「どこの店？」

「どこって、このまえの店ですよ」

「あのとき、車で移動したから、よく道を覚えてなくて……。もう一回行きたいんだけれど、教えてくれない？　店の名前とかも」

「あとで、メールしときます」

「君、いつもいるの？」

「え？」

「そこの店で働いている日にちと、それから、時間」

「どうしてですか？」

「あのさぁ、悪いけれど、うん、その、お礼はするから、ちょっとだけ頼まれてくれないかなあ」

18

数日後の夜。実験室で佳那は測定装置のセットをしていた。水谷の実験が昨日で終了したためである。彼が何の実験をしていたのか、よくわからない。このところ、地道に暗躍しているようだが、もともと地道だし暗躍しそうな人格なので意外性はない。ゼミでも水谷は実験結果をまだ発表していなかった。

八時頃、弁当を食べた。夕方にコンビニで買ってきたもので、もう冷え切っている。冷たい食べものは嫌いではない。めちゃくちゃ熱いものよりは好きだ。しかし、冷たい弁当を食べるごとに思い出すのは、以前に講座にいた中国人留学生のこと。彼は、冷たいご飯を食べると病気になる、と何度も彼女に訴えた。中国では弁当というものがなく、昼は自宅へ帰って調理すると聞いた。冷たさの程度が違うのかもしれない。凍っているほど冷たければ、躰に悪そうだ。いつも、それでモンゴル平原のことなどを想像する。

ドアが開いて、相澤准教授が顔を出した。佳那は慌てて箸《はし》を置き、片手で口を覆った。

「あ、あの、もう僕、帰るから」片手を上げて相澤が微笑む。「気をつけて」

佳那は立ち上がっていたが、口の中がいっぱいでしゃべれなかった。頷いて、頭を下げる。

「今夜は一人？」彼は尋ねた。

「いえ……」首をふる。ようやくなんとか話せるようになった。「鷹野君が、もうすぐしたら……」

「あそう」相澤は頷く。「なるべく、一人にならないようにね」

「はい」

相澤はパーを見せてから、ドアを閉めた。

実験は基本的に一人だけではしない、という決まりである。万が一の事故があったとき、二人いた方が安全だという考えに基づいている。もっとも、佳那が行っている測定は、爆発したり、重量物が倒れたり、といった危険はない。しかし、実験中の事故で一番多いのは、ガラス管が割れて負傷する事例である。学内でも、一年に数件は発生している。自然に、入口の棚にある救急箱に視線が向いた。

測定器の接続を終え、作動の確認をしているとき、ドアが開いて、鷹野史哉が顔を覗《のぞ》かせる。革ジャンだった。バイクで来たばかりなのだろう。

「あれ？　早いね」時計を見てから佳那は言う。約束の時刻よりも三十分ほどまえだった。

「あ、ええ……、早く済ませてきました。着替えてきますから、ちょっと待ってて下さい」

「ゆっくりで良いよ」

ドアが閉まり、駆けだしていく足音。そんなに慌てなくても、と佳那は思う。小学生のとき、廊下を走るな、と散々言われたけれど、何故か大人になると、そういった注意は受けないものだ。不思議である。大人が走った方がずっと危険なのに。

鷹野が戻ってくるまでに、弁当の残骸《ざんがい》を片づけ、一応小綺麗《こぎれい》にしておいた。これは鷹野個人に対する好意というよりは、実験を無償で手伝ってくれる者への配慮であり、極めて素直な行為である、と頭の電光掲示板に文字を流した。

白衣に着替えた彼が戻ってきて、すぐに測定が始まった。最初のうちは手順の指示をして、プログラムの不具合を直しつつ、試験片の準備も同時に進める、といった忙しい一時間だったが、十時を回った頃には定常ルーチンになり、やや余裕が出てきた。こうなると、だいたいは内職を始めることになる。佳那は、測定に関係のないノートパソコンを開く。データ処理とグラフ化のためだ。鷹野もコピィした紙の束をデスクにのせて、店を広げようとしている。ゼミに向けて、英語の文献を読まなければならないのだろう。

そういったサブルーチンも、しばらくすると定常になる。時計の針がまもなく真上で重なろうとしていた。これまでに終わった量から類推して、あと四時間くらいはかかりそうだ、という計算を佳那はする。ちらりと、鷹野の様子を窺《うかが》うと、デスクに向かって難しい顔をしていた。彼女は、少しそちらへ近づく。

彼がこちらを向いた。

「何？　先輩にきいてみる手もあるよ」彼女は言った。

「ここのところ」彼は、文献を持ち上げ、彼女の前に差し出した。

彼が指で押さえている部分の英文を彼女は読んだ。

「ああ、コンファイン。これ、デファインと同じだと思っているんじゃない？」

「限定する、と、定義する？」

「そうそう、入試の英語だとそうだけれど」

「違うんですか？」

「違わないけれど、そうね、たとえば、出てこられないように、邪魔をして、閉じ込めてしまう、そんなニュアンス」

「ああ……、分子が物理的に、ですか?」

「そう」

「なるほどぉ」鷹野は口を少し開けて頷いた。「それなら、意味が通ります」

鷹野の表情を見て、ふと思い出した。アイドルやグラビアの女性たちが、どうしていつも口を少し開けているのだろう、と佳那は常々不思議に思っていたのだ。セックスアピールとして効果があるのだろうか、という意味だが。どうして、こんなことを思いつくのか、そちらがさらに不思議ではある。

「ちょっと、煙草吸ってくるね」佳那は立ち上がった。

「ごゆっくり」

通路に出ると、空気が冷たかった。ホールの方へ歩き、煙草に火をつける。そこに赤いバケツの吸い殻入れが置かれていた。誰が掃除をしているのか知らないが、毎日綺麗になっている。

ホールの窓から、研究棟が見えた。深夜なのに、照明が消えている部屋の方が少ない。しかし、部屋に人がいるのかどうかはわからない。無人で計器だけが動いている場合もあるだろう。

管弦楽の夕べのことを考える。

少しどきどきした。

どきどきしながら、煙を吐くと、とても気持ちが良い。もしかして、これは自分だけの特性だろうか。自分だけがしている楽しみ方だろうか。他人は、こんなふうにしてどきどきを楽しんでいるとはかぎらない。けれど、緊張が躰を拘束し、そこで呼吸をしたときのリラクゼーションが、なんともいえない開放感を伴う。もう一度試してみた。面白い。最近、上達したので、すぐにこの気持ちになることができる。ただし、その反面、緊張の度合いが今一つだ。もっと大きな刺激が必要だろう。どきどきが基本であって、どきどきがなくては、なにも面白くない。

ドアの窓ガラス越しに、中庭を近づいてくる人影が見えた。水谷浩樹である。佳那の心臓は大きく打った。しかし、彼は、実験棟へは入ってこなかった。鞄《かばん》が見えたから、帰るところだったようだ。今まで研究室にいたのだろうか。

煙草の煙を細く吐き出す。まだ鼓動の余韻が残っていた。

おかしい……。

どきどきしたくないものと、どきどきしたいものは確固として別ものなのに、結果としてのどきどきには違いが認められない。

これは、どういうわけか？

あらゆる倒錯が、このメカニズムによって成立しているような気がした。そう発想するだけで、なんとなく面白い。論文にはならないだろうな。たとえば、心理学ならば、これで論文が書けるのだろうか。そんな想像をするうちに、煙草は短くなった。

バケツの中へ煙草を投げ入れ、深呼吸。

さて、戻ろう。

実験、実験、実験、と呪文《じゅもん》を唱えて、雑念を振り払った。

19

子供のときから、嫌なことはさきに済ませるタイプである。たとえば、食事にしても、嫌いなものを全部さきに食べることに決めている。そうしないと、美味《おい》しいものを美味しく食べられない。最後にはハッピィになりたい、という願望の表れだろう。

分析するに、この性格が彼女を各種の局面で救ってきた。あとで遊びたいから、さきに勉強をする子供だった。今でもまったく変わらない。どうして、こんなに辛《つら》いことばかりを自分は選ぶのだろう、と不思議に思うほどだ。でも、辛いことがあってこそ、そのあとの楽しみが増幅される、という摂理ではないか。漫画でも映画でも、伝記もスポ根もヒーロものも、必ずこのパターンなのだから、これはもう人間の基本原理というか、極めて普通の傾向である、と佳那は考えていた。

ところが、大人になって、周囲を観察する余裕ができたとき、意外にも、彼女の方式がマイナかもしれない、と感じることが多い。

たとえば、一番の良い例が、借金やローンだ。ごく普通の真面目な人たちが、なんの抵抗もなくローンを組むのは、彼女には信じられない現象である。奨学金だって同じだ。食べものに関していえば、大人になって、好きなものだけを食べれば良い、嫌いなものを残しても大丈夫、ということを発見しただけで、大いなる喜びだった。嫌いなものを食べなくても、死んだり病気になったりしない、ということが明らかとなった。すっかり騙されていたのだ。

とにかく、そういうわけで、今さら自分のシステムを大幅に入れ替えることはできない。避けられない場合は、嫌なことをさきに済ませてしまいたい、という気持ちは、彼女の深いところから立ち上がってくる感情なのである。

したがって、管弦楽の夕べのまえに、どうしても、カラオケを済ませておきたかった。これさえ乗り越えれば、薔薇色の人生が待っている、と思えるのだ。この「薔薇色の人生」という言葉も常用されるのだが、いったい何が薔薇色なのだろう。薔薇色というのは、具体的に何色なのか……。

それはともかく、

水谷との打合せも嫌々こなした。藤木美保には、電話で連絡。その一時間後には、佳那が提示した第一希望の日程でスケジュールが決まった。

剣道教室の日だったけれど、二人とも練習を休むことになった。佳那はそれが少し残念だったが、しかし、それくらいの犠牲はやむをえない。

駅で美保と待ち合わせをして、地下鉄に乗った。時刻は六時半。少しどきどきした。地下鉄の吊革に摑まって立っている。

「ねえねえ」隣に立っている美保が顔を近づけてきた。「二次会とか、どうする？　どこか良いところ知らない？」

「全然考えてない」彼女は首をふった。「大学に戻るつもりだから」

「え？　あらら。大学に？　なんでまた」

「うん、仕事があるから」

「へえ……。学生なのに？」

「私のこと、気にしないで」

「うーん、でもねえでもねえ」美保は口を尖らせた。「まだ二回めだしぃ」

「あそう、けっこう慎重派なんだ」

「めちゃくちゃ慎重。大丈夫かなぁ」

「何が？」

「何がって」美保は苦笑する。

何が言いたいのか、わからないでもなかったが、しかし、わかりたくはない。佳那にしてみれば、自分の時間がこうして消費されていくだけで、自己嫌悪である。

最初はレストランで食事をした。イタリアンだ。一人が四千円のコースだった。食事にそんな大金を注ぎ込むなんて、佳那にはロード・オブ・ザ・リングくらいファンタジィである。ワインを飲むことになったが、彼女は遠慮した。

さて、ずっと二人の男性に視線を合わせることを避けてきたけれど、こうしてテーブルで向き合ってしまうと、そうもいっていられない。美保の対面には猪俣、そして、佳那の前には矢崎という男が座っている。二人ともスーツにネクタイ。会社の帰りらしく、同じような茶色の革のバッグを持っていた。

顔は、まあ、そういえば、どこかで見たかな、という顔だった。

猪俣というのは、わりとがっしりとした明るいスポーツマンタイプで、髪が薄い。色が茶色っぽいというのではなく、毛髪の本数が少ないという意味だ。髭《ひげ》が濃そうで、顎《あご》がブルドーザのシャベルみたいだった。こういう感じのロボットがいなかったか、と佳那は考えた。しかし、一見、好青年に見えないこともない。現に、美保は惑《まど》わされているのだ。まったく見る目がないというか、男なら誰でも良いというか、それともこういう変わった趣味なのか……。

一方の矢崎は、やや線が細い。前髪が鬱陶《うっとう》しいくらい長くて、今すぐにでもハサミで切ってやりたくなるほどだ。向こうはじっと佳那を見つめている。オタマジャクシみたいな目だ。どこかで見たことがある目だな、誰だったか……、おお、そうそう、水谷だ、水谷だ、水谷の目ではないか、ひえぇ、まいったな。佳那は密《ひそ》かに舌打ちをした。

こういうタイプにつきまとわれる傾向が自分にはあるのか、もしかして、それが私の属性なのか、などと考えてしまう。だんだんというか、かなり滅入ってきた。ついつい目の前にあるワイングラスに目が行く。駄目だ駄目だ、絶対に飲んではいけない。二度と過ちは繰り返してはならないのだ。しかし、「飲もう」という日本語と「ノーモア」という英語がほとんど同じ発音とは皮肉ではないか。皮肉？　皮肉っていうのは、どういう意味だったっけ。うーん、ああ、つまらないことを考えているぞぅ……。

しかし、料理は美味しい。

しかし、それですべてを許せるというほどではない。

「今日は、飲まないんですか？」矢崎がきいてきた。だいたい、しゃべっているのは猪俣ばかりだったので、少し珍しかった。

「お水を飲んでいます」佳那は答える。あまり気の利いた返答ではないな、と自己評価。

「佳那ちゃんってば、このまえね、あれ、酔っ払ってたんだってぇ」美保が話す。いつもよりも声が高い。「ほら、全然そんなふうに見えなかったじゃないですか」

「強いんだね」矢崎が呟くように言って、うんうんと頷いている。何を納得しているのだろう。

「なんか、緊張してない？」猪俣が両手を広げて、佳那に言った。オーバな身振りである。

「それとも、いつも、こうなわけ？」

「いつもこうです」即答する。全然笑っていない。きっとつまらない顔に見えただろう。とげとげしい感じだ。しかし、実際つまらないし、とげとげしているのだから良いではないか。「料理はとても美味しいですけど」一応、フォローはしておいた。

猪俣は笑った。美保がつられて笑った。

矢崎は笑わなかった。少しだけ彼を見直した。

男が、なにげなく冗談っぽく女を小馬鹿にするようなことをよく言う。佳那はそれが許せない。中学の担任の先生がそうだった。そのときに、女性としてのアイデンティティを初めて感じた。目覚めさせてくれた、という意味では良い教育者だったかもしれない。同窓会で一度再会したが、もう定年退職している年寄りだ。本人は気づいていないようだった。そういう態度を、男らしい、頼もしい、と感じる女たちもいる。半々くらいではないだろうか。悪いとは思わない。それで女性が損をしているとも思わない。どちらかというと、楽ができるという気はするし、つまり、得かもしれないとも考える。ただ、どうしても自分はそれが許せない。嫌なのだ。自分が見ているところで、誰かが小馬鹿にされるのも、駄目だ。そういう場面が嫌いだ。どちらかというと、スポーツマンタイプに、こういう男が多いように思える。そういえば、高校のときの運動部には女性のマネージャなんてものがいて、非常に馴《な》れ馴《な》れしい会話を男女が交わしているのを聞いたことがある。ああいうのも、思い出しただけで虫酸《むしず》が走る。虫酸って何だろう？

「どうかした？」美保が顔を近づけてくる。「なんか、怒ってない？」

「ううん」佳那は首をふった。目を大きくして、少し驚いた表情をつくってみせる。「美味しいよ」

「料理のことじゃなくてさ」

「カラオケに行くんでしたよね」そう言いながら、佳那は時計を見た。「ちょっと、失礼」トイレに行く振りをして、席を離れる。テーブルからは見えない奥の通路まで来て、電話をかけた。

「もしもし」

「はい」暗い返事が返ってくる。

「あ、水谷君、もうお店にいる？」

「今、向かっています。あと数百メータという位置にいます」

「そう、がんばってね。こちらは予定どおりだから。もう、デザートも食べたし、そろそろ、そちらへ向かうんじゃないかな」

「デザートは何を食べたのですか？」

「なんで、そんなことをきくの？」

「いえ、べつに……」

だったら、きくなよ、馬鹿、という文字が、頭の中の電光掲示板に表示される。

「じゃあね」精一杯優しい声を、最後の歯磨きチューブのように絞り出した。

「はい」

電話をバッグに仕舞ったところへ、美保がやってきた。

「あれ？　トイレじゃなかったの？」

「うん、ちょっと、電話」

「誰に？」

誰だっていいじゃないか、と電光掲示板にボールドで表示されたが、口には出さなかった。

席へ戻った。

二人の男はにこにこ顔で、佳那を見ている。

「そろそろ、カラオケに行きましょうか」彼女は言った。

「あ、なんか輝いてきたって感じ」猪俣が言う。

輝いているのはお前の額だ、と言いたくなったが、黙っている。

「カラオケ、好きなんですか？」弱々しい声で矢崎がきいた。

「いえ、全然」佳那は首をふった。

20

繁華街をカラオケの店に向かって歩く。あまり盛り上がっていない。男性二人は少し興醒めしている感じだ。美保は緊張しているのか、それともワインで酔っているのか、テンションが高い。しかし、もともとがそういう人格なのかもしれない。それほど親しいわけでもなく、このあたりの分析は確かとはいえなかった。

前を男性二人が歩き、彼女と美保がついていく。時刻は九時まえである。一方通行の車道には、両側に駐車された車と、数珠繋ぎ《じゅずつな》でのろのろと動くタクシー。歩道を行く人の大半は酔っ払い。店の前で勧誘する従業員。大声を上げて笑っている連中。しかし、振り返ったりせず、少し下を向いて歩いた。

佳那は緊張してきた。

良い感じだ。今、ここで駆けだして、夜の町の中を疾走する手もあるな、と考えた。自転車があったら良かったのに。けっこうスリルがあって面白いかもしれない。危険もないし、それほど非常識でもない。誰にも迷惑はかからないだろう。少し困るのは藤木美保くらいか。

本気でそうしようか、と思う。

だが、計画がある。水谷に既に依頼したのだ。作戦変更で、すべてなかったことにしてくれ、というのも格好がつかない。駄目だ。逃げたと思われるし、あとで美保も連絡してくる。矢崎や猪俣だってなにか言ってくるにちがいない。そういった諸々《もろもろ》のものを振り払うのが非常に面倒だ。

そう、もともと面倒だったのだ。

降りかかる火の粉。

打ち込んでくる竹刀《しない》と同じ。

そういう面倒なものに世の中は満ちている。これは自然の一環である。雨が降ったり、台風が来たりするのと同じなのだ。ようするに、生きていくというのは、面倒の海の中を泳ぐようなものではないか。

自分の発想が面白くて、少し元気になった。

「あ、ここ、ここ」美保が言う。

幅の狭いビルの、さらにまた幅の狭い階段を上っていくと、店の入口だった。ロビィのカウンタで予約を確認して、部屋へ案内される。まったく記憶にない場所だった。佳那はあたりを見回し、水谷の姿を探した。従業員らしい男性を見つけたが、彼ではない。白いシャツに黒いズボンを吊《つ》っている。それが制服のようだった。

個室のシートに四人は収まり、飲みものを注文する。Uの形になったシートで、奥で美保と猪俣が向き合い、手前で佳那と矢崎が向き合う。緊張感はいやが上にも高まった。おしゃべりは三人がしている。飲みものが運ばれてきた。緊張感はいやが上にも高まった。

水谷が来ることを、こんなに期待している自分が驚異だった。残念ながら水谷ではない。まず猪俣が歌った。そうか、ここは歌うための施設なのだ、とまた驚く。それにしても本当に喧《やかま》しい。猪俣の声がまた限りなく嫌らしい。しかし、歌っている間は、ディスプレィを見ていれば時間が過ぎるので、無害といえば無害である。喉《のど》が渇いたので、冷たいビールを少しだけ飲んだ。もう、ここまで来たら大丈夫だろう。あとは、無駄に時間を消費し、そのあとは大学へ帰る。帰ることだけに集中すれば良い。

次に美保が歌った。なかなか上手い。その次にまた猪俣が歌い。それから矢崎が歌った。アニメソングだった。このときには、既に佳那のグラスのビールはなくなっていた。グラスが小さいのだからしかたがない、と思う。

「ねえねえ、佳那ちゃんも歌って」美保が躰を弾ませて言い寄ってくる。

「歌ってもいいけどね、もうみんな、二度と立ち直れなくなるよ、私の歌を聴いたら」

「え？　そんなに上手いの？」美保が目を丸くする。

「うーん、まあ、ほかの惑星なら、評価されるかもだけれど」佳那は言う。もちろんジョークのつもりだが、顔も口調も真剣なので、聞いている三人も深刻な顔だった。それがやけに可笑《おか》しい。「あるいは、別の惑星に行けば、武器になるかもね」

「何の話？」美保が眉を寄せる。

「気にしないで。とにかく、聴いてるだけで充分。歌いたい人が歌って」

そこで、矢崎がビールを佳那のグラスに注ぎ入れた。泡がこぼれそうになったので、思わずグラスを手に取り、佳那は半分ほど喉に通した。冷たくて気持ちが良い。

歌については、自信がある。音程が狂う自信がある、という意味だ。音程がない曲を作ってくれたら、歌えるかもしれないが、上がったり下がったりするものは苦手である。しかし、歌が不得意だからといって悲観したことは過去に一度もない。人間は歌うために生まれてきたのではない、と考えているし、歌うことによって得られるものがあるとも思えなかった。しかし、客観的に見れば、これは欠点の一つかもしれない。音痴という言葉で象徴されているけれど、「痴」という文字を使用するのは、いかがなものだろう。どちらにしても、欠点の中では最も実害のない、軽度なものといえる。

楽器もさっぱり駄目だ。小さい頃にピアノを少し習わされかけたことがあった。両親ともにどうしても娘にさせたかったらしい。三回くらい通っただろうか。だが、父親に直訴してやめさせてもらった。さきに母親に話したら叱られたのだ。四歳か五歳だったと思う。父は非常に残念がっていたが、娘の願いを聞き入れてくれた。あのときの借りを忘れない佳那である。

そういうわけだから、カラオケという場所に足を踏み入れる機会が、彼女の場合はなかった。今日が初めてである。しかし、想像したとおりで、一つも目新しいものはなく、なにも得るもののない場所であることが確認できた。自分の家で歌うと近所迷惑だから、ここへ来るのか。それとも、友人どうし迷惑をかけ合って、一体感を育《はぐく》むのだろうか。

何曲か、知らない歌を聴いた。素人が歌っているので、メロディもよくわからない。ディスプレィに表れる文字を目で追っていた。どれも例外なくつまらない内容だ。こうやって歌にしなければならないほど、愛とか恋というものは、つまらないものなのかもしれない。本当に楽しいものだったら、歌っている場合ではないだろう。失恋が本当に苦しいものならば、歌っている場合ではないだろう。違うか？　だんだん、腹が立ってきた。

とりあえず、ビールをぐっと飲み干す。

「あ、佳那ちゃん、エンジンかかってきた？」

「まだまだ」佳那は顎《あご》を上げる。「いいから、気にしないで。どうしたって、歌は聞こえるしね」

「ねえねえ、歌ってよう」

「だからさ、死ぬ気で言ってほしいわけ。死ぬ覚悟がいるんだな」

「うん、いいよ。佳那ちゃんのためなら、この命」

「だめだめ、そんな浮わついた気持ちじゃ」

「どんなジャンルが、お得意なんですか?」矢崎が身を乗り出してきいてきた。

「お得意?」顔を洗ってお得意おいで、じゃないな、とか考えながら首を傾げる。「ああ、専門のこと?」

「そうです、専門」

「そんな話をここでしたら、長くなりますよ。まあ、簡単にいえば、無機ですけど」

「ムキ?」矢崎がもっと首を傾げた。

「イノーガニックっていうか、ようするに生活機能のない、有機的組織を欠いた物質」

「はあ?」口を開けたままになる矢崎。

「だぁめだめだめ、そんなわけのわかんないこと言ってないでさあ、ほらほら、飲んで飲んで」美保が笑った。

「さあ、だんだん乗ってきたねぇ!」猪俣が大きな声を出す。マイクを持っているので、増幅されているのだ。

「乗ってないよ、私は」佳那は言う。誰にも聞こえない声だったと思う。

「レディース・アンド・ジェントルマン」猪俣が叫ぶ。非常に煩《うるさ》い。

「ジェントルメンでしょう。複数形」佳那は呟く。

　しかし、その後もまた歌が続いた。しかたなく、ディスプレィを見る。どうでも良いような内容ばかりで、非常に腹立たしい。もうちょっと小さい声で歌えないのか、という言葉が何度か口から出そうになった。

水谷は何をしているのか。

時計、時計。

えっと、あれ？　もう十時を回っている。

帰らなくちゃ。

佳那は立ち上がった。

ちょうど、猪俣が躰を揺すって歌っているときだった。

「あ、私、もう帰るね」佳那は言った。

美保と矢崎が目を丸くする。

歌いながら、横目で猪俣が見る。

「え？　どうして？」美保がきいた。

えっと、理由はどうしよう。

大学で実験がある、うん。これだ。これが正解。

とそのとき、佳那の後ろのドアが勢い良く開いた。

彼女は背中を押されて、前につんのめり、テーブルの上に手をついた。グラスが皿の中へ倒れ、スナックにビールがかかる。

「おい！」矢崎が立ち上がった。

「もう！」佳那も声を上げて、振り返った。

猪俣は、最後のフレーズを熱唱している。

21

ダークスーツの男が立っていた。帽子を深く被り、顎鬚《あごひげ》があった。しかし、顔が白い。服が大きいというか、だぶだぶ、ぶかぶか、まるで子供が大人の服を着ているみたいだ。

猪俣の歌がそこで終わる。

三秒ほどで、佳那は気づく。

うわぁお。

もしかして、水谷君？

ふっと、息がもれる。

帽子で、顔の半分が隠れているが、まちがいない。

心の中で銅鑼《どら》を叩きたくなった。

何なの？　これ……。

あ、わかった、次元大介《じげんだいすけ》のコスプレ？

でも、意味わかんないし……。

「部屋が違うよ」奥で猪俣が言った。

「いえ、あの、その……」テーブルに寄りかかっていた佳那は、渾身《こんしん》の力を振り絞って腕を伸ばし、真っ直ぐに立つ。一歩前に進み出て振り返る。三人に、次元大介が見えないようにした。せめてもの配慮である。

「お迎えが来たので、私、もう帰ります」彼女はそう言うと、ソファの背にあったジャケットを素早く掴み、バッグを手にした。「あ、そうか、お金どうしよう？」

「お迎えって……」まだ驚きの表情で固着したままの美保が呟いた。「誰？　その人」

「行こうぜ、佳那」後ろで水谷が言った。

その声を聞いて、震え上がるほど気持ちが悪くなった。

躰が振動する。

あまりの気持ち悪さに、その場に崩れそうになったが、なんとか持ち堪える。

「お金、あとで、また請求して下さいね」

「ちょっと、ちょっと、待って」矢崎が立ち上がった。

「おいおい、何なのぉ」猪俣も奥のシートで腰を上げた。「お前、何なの？　それ、なんのつもりだよ？」

「煩い！」佳那は大声で叫んだ。

一瞬、静まりかえる。

猪俣は中腰、矢崎も突っ立ったまま固まった。

「とにかく、私は帰ります」佳那は両手を広げて言う。しかし、自分の呂律《ろれつ》が怪しいことが自覚できた。危ない。これはもう限界かもしれない。「この人は、私を迎えにきてくれただけです。どうも、皆さん、今日はありがとう」

「あ！　あんたさぁ……」指をさしながら、美保が立ち上がった。「このまえの店員さんじゃない」

「あ、ホントだ」矢崎が一歩前に出る。「おい、お前な、何のつもりだ？」

「ちょっとちょっと待て！」猪俣がシートを回って出てきた。「ああ、思い出したよ、こいつか……。え？　腹いせのつもりか？　どういうつもりなんだ。え？　ちょっと、表へ出ろ！」

「お前、ここの店員だろ。いいのかよ、こんなこと、許されると思ってんのか？」矢崎の声が裏返った。

「あのあの、ちょっと、みんなさ、そんな……」美保が両手を前に伸ばして広げる。「やめようよう」

猪俣が、水谷の胸座《むなぐら》を摑み、開いているドアの外へ押し出していく。通路の壁に、水谷の背中がぶつかった。佳那も部屋から飛び出して、二人の間に入ろうとする。その彼女の右手を、後ろで誰かが摑んだ。佳那は振り返って、自分の手を見る。

摑んでいる手、腕、そしてその顔を見た。矢崎である。

「離せ」佳那は言う。

「ちょっと、いいから」

「離せ！　馬鹿野郎！」佳那は叫んで手を引っ張った。

後ろでも罵倒《ばとう》の声が上がった。

猪俣と水谷が取っ組み合いを始めている。

「やめてって！」美保が叫んだ。

佳那は、矢崎の顔面を目がけて左手を振った。

思いっきりヒット。

矢崎は横に弾《はじ》け飛び、壁に肩をぶつけて崩れ落ちる。

続いて、猪俣の背中へ向けて佳那は突進した。

思いっ切り蹴《け》る。

猪俣はつんのめり、水谷がそれを避ける。観葉植物の中へ猪俣の躰が突っ込んだ。植木鉢が倒れ、土が通路に飛び散った。そこへもう一発蹴りを入れようとしたら、水谷に止められ、そのまま、ずんずんと佳那は通路を奥へ引きずられていく。どういうわけか、美保がすぐ横をついてきた。

ドアを開けて中に入る。真っ暗な部屋だった。水谷がドアを閉めて、鍵をかけた。

照明が灯る。

外から喚《わめ》き声が聞こえた。

ドアのところに水谷。佳那のすぐ横に美保。部屋には三人だけだ。三人とも黙っている。

ドアががたがたと鳴る。

「おい！　こら、開けろ！」

ドアを蹴る音。

「ねえねえ、これってどっちが悪いの？」美保が高い声できいた。

「どっちも悪くないと思うけど」佳那は答える。ビールをもっと飲みたい、と思う。「若干、私たちが不利かな」

「大丈夫ですよ。もうすぐ収まりますから」水谷が冷静な声で言った。「うまくいきましたね」

「うまくいったか、これ？」佳那は呟いた。

22

佳那と美保は、その部屋の片隅にあったモップを手にして備えた。一方の水谷はドアの手前で、次元大介のように俯《うつむ》き気味に立っていたが、もちろんコスチューム的に次元大介であるだけの話で、まったく頼りにはなりそうにない。ドアに体当たりでもして突入された場合には、女剣士二人で戦う以外にないだろう。その覚悟はあった。

「ねえねえ、どうしてこうなったんだっけ？」美保がきいた。

「そうだよね。特に、貴女《あなた》は関係ないし」佳那は答える。「ごめんね」

「だけど、今さら出ていけないじゃん」

「ドアを開けたら、最後」

「どうなる？」

「わからない」

「あの子が殴られるだけじゃない？」美保は、ドアのところの水谷を横目で見た。「何なの？　あの人」

「うーん」佳那は唸《うな》った。既に頭がドライアイスみたいに昇華《しょうか》している。耳から煙が出ているのでは、と想像。

「まあ、でも、やな感じではあったもんね」美保は呟きながら、うんうんと頷く。

「え、何が？」

「ん？　ほら、あの人……、猪俣さん」

「そうなの？」

「まいっかって」美保は、自分で自分を説得しようとしているようだ。

友人を巻き添えにしたことに多少気が咎《とが》めたものの、危機的な現状と比較すれば、緑亀とガメラくらいの誤差範囲といえる。

だが、その後、なんの変化もなく時間が過ぎた。一分、そして二分。ドアの外の叫び声も聞こえなくなり、ドアを叩く音もしなくなった。

「もしか、帰ったんじゃない？」美保が小声で言った。

「そうか……、金を払わずに」佳那も気づく。「ちきしょう、その手があったか」

「うわぁ、最低！」美保の声が大きくなる。「どうしてくれよう」

「いやいや、お金くらい私が払うよ。これは私の責任なんだから」

「許せない！」美保の怒りは本ものだ。

「案外、金をちゃんと払って帰ったかもしれませんよ」水谷がぼそぼそと言った。沈着冷静な口調だ。「男っていうのは、そういう点では、融通が利かないもんだし、そういうところで見栄《みえ》を張りたがるものですからね」水谷にしてみれば、極めて長い台詞《せりふ》だった。まるで劇団四季の新入生みたいだ。

「うわぁ、だったら、格好良いよね」一転して美保が期待の表情になる。現金なものだ。

「もしそうだったら、もう一回だけ尊敬してもいいな」

「よおし、開けてみるか」一歩前に出て、佳那は言った。モップを両手に持って構えている。その武器だけで気が大きくなっているのは事実だ。「そっと、ドアを開けて、外を覗いてみて」

水谷は頷く。彼はポケットに片手を突っ込んだ。ピストルでも取り出しそうな素振りだったので、佳那は彼に注目する。すると、ポケットから銀色の小さなものを取り出して、彼はこちらを向いた。そこで、眩しい閃光《せんこう》。

フラッシュだ。デジカメで写真を撮ったのだ。それに気がつくのに一秒ほどかかった。

「脅かさないでよ」目を細めて、美保がさきに口をきいた。

「何？」佳那は言葉が口から出るのに、さらに二秒ほど必要だった。「何のつもり？」

「あ、いえ……」水谷は、デジカメをポケットに仕舞いながら、次元大介の如く肩を竦《すく》める。「いや、なかなか勇ましいから」

「ちょっとちょっと」佳那は彼に詰め寄った。「勇ましいだとぅ？」

「あの、おかまいなく」水谷は片手を広げる。「すいません」

佳那は振り返って、美保を見た。水谷と自分の二人だけならば、徹底的に抗議をしよう、具体的には頬を張ってやろう、と思ったのだが、美保に見られている今は具合が悪い。案外、世間体を気にしている自分を再認識。

「するか？　こんなときに」水谷を最高気力で睨みつけ、声を押し殺して佳那は言った。

「覚えてろ、あとで……」

引きつった顔で力なく頷く水谷だが、どことなく、恍惚《こうこつ》とした目つきである。

こいつ、嬉しがっていないか？

鍵をそっと外し、ノブをゆっくりと回転させ、彼はドアを引いた。佳那はモップを構え、美保もドアの近くで待機。押し込まれそうになったら、三人でドアを押し返す暗黙の作戦も成立していた。

しかし、何事もなく、ドアは開き、水谷が顔を出して通路を見た。

「いませんね」ドアを少し戻して、水谷が報告する。「やっぱり帰ったみたいです。しかし、こういう場合にかぎって、突然、天井を突き破って襲いかかってくる、というシーンがありがちですけど」

不覚にも、佳那は天井を見上げてしまった。

「あるわけないだろ、馬鹿」

「良いなあ、その口調」水谷が口を斜めにする。相変わらず、引きつった表情に、恍惚感を漂わせっ放し。洋酒が染みたケーキみたいだ。そういう緊張と緩和の狭間《はざま》に芸術的にも成立した発酵寸前の顔である。

「よし、開けて」佳那は命令する。

水谷がドアを開け、彼女たちは通路に出た。水谷を楯《たて》にして、モップを握った二人が押して出る。

誰もいない。

カラオケの音楽や笑い声が聞こえてくるだけ。そのまま前進、角を曲がってロビィが見えるところまで来る。蝶《ちょう》ネクタイの男性の店員がこちらに気づいて、近づいてくる。少し慌てた様子だった。

「何やってんだよ、水谷」

「奴らどうした？　出ていったか？」

「ああ、散々文句たれてたぞ。店長が謝ってさ。外で待ち伏せしてるかもな」

「店長は？」

「さあ、事務所かな」

店の外を覗く勇気はない。とりあえず、事務所に向かうため、従業員専用の扉を開けて、狭い通路を進む。

「裏口から出ましょう」水谷が言う。「ちょっと、店長に謝ってくるから」

通路に面したドアを開けて、水谷が姿を消す。佳那と美保は非常口の手前で待つことにした。既にモップは手放している。ドアの窓は磨《す》りガラスのため、外は見えなかった。開けようと思ったが鍵がかかっている。

「なんか、飲み直したくなってきたよねぇ」美保が言った。「うーん、ちょっと煮詰まってきた感じ」

「滅入ってきた」佳那は言葉を訂正したが、相手には通じないみたいだった。

「佳那ちゃん、あの子にお願いしたわけ？」

「あ、うん、まあね」

「迎えにきてくれって？」

「そんな感じ」

「可愛いじゃない」

「え？」

「あんな気張った格好で現れるなんてさ」

「ちょっと変なだけ」

「うん、変は変だけどね」美保は頷く。「最近、でも、みんな変だよ。私はそうでもないけれど、佳那ちゃんなんか、だいぶ変だし」

「私がぁ？」

「ほら、気づいてないでしょう？」

「私、まともだもの」

「またまたぁ」美保は笑う。「ほらね、そういうの、どすこいどすこいって言うじゃない」

「どすこいどすこい？」佳那は首を捻《ひね》る。既にコミュニケーションが壊れている。

「ねえねえ、今からどうする？」

「うん、何事もなければ、私は大学へ戻るつもり」

「水谷君と一緒に？」

「さあね、それは彼の勝手」

「絶対一緒だよぉ」美保が口を尖らせる。「夜の研究室。あ、そういうのって何て言うのかな？ほら、会社だとオフィス・ラヴでしょう？ キャンパス・ラヴ？ ユニバース・ラヴ？」

それは、非常に変態っぽい感じがしたが、佳那は黙っていた。

「いいないいな」

「良かったら、一緒に来る？」佳那は言った。

「え？ どういうこと？」美保が目を見開いて、驚愕《きょうがく》の表情を見せる。「私もってこと？」

「うん。研究室で、飲み直そうか？」

「え、飲めるところなの？」

「そりゃ、なんか買っていかないと、飲めないけれど」

23

事務所から出てきた水谷はまったくの無表情で、そのあと着替えをするために、もう一度別の部屋へ引っ込んだ。あの格好のまま街に出たら目立つ。したがって順当な判断である。料金は佳那が全額を支払った。そんなに大した金額ではなかった。

非常口の鍵を水谷が開けて、三人はビルの外へ出た。階段を静かに下り、裏通りに立つ。あたりを慎重に見回し、なるべく暗い場所を歩いて、彼女たちは表通りまで出た。

佳那の提案でタクシーに乗り込み、そのまま大学へ向かって走る。後部座席に、右から美保、佳那、水谷の三人。水谷と接近していることが、また新たな緊張感を生んだ。学会で論文を発表するときの緊張とは、明らかに異なるタイプのストレスだ。つまり、緊張する場所が違う、ということだろうか。自分の躰《からだ》のどこが緊張しているのかは不明だが、意識されるレベルは非常に高い。できるだけ、美保の側へ顔を向けていたものの、水谷と接している自分の躰の一部から、物理的なものが浸透する気配さえ感じられた。すなわち、物質であれば、湿度のようなものか。物質でなければ、熱、あるいは電磁波か。

けれど、車に揺られているうちに、多少は冷静になってきた。自分が少なからず酔っていたことが自覚される。モップを構えたりしたのもそうだが、なによりも、そもそも喧嘩になったのは、自分のせいだ。それは否定できない。

気づかれないように、そっと溜息をつき、音を立てないように、口の中で舌打ちをした。友人に迷惑をかけた、という点もあるけれど、むしろ、格好の悪い自分の映像が、あらゆる角度から浮かび上がって、彼女を悩ませる。

洗練されていない。どろどろだ。

まったく、どうしようもなく、ぽわぽわというか、ぴよぴよというか。浜辺に打ち上げられた海藻みたいなぐちゃぐちゃ具合である。

研究室に戻る頃には、頭痛よりも酷い自己嫌悪に陥《おちい》っていた。胸が支《つか》えて呼吸が重い。ゾウアザラシを引きずっているくらい重かった。

近所のコンビニへ水谷が買いものに出かけ、美保と二人だけで研究室に入った。照明は灯《とも》っていたが、予想どおり誰もいない。今日は実験もしていないはずである。

「へえ、こういうところなんだ、大学って」美保はきょろきょろと見回している。「汚いね。散らかっているし」

「そうなの、誰も片づけないから」

「ちょっと、変な臭いがしない？」

「どんな？」

「うーんと、複雑」彼女は微笑んだ。「化学薬品みたいな、ペンキみたいな、排気ガスみたいな、かといって、汗くさい感じもするし、カビくさい感じもするし、でも、もちろん、ほんのちょっとだから、かえって微妙に魅惑的というか、バニラエッセンスみたいでもあるし」

「まあ、いろいろそれぞれに心当たりはあるけれど」佳那は自分のデスクに行き、スリープしていたコンピュータを起こして、メールを読んだ。「どこでも、座ってて良いよ。コーヒー飲みたかったら、勝手に淹《い》れて」

「佳那ちゃんは飲まないの？」

「アルコール待ち」

「良いの？　あの子さ、いつもあんなに家来させてるわけ？」

「家来？」佳那は顔を上げる。「うーん、まあ、後輩だからね。手伝ってもらうことは多いけれど」

「でも、ほかにも、後輩ならいるでしょう？　やっぱり、水谷君が一番の家来？」

「いや、そんなことないよ」佳那は画面のメールを読みながら話す。「みんな家来だよ。ここでは、私が一番歳上だもん」

「女王様だもんね」

「何、それ」

「先生は？」

「先生が、何？」

「先生は、格好いい？」

その質問で、佳那は少しどきっとした。黙っている彼女のところへ、美保が近づいてくる。「やっぱり、あると思った、そういうの」彼女は隣の座席に腰掛けた。そこは留学生の使っているデスクである。「白い巨塔とかで見てるもん」

「何？　白い巨頭って……。白髪で頭でっかち？」

「佳那ちゃんなんか、渦中にあったりする感じ」

「よくわかんないけど……」

ドアが開いて、水谷が入ってきた、と思ったら、彼でない。鷹野史哉だった。

「あれ？」自分のデスクまで来て、彼は美保を見た。

「あ、私のお友達」佳那は説明する。

「お邪魔してます。こんばんは。どうもすみません」美保が立ち上がって頭を下げた。彼女は佳那の方へ顔を向け、瞬《また》きもせず、なにかを求める表情。

「後輩」佳那は小声で説明した。

美保はもっと目を大きくして、ますます顔だけで訴える。

「鷹野君」佳那は補足した。

美保は意味ありげに顔を引き、両手を口に当てる。なにも言わないので、意味はわからない。どうしてジェスチャで表現しようとしているのかも不明である。

続いて、水谷が入ってきた。両手に白いビニル袋をぶら下げていた。佳那は立ち上がった。

「あ、いくらだった？」

「いや、いいすよ。これは、僕が……」

「駄目」佳那はバッグから財布を取り出す。「十年早いよ」

レシートをもらって、お金を彼に渡す。水谷は、おつりを一円の単位まできちんと出した。近くへ美保がやってきて、二人のやり取りを不思議そうな表情で眺める。動物園でコアラを見ているような観察眼だ。

水谷は、入口の近くにあるテーブルの上を片づけた。主として積まれているのは漫画と雑誌、その他は、ほとんどがゴミだった。彼はそこに買ってきたものを並べる。美保もそれを手伝った。

「あれ、何事ですか？」デスクの鷹野が佳那にきく。

「いや、なりゆきでさ」

「水くさいですね。僕もいいですか？」

「全然かまわないよ」

「冷蔵庫に、缶ビールが二ダースほど冷えていますよ」鷹野が立ち上がった。「今日、OBから届いたんです」

「誰？　OBって」佳那はきく。

「さあ、誰だったかな」鷹野は微笑んだ。「持ってきたのは、相澤先生だから……」

「それは飲まなきゃ」佳那は真面目な表情で頷く。

「なんか、天国みたいなところ」小声で美保が囁いた。

　というわけで、四人でまた飲み始める。

　水谷が買ってきたのは、ワインと焼酎《しょうちゅう》だった。それに、ＯＢ差し入れのビール。冷蔵庫が製造した氷。そのほかにスナック。どうやら、鷹野も既に少しアルコールが入っていたようだった。したがって、四人とも加速が良い。

　特に、カラオケ店での経緯を、鷹野に説明するうちに、また血液の温度と圧力が高まってきた。まるで核廃棄物のリサイクルのように興奮が再燃する。

「私もねえ、ちゃんと見てたわよぉ」美保が顎《あご》を突き出して言う。「やっぱねぇ、出るのよね、ああいうときに、本性っていうの？」

「何、それ私のこと？」低い声で佳那はきいた。

「違うよう、あの男、猪俣」既に呼び捨てである。

「ああ……」佳那は頷く。「いや、私はさ、貴女に遠慮してたんだよ。藤木さんの恋路の邪魔をしちゃいけないって、もうそればかりが気がかりで」

「うっそ！　そんなふうだった？　え？　そんなぁ」美保は高い声を出す。「絶対違う。もうね、佳那ちゃん、最初から、嫌々だったもん。顔に書いてあったもん」

「まあね、それは認めるけど」佳那は何度も頷く。

「駄目？　ああいうタイプ。えっと、矢崎さん」

「うん、そうかな」

「良かったねぇ」

「何が？」

美保はにこにこ顔を鷹野や水谷に向けている。

「まあ、良いのだ。終わったことは」佳那は呟く。「ああ、うん、これで良いのだ」

「水谷君のおかげだよね」美保が笑った。

「いや、こいつのせいで大事になったんじゃあ……」佳那は言いかけたが、鷹野と目が合ったので途中でやめる。

「えっと、水谷、何したん？」鷹野が隣に座っている水谷に尋ねる。

「いや、特に……」水谷は薄ら笑いの無表情のままグラスを片手に持っている。顔が赤い。

「やめようやめよう、そんな過去の話は」佳那は片手を振った。「まあまあ、飲みたまえ、君たち」

「うわぁ、なんか、豪快だなあ、窪居さん」鷹野が目を丸くする。缶ビールを開けて、佳那の方へ差し出す。「どうぞどうぞ」

「ばしんだよ」佳那は片手を立てて前に出す。

「ばしん？」

「面！」

「は？」

「剣道だよ」水谷が後ろで言った。

「説明するな、お前は」佳那は指をさす。グラスに注がれたビールを一気に飲み干した。「あぁ……、にしても、あれは何だ？　あの格好だよ、次元大介」

美保が高い声で笑いだした。

その笑い声が、だんだん遠くなる。

パンクロックを聴いているような空気。

圧縮性の液体に躰を包まれる。

音が遠のく。

振動だけが、胸に残留した。

「そうか……、コンサートだ」佳那は思い出した。「もう、帰らなくちゃ」

24

つるつるのタイル。

正方形。

よく見ると、エッジで盛り上がり、微妙な膨らみ。そのカーブは、いつか思い描いた関数。データに漸近《ぜんきん》する近似式。相関係数。ばらつき。最小二乗法。正規分布。モンテカルロ法。シミュレーション。

水が落ちていく。

粘性。ゼロ・コンマ・セブン・ナイン・セブン。

流れる。張力。角度。摩擦。係数。

足。膝《ひざ》。

髪を洗っている自分。

溜息をつく。

江戸時代ではない。シャワーで温水を使っている。しかし、ぼうっとしていた。意識がようやく戻ったところ。佳那は頭を振った。水が飛んだ。ずっと、頭にお湯をかけている。いつから、こうしていたのだろう。

そうか、シャンプーをしなければ。

今日は、何番だったっけ。

自分の周りを見る。シャンプーを探した。ない。

「あれ?」

振り返り。きょろきょろと。

探した。
そのかわり、見慣れないシャンプーがある。
それを手に取って、顔に近づける。
目のピントがなかなか合わない。
天井を見る。ぼんやりと白い蛍光灯。
なんか、いつもよりも暗い。
持っているボトルをもう一度見た。
シャンプーにはちがいない。しかし、変だ。
やけに大きい。そして太い。
次に、タイルの色に気づく。
それから、バスタブを見る。
ステンレス。
ちょっと目が覚めた。
もう一度、ボトル。
「ちょっと、待ってよ」思わず口から言葉が出る。
シャワーのお湯は、ずっと自分の膝に落ちていく。
温かい。

深呼吸をする。

大きく。もう一度、呼吸。

「ここ、どこ？」

それと同時に、心臓が脈を打つ。

振動が、躰中に広がった。

どきどき。

「まいったなぁ」舌打ちする。

後ろを振り返る。

磨りガラス。

その向こうには、何があるのだろう？

自分は、バスルームでシャワーを浴びている。それはわかる。極めて確からしい。疑う余地はない。一応、躰を確認する。大丈夫、他人ではない。

他人だったら、良かったのに。

夢でもない。

起きている。覚醒している。

「しまったぁ」もう一度舌打ち。

お湯を顔にかける。

シャワーを止めようか、と考える。

両手で顔を拭く。

深呼吸。

思い出した。昨日、研究室で飲んだ。

そう、飲み直したのだ。

既に、あのとき、自分は酔っていた。

許容量を超えていた。限界だったのだ。

どうして、飲み直したりなんかしたのだろう。

「もう、ばっかなんだから」また舌打ち。「信じられない……。どうするのぉ。え？　頼むわぁ……」

顔を歪《ゆが》める。

額に片手を当てる。

冷静になろう。

えっと……。

藤木美保のところだろうか？

その可能性が高い。

どうして、彼女の家に来たのか。

今、何時頃だろう？

バスルームに窓がないので、時刻はまったくわからない。磨りガラスには、自然光らしい明かりはない。まだ夜かもしれない。過去における自分の特性から類推して、そんなに長時間経過しているとは考えにくい。せいぜいが三時間くらいだろう。朝までずっと寝続けたことは一度もないのだ。

現にまだアルコールくさい。

片手を鼻に当てる。

自覚できる。

まだ深夜だ。

午前二時から四時といったところが、推定時刻。

とにかく、まずは、ここを出なくてはいけない。

ほかの可能性が頭を過《よぎ》る。

たとえば、鷹野史哉のアパートだとしたら。

たとえば、水谷浩樹のアパートだとしたら。

躰が震えた。

手近にあったシャンプーらしきボトルをもう一度手に取る。

トニック？

男物だ！

「かぁ、嘘だろう！」声にならない叫び。

温水が冷水に替わったみたいに緊張が走った。

よーく思い出してみる。

研究室から近いのは……、どっちだったっけ。

水谷が、すぐ近くではなかったか。

まさか。

待てよ……、鷹野は、どこだったか。

そもそも、藤木美保が住んでいるところも、佳那は知らない。

どういう経緯で、他人の部屋へ上がり込んだのだろう。酔い潰れたのだろうか。それだったら、研究室に泊まったはずだ。あそこのソファで寝たことは過去にもある。毛布だってある。研究室から出て、帰ろうとした。そのときは自分の足で歩いたのだ。

これも、自分の観察ではなく、人から聞いた話、自分に関する情報によれば、佳那は傍《はた》から見て、泥酔しているようにはまったく見えない、ごく普通の状態に認識される傾向にある。つまり、普通に歩いて帰ろうとして、誰かと一緒に研究室を出た。ところが、その途中で、ちょっと寄り道をするはめになって、上がり込んだ、というわけである。まだ飲み足らなかったのかもしれない。研究室にはたしか、ビールが二ダース。あと、ワインと焼酎があった。あれがなくなるか？　否、四人で二時間かければ、無理な量ではない。鷹野は飲める方だし、美保も強そうだ。自分も、缶ビールの半ダースくらい、どうってことはない。違う違う、どうってことは大ありなのだ。大ありも大あり、もう大蟻食《おおありくい》に食われてしまえば良いのに。またまた同じ失敗を繰り返すなんて……。

「駄目駄目」溜息をつく。

なんとか、この危機を脱しなくてはならない。これまでにも、ピンチを凌《しの》いできたではないか。降りかかる火の粉は払わねばなるまい。

誰が降りかけた火の粉だ？

くそう！

とにかく、まず服を着なくては。

しかし、シャワーを止めると音が止まる。相手に気づかれるかもしれない。何を気づかれるというのか。

とりあえず、シャワーはそのまま流し続け、ガラス戸をそっと開けてみた。薄暗い場所で、洗濯機らしきものがある。その上に、バスタオル。自分が脱いだものもあった。その向こうはアコーデオンカーテンだ。床は板張り。マンションだろうか、それとも……。

服があったことで、少し落ち着いた。

深呼吸。

頭がクリアになってくる。

たとえば、まったく知らない人の家だったら、どうしよう。

そうだ。それが最悪の事態というものである。

それに比べれば、藤木美保の場合はかすり傷。鷹野や水谷の場合でも致命傷ではない。どうってことないではないか。しかし、友人の家に泊まったことなど過去に一度もない。これが初体験だ。否、泊まってなんかいない。シャワーを浴びただけではないか。そうだそうだ、特にそんな深刻に考えるような問題ではない。そう考えながら、うんうんと頷くジェスチャをしてみたが、自分を納得させることはできなかった。

「よし！　行くぞ」心の中で叫ぶ。

シャワーを止め、バスルームを出る。タオルで手早く躰を拭き、すぐに服を着た。落ち着いて行動した。しかし、消防士の出動を連想するくらいの迅速さであった。

髪はまだ濡れている。しかし、もう裸ではない。

アコーデオンカーテンに近づき、取っ手を掴む。

この向こうの世界は……。

25

通路があった。

右手は玄関。自分の靴がある。ほかにも幾つか靴があったが、女性のものは自分のスニーカだけ。

心臓の鼓動が大きくなる。

マンションのようだ。窓はないので、外の様子はわからない。しかし、通路の照明が灯っている。まだ夜らしい。すぐ目の前にドアが一つ。左手に、磨りガラスのドアが一つ。ガラス越しに明るい照明の光が届いていた。

つまり、選択肢は三つ。

このまま、靴を履いて、玄関から脱出するか。

それとも、目の前のドアを開けるか。

あるいは左手の磨りガラスのドアか。

おそらく、左の明るい部屋に、この家の主がいるのだろう。目の前のドアは、応接間か。

普通ならば、左へ行くのが礼儀である。

しかし、どうして自分はここにいるのかわからない。だから、そこに誰がいるのかわからない。もしかして、もしかして、水谷浩樹のアパートだったらどうしよう？　自分にそっくりの人形が並んでいたらどうしよう？

背筋が寒くなってきた。躰が冷たい。髪が濡れているせいもある。雫《しずく》がまだ残っていた。

肩や首筋にそれが落ちる。もう駄目だ。外へ出よう。危険だ。もしかして、鍵がかかっているかもしれない。玄関の方へ一歩近づく。ドアの鍵を見た。レバーがあって、横を向いている。鍵がかかっているようだ。しかし、内側にいるのだから、開けられるだろう。当たり前ではないか。

このまま、こっそり外へ出てみよう。外に出れば、ここがどこかわかる。それが良い。まず、自分の位置を知ること、自分の状態を認識することは賢明だ。もし万が一、水谷のところだったり、あるいは、知らない人の家だったら、もうそのまま逃げよう。そうだ、逃げるにこしたことはない。

駄目だ。

佳那は気づいた。

バッグがない。

それに、上着もなかった。

それは、奥の部屋にちがいない。普通そうだ。

しかたがない。

決心。

息を吸って、そして吐く。

いつもやっていることなのに、ときどき特別の呼吸がある。

目を瞑って、二秒。

問題は解決するためにあるのだ。

通路を戻り、ガラス戸に手をかける。

明るい表情で、戸を開けた方が良いだろう。しかし、そんなことはできない。なにも考えるな。どきどき。大丈夫。殺されるわけではない。たとえ水谷だとしても、べつに……。そうだ、後輩ではないか。たまたま酔っ払って、気分が悪くなっただけ。きっと、そうだろう。それとも、大笑いしながら、押し掛けたかもしれない。ああ、なんて馬鹿な私。くそう！　水谷だって、次元大介だったじゃないか。そうだ、着せ替え人形で遊んでいる男だぞ。そんな、どうだっていいじゃないか。

まてよ、鷹野史哉かもしれない。

そっちの方が、少しはましだ。どうして、良い方へ考えないのか。悲観的なんだな。鷹野だったら、どうしよう？　このまま、もう許容してしまうという手も、まあ、なきにしもあらずの砂嵐だ。えっと、意味がわからない。ああ、サウジアラビアの砂嵐とだぶったのか。全然違うぞ。そんなこと考えている場合か。まだアルコールが残っている気がする。

溜息。

スキーの大回転のスタートみたいな、錯覚。

ピッと音が鳴って。

窪居佳那選手が飛び出しました!
ガラス戸を開ける。
リビングルームだった。
手前にキッチン。
奥にテレビがある。
突き当たりにはカーテン。
外はまだ暗い様子。
テレビは大きな液晶画面で、洋画らしき一場面。
ソファがある。
テレビの方を向いている。
そこに一人。頭の後ろだけ見えた。
男だ。
どきどき。
テレビを見ているのだ。
否、きっとビデオだろう。
壁に時計があった。
時刻に変換するのに時間がかかる。

四時半。
午前、きっと……。
ドアを開けたままのところに、佳那はまだ立っていた。
じっと、ソファの男の頭を見つめている。
心当たりはない。
それは、鷹野ではない。
そして、水谷でもない。
彼のほかには、ここには誰もいないようだった。
夢？
否、夢ではない。
どうして、私はここにいるのだろう。
そのとき、
男が振り向いた。
佳那を見る。微笑んだ。
誰？
知らない顔だ。
どきどき。

鼓動が大きくなる。
頭が風船のように加圧される。
誰？
三十代か、四十代の大人。
少し色のついたメガネ。高級そうだ。
薄い顎鬚《あごひげ》を生やしている。
着ているものは、ベージュのカーディガンかセータ。
「冷蔵庫のもの、なんでも飲んで下さい」彼は言った。
その声で、またショックを受ける。
まったく聞き覚えのない声。
優しい、インテリジェントな発声。
誰なの？
ちょっと、お願い。
どうなってるの？
なにか話さなくては、と思う。
でも、声も出ない。言葉も思いつかない。
何故か、前進。

斜めに進路。

冷蔵庫に近づいた。

視界が広がる。

男は、またテレビの方を向いた。

こちらのことは気にしていないみたい。

どうして？

知り合いなの？

そんなはずはない。

知り合ったばかりだろうか？

言葉は丁寧だった。馴れ馴れしくはない。しかし、こんな時刻に男女が二人だけでいる部屋。これは、普通じゃないぞ。少なくとも今までにないことだ。これは正直、窮地といっても良い。予想外の展開というか、最悪の展開というか。

どうしよう？

もう、駄目だ。

ちゃんと話して、謝るしかない。

なにも覚えていません。

たった今、目が覚めました。

私は病気なんです。

ああ、病気ね……、
そうだ、それが良い。

誰かに電話をしなくちゃ。

バッグは？

目は、部屋の方々を探していた。

ソファのところに、バッグの紐《ひも》だけが見える。男が座っている、すぐ横だった。上着は、どこだろう？

彼女の手が、なりゆきで冷蔵庫を開ける。

「ビール、飲んでもいいよ」男がこちらを見ないで言った。

映画は、ヘリコプタが飛んでいるシーン。アクション映画らしい。屈強な男たちが銃を構えている。そういう暴力的な映画が好きな人間だろうか。

冷蔵庫の中に人間の手首がタッパに入っていたりしないか。そんな凄惨《せいさん》な映像が頭に思い浮かんで、気が遠くなった。

26

ピンチである。

どきどき。

ピンチなんて言葉は、ほとんど野球くらいでしか使わない。ピンチ・ヒッタとか、ピンチ・ランナとか、チャンスになると出てくるから、多くの子供たちは、ピンチとチャンスの区別がつかなくなっているだろう、なんてことを心配している場合ではないのが、すなわちピンチである。例を挙げるならば、ペットショップに可愛い猫がいたので、檻《おり》の隙間から指を入れて遊んでいるうちに、その指が抜けなくなってしまって、店員に助けを求めた、というような恥ずかしい場合などが、つまりピンチらしいピンチであるが、こんなことでわざわざ例を挙げて説明しているのは、ピンチの風上にも置けないのではないか……。ほかにも、ピンチになると、「くわばらくわばら」なんて言う老人が時代劇に出てきたりして、今となっては非常に摩訶《まか》不思議で愉快ではある。

窪居佳那は必死になって対処法をあれこれ考えたが、このように、考えれば考えるほどどうでも良いことばかりが頭に次々に思い浮かんでくる。たとえるならば、穀物を水に入れて、沈んだものが新鮮なもの、浮かんできたものは殻《から》か滓《かす》か、あるいは腐ったもの、といったフィーリングである。たしか、文鳥を飼ったときにそうやって餌を選別したような記憶がある。ようするに、「思い浮かぶ」ということ自体が、考えが腐っている証拠なのではないか、などと考えている自分がはてしなく恐ろしい。絶対にこんなことを考えている場合ではないのだ。とにかく、なんとかしなければ……。くわばらくわばら。

とりあえず、コミュニケーションをとってみることにしよう。そうだ、それが賢明だ。相手は人間だし、今のところ、敵意があるようには見受けられない。

「あのぉ……」佳那は勇気を振り絞って声を出した。この「あのぉ」という言葉は、考えながら話す、という現象を象徴している。

相手が振り向いて、こちらを見た。

鼓動がますます速くなる。どきどき。

しかし、わりと、格好良い。そう、渋い。

いやいや、そんなことを考えている場合か……。

でも、もの凄く嫌な顔とか、もの凄く恐い顔とか、もの凄く笑っちゃう顔でなかったことは、まあ不幸中の幸いではある。いかんいかん、顔で判断しているぞ、いやいや、そんなことを考えている場合か？

「なにか？」男がきいた。

「あの、もう、その、私、これで失礼したいと思います」佳那は思っていることをそのまま言葉にした。これは切なる願いである。「あの、よろしいでしょうか？」

しかし、シャワーを浴びたばかりだ。この状況でいきなり帰るということは、かなり失礼な気もするし、だけど、いったい全体、ここはどこで、どうしてこんなところに自分がいるのかわからないわけだから、失礼の程度も測りようがない。

「ああ、ええ」男は頷く。案の定、不思議そうな表情を見せた。これは、予想どおりだ。

良かった、とにかく、犯罪に巻き込まれている可能性は薄い。佳那はまずそう評価した。自分は拉致《らち》され、監禁されているわけではなさそうだ。シャワーや冷蔵庫を自由に使えることからも、これは明らかである。しかし、赤の他人にこんな待遇を与えるのも変な話だ。記憶にない空白の時間に、この男と友達になってしまったのだろうか。それも非常に恐い推論といえる。そんな数時間で、こんな仲になるなんて、自分の行動として違和感が拭《ぬぐ》いきれない。あまり違和感を積極的に拭った経験がないので、置かれている状況自体が充分に把握できないでいる佳那だった。

「いいですか?」もう一度きいてみた。

「もちろん、いいですけど、でも……」男は壁の時計を見た。「待たなくていいの?」

「え、何をです?」待つ?

何を待つのだろう?

「いや、彼を……」

「ああ……」となりゆきで頷いてしまったが、もちろん全然心当たりなどない。「いえ……、そう、そうですね、でも、こんな時間なのに、長居をしても失礼かと思いまして……」

「いえ、僕なら全然、気にしないで。ゆっくりしていって下さい」

「ああ、いえ、どうしよう……」佳那は困った。ここは、押し切る方が賢明だ。「いえ、やっぱり、あの、とにかく、もう帰らないと……」

「そう」

「すみません」

「あ、じゃあ、気をつけて」

「えっと、私の上着は……」彼女はあたりを見回す素振り。

「え？」

佳那はソファへ近づき、自分のバッグに手を伸ばした。男はビデオをリモコンで止めて、立ち上がった。かなりの長身である。彼女の全身に新たな緊張が走った。一瞬の躊躇《ちゅうちょ》。しかし、襲われることもない。なにも起こらなかった。

「バッグだけだったですよ」男は言う。「上着って？」

「私、ジャケットを着ていませんでしたか？」

「いやぁ、どうかな、たしか、そのままだったように思うけれど……」

「あれ、変だな。どこかに忘れてきちゃったのかしら」

「たぶん、そうだろうね」

「だいぶ酔っていましたか？」困った顔をつくって、思い切って尋ねてみる。

「いや」彼は目を大きくして首をふった。「そんな、全然、そんなふうに見えなかったけれど……」

だろうなあ、と佳那は思う。やっぱりいつものとおりだ。

「どうもすみませんでした、すっかりお邪魔をしてしまって。本当に、あの、いろいろ失礼をしてしまって……、ごめんなさい。あの、もう、大丈夫ですから」

「大丈夫って、何が？」

「シャワーを浴びて、酔いが醒めました」

「あ、そう……」訝《いぶか》しげな表情で、男は彼女をじっと見る。

バッグを肩に掛け、佳那は玄関に向かった。男がついてくる。靴を履いて、彼女はもう一度頭を下げてから、ドアの外に出た。

あっさりと脱出できた。

冷たい空気。

上着がないので、肌寒い。

あたりを一瞬で把握する。鉄筋コンクリートのマンションの通路。一階ではない、かなり高そうだった。四階くらいか。

しかし、

そんなことよりも、もう少しで声を出すほど、佳那はびっくりした。

ドアを閉めて、左右を見る。そして、目の前に、彼女の足許《あしもと》に、それがいたからだ。犬である。

本物ではない。

作りものの犬が、そこに座っていた。

一歩、後退。

犬の下には、土台もある。

まちがいない。

あの公園の犬だ。

「なんでぇ?」思わず、言葉がこぼれる。

あたりには、誰もいない。

静まり返っていた。人の声も、車の音も聞こえない。

27

なにしろ、考えるよりも、その場の雰囲気が恐ろしかった。もっと恐ろしいことが起きるまえに、立ち去った方が良い、と佳那は判断した。

マンションの螺旋《らせん》階段を駆け下り、建物の表側へ出ていく。道路に出た。夜明けまえである。歩いている人間などいないし、通り過ぎる車も少ない。五十メートルほどのところに交差点。信号があって、歩道橋が見えた。その風景には見覚えがある。彼女のアパートのすぐ近くだ。数百メートルの距離だろう。

良かった。

知らない場所だったら、どうしようか、と心配していた。歩いて帰ることができる場所だったことは幸いである。

しかし、考えてみれば、それはごく自然な結果といわざるをえない。酔っていたとはいえ、彼女は自分の意志で歩いていただろうし、おそらく、自分のアパートへ帰ろうとしたのだろう。途中で、なんらかの理由から、あのマンション、あの男の部屋へ上がり込むことになった、ということ。

どんな理由だろう？

知りたい。

しかし、考えたくないような、複雑さも。

そもそも、あの男は何という名前なのか？　表札を見忘れた。部屋の番号も覚えていない。えっと、何階だったっけ？

もう一度戻って確かめようかとも考えたが、上着がないため寒かった。それに、なんとなく、もう近づきたくない、という強い願望が既に彼女を支配している。

ひたすら前を向いて歩いた。

後ろを振り返ると、もの凄く恐いものが追いかけてきそうな気がする。子供のときには、頻繁にわき起こる感覚だったけれど、最近ではあまりなかった。久しぶりだ。

アパートに辿り着く。

バッグから鍵を出して、部屋に入った。時刻は午前五時。

温かいものが飲みたかったが、温めるのが面倒だった。シャツだけ脱いでベッドへ倒れ込み、毛布を被った。

頭に沢山のことがどんどんポップ・アップする。浮かび上がる、浮かび上がる。もう水面が見えないほど浮かびすぎ。一見、埋め立てられたかのごとく。

目を瞑ると、長い溜息。

彼女は、そのまま眠りたかったけれど、こういうときにかぎって、頭脳は簡単には停止してくれない。

あの公園の犬。

どうしてあんなところにあったのだろう?

もちろん、思い当たる節はある。

何故なら……、

それを移動しようと考えていたのは、佳那自身だったからだ。

28

目が覚める。時計を見た。まだ五時半。
しかし、外は明るい。眩《まぶ》しいので目を瞑った。
明るい？
もう一度目を開ける。たしかに明るい。
明け方、という光ではない。めちゃくちゃ明るい。
え、もしかして……。
飛び起きる。
午前中ではない、既に午後だった。
夢も見ないで十二時間も寝ていたのか……。
「寝るか、こんなに！」とか呟きながら、頭を振る。
それから溜息。
カレンダを見た。
土曜日。
えっと……、今日は何がある日だったっけ。

ゼミも実験もないはず。

やらなくてはならないことは沢山あるけれど、この時間にこれをしろ、といわれている作業は、とりあえずはない。

「あ！」自分で声を上げて、さらにびっくり。

息を吸って、そして吐く。

次に、息を止めて、再び時計を見た。

管弦楽の夕べだ！

あと、一時間後に開演。

「かぁあ！　しまったぁ」

舌打ちをして、まずバスルームへ直行。

だがしかし、髪を洗っていたら、間に合わないだろう。

「そっか……」

そういえば、寝るまえにシャワーを浴びたのだ。あの男の部屋で……。

思い出して、気持ちがどーんと重くなった。

「駄目駄目」

がんばるのだ。

ここで負けてはいけない。

踏み止まらなくては。

頭を猛烈に働かせて、着ていくものを考える。そして、化粧。同時に、会場までの道のりを思い描いた。自転車で走れば、なんとか三十分くらいで行けるのではないか。歩いたり、バスに乗っていたのでは、とても間に合わない。おそらく道路は夕方の混雑で渋滞しているだろう。

ファッションは既におおかた決定していた。良かった、自分の計画性に感謝。落ち着いて落ち着いて、と言い聞かせながら、素早く手を動かして、化粧をする。やはり、髪が気になった。寝癖がついていて、左右非対称だ。今日のこの日のために、最適なシャンプーも決めてあったのに、それを使っている時間がないのが、残念である。

ファッションは、珍しくスカートだった。それもロング。今日のこの日のために、アンティークショップで購入した古着で、まだ、それを着て外に出たことは一度もなかった。

「靴は?」バッグにいろいろ詰め込みながら、独り言を呟く。

えっと、靴はまだ決まっていない。しまった、盲点だった。うーん、困った。どれが合うだろう。一瞬で三つの候補を選び出し、玄関へ走って、座り込む。

時計を見た。いつの間にか二十分が経過しているではないか。あと四十分。ぎりぎりだ。少しでも早く行きたい。音楽が聴きたいわけではないのだ。開演に間に合えば良い、というものではない。一度履き替えて、二つめのブーツに決めた。あまり履いたことのないものである。

大きな帽子も被った。これもこの日のために購入したもの。一度も試していない。そして、最後に、鏡のまえでコンタクトをはめる。そう、今日はメガネではない。コンタクトなんて、滅多にしない。さらに、大きなマスクをした。花粉対策用のもの。メガネはなし。帽子とマスクで顔の八割ほどは隠れている。これで、誰も私だとわからないだろう。大丈夫。服装だって、いつもの自分のイメージではない。

「よおし！」

気合いを入れて、玄関に向かう。

持ちものを点検。鍵を手にして、ついにドアから出た。

誰かに見られていないか、周囲を窺《うかが》ったが、幸い近くには誰もいない。もし見られていても、特に問題はない。そもそも、近所に親しい人間はいないのだから。

階段を下りるときにスカートの裾《すそ》を踏んで、もう少しで転ぶところだった。危ない危ない。

なんとも歩きにくい服装である。これは罰ゲームみたいな感じ、あるいは、足枷《あしかせ》のようなものか。

自転車を引っ張り出して、鍵を外したとき、
佳那はようやく気がついたのである。

「がーん」なんとも、古風な音がした。これは、父親の口癖だったものがうつってしまったのだ。しかたがない。

乗れないじゃないか！

このスカートでは自転車に乗れない。

ああ……。

天は我を見放したか。

29

自転車に無理に跨《また》がって試してみたが、やはり駄目。彼女の自転車はサイクリング用のスポーツタイプだから、サドルの前にスポークが真っ直ぐ伸びている。そこが邪魔なのだ。もちろん、誰もいないところだったら、乗れないこともない。しかし、いくらこれから日が暮れて暗くなるとはいえ、町中を走る度胸は佳那にはなかった。常識の枠を超えられない自分に深い溜息をつく。

自転車は諦《あきら》めて、彼女は走った。

しかし、これまた走りにくい。今度はスカートよりも、ブーツが障害だった。すぐに足が痛くなり始める。これでは、走り続けることは無理だ。

表通りまで出て、タクシーを拾う決心をする。お金があったかどうか、財布を確かめる。心許《こころもと》ない気もするが、片道ならば、なんとかOKだろう。

道路は車が多かった。ラッシュ時なのだ。なかなかタクシーが捕まらないので、少しでも目的地へ近づけるように、小走りに進みながら振り返って道路を窺った。五分ほど経過したところで、やっと空車のタクシーが通りかかる。

ガードレールの切れ目のところで車が停まり、ドアが開いた。彼女は急いで乗り込んだ。

「あの、市民会館まで。急いで下さい」

「はい、どうもありがとうございます」運転手は車を発車させながら言った。「えっと、何時までですか？」

「六時半」

「いやあ、どうかな。けっこう混んでますからね、今……」

「お願いです、そこをなんとか」

「ええ、なんとかがんばってみますけどね」と言いながら、タクシーは加速し、追い越し車線に出る。だが、すぐにまたブレーキ。前に車が詰まっている。

佳那は、財布の中の金額を確かめた。昨夜、カラオケで支払った現金が完全に誤算だった。

「あの、すみません、もう一つお願いがあるんですけれど」

「え、何です？」

「お金が二千五百円しかないんです。だから、それを超えそうになったら、降りますから停めて下さい」

「ああ、そりゃ大変だわ」運転手は振り返って彼女の顔をしげしげと見た。「二千五百円ね、うーん、微妙だわなあ。行けるかなあ……、ぎりぎり、どうだろうね、混んでるからねぇ、この時間は」

　バッグの中を調べて、カード入れや、手帳のポケットも見た。いざというときのために、たまに千円札を挟んでおくことがあるのだが、やはりなにかのときに、あっさり使ってしまうのだ。まったく、役に立たない。立ったためしがない。

　チケットはあるから、着いた先ではお金はいらないはず。なにも買わなければ良いのだ。しかし、帰りはどうする？　バスにも電車にも乗れない。どうやって帰ってくるのだ？　歩いたら、どれくらいかかるだろう？

　だが、そんなことを考えている場合ではない。

　そうだ、そんなさきの心配をしてもしかたがない。

　とにかく、今できることに全力を注ぐ以外に道はないのである。でも、タクシーに乗っている今は、全力をどう注いで良いのかわからない。時計を見て、運賃メータを見て、緊張はいやが上にも高まりつつある。鼓動も、もうバーゲンセール並に最高潮だった。こんなスリルとサスペンス、滅多に味わえるものではない。これだけでも、既に元が取れたのではないか、と考えてみることにしたが、そんな都合良く考えることはできなかった。

タクシーは幾度か無理をして車線を変更し、ついに、ビルの間の路地に飛び込んだ。スター・ウォーズで敵の本拠地を襲撃するときの戦闘機みたいだった。狭い道を突き進んでいく。突き進んでくれれば嬉《うれ》しいけれど、しかしその分、カウンタの数字は上がっていく。いつの間にか、両手を胸の前で合わせていた。アルプスの少女みたいなお願いのポーズである。

そうするしかない。

ほかにどんなポーズをしても結果に影響はないだろう。とにかく、リラックスできる状態ではなかった。

30

タクシーは途中で力尽きた。正確には、彼女の財布の中身が尽きたのである。コンサートが開催される会場の一キロほど手前だった。時刻は六時二十分。ぎりぎりである。神様は、こうして常に人間に試練を与えるのだ、と佳那は思った。ひたすら走る。

両手でスカートを少し持ち上げて、大股《おおまた》で飛ぶように歩道を駆け抜けた。もう周囲の目など気にしていられない。今夜で世界が滅亡すると思えば良い。走っていれば、ほとんど目に入らないから、気にもならなかった。

だが、半分も行かないうちに、息が切れた。

信号待ちになったところで、自分がもの凄い呼吸をしていることに気づく。周囲の人間たちが、じっと彼女を見守っている。そんな気がする。けれど、上品に息をすることはできない。酸素が足りないのである。

駄目だ……、この頃の運動不足が祟《たた》っている。

こんなに自分は弱かったか。

それとも歳をとったのか。

信号が青になるよりもまえに、横断歩道へ飛び出し、また走った。走っている間の方が、多少は爽快《そうかい》だった。止まっているときよりも、躰が軽い錯覚がある。足はもう感覚がないくらい張っている。棒みたいだ。ピノキオが走ったら、こんなふうだろう。呼吸のリズムを意識し、ペースを守るように努める。時計を見た。あと五分。

建物が見えてきた。

大丈夫、間に合った。

歩道から敷地の中へ入り、少しだけ歩を緩める。完全に息が上がっていた。鞴《ふいご》のように呼吸をしている。

さあ、落ち着いて。でも、全然落ち着けない。

ゴールしたばかりのマラソンランナみたいだ。

建物の中へ入った。ロビィを突っ切り、メインホールの方へ向かう。エスカレータでも彼女は止まらなかった。

ついに、入口。チケットを出して、中に入った。もう、誰も並んでいない。みんなホールの中、シートに座っているはず。

時計を見る。二分まえ。

そんなにぴったりに始まるものでもないだろう。ホールの外、売店の近くにも、喫煙コーナにも、まだ数人がいた。

汗が吹き出ている。ハンカチを額に当て、吸い取った。呼吸も速い。ようやく屋敷を抜け出して追っ手から逃れた忍者になった気がする。まだ油断をしてはいけない。

そうだ、これからが本番なのだ。

深呼吸。

化粧を確認したかった。汗をかいたからだ。

しかし、そのまえに、やはり中に入らなければならないだろう。様子を確認しなければ。もう時間がない。トイレへ行く時間もない。

分厚いドアを押し開けて、ホールへ入る。階段がある。ずっと低いところに明るい舞台。椅子と楽譜のスタンドがセットされているが、まだ誰もいない。

シートはほぼ満席。自分の場所は既に確かめてあった。頭に入っている。

会場はまだ明るく、階段を下りていき、目的地はすぐにわかった。

深呼吸。深呼吸。

ハンカチで汗を拭《ぬぐ》う。呼吸は少し落ち着いたかもしれない。

ブザーが鳴り、照明がゆっくりと落ち始める。

通路から五つ奥へ入ったところが彼女のシートだった。手前の四人は既に座っているので、「すみません」と小声で言いながら、細いスペースへ足を踏み入れた。

シートに到着。

着席。

おお、ついに来た。

左隣に彼が座っている。

やった!

佳那が近づいていったとき、彼は、一瞬だけこちらを見た。

しかし、もう暗い。きっとよく見えなかっただろう。

とにかく、呼吸を我慢する。

なるべく静かに……。
でも、吸って、吐いて、吸って、吐いて、を繰り返す。
マスクをしているし、音を立てないように、気をつけて。
苦しかった。
舞台に誰かが出てくる。
拍手が起こる。
アナウンスもあった。
だけど、なにも目に入らない。なにも聞こえない。
真っ白だ。
しーんと静まり返った場所に、彼女がいて、その隣に彼が座っている。
それ以外にはなにもない宇宙。
自分の鼓動の振動で、シートがぎしぎしと音を立てるのではないか、と心配だった。
それくらい、躰が揺れている。
汗が流れ、顔の表面を伝って落ちる。
もうハンカチで拭いてなどいられない。
目を左へ。
しかし、顔はまだ向けられなかった。

さらに暗くなる。

また拍手が起こった。彼も手を叩いている。彼女も叩く振りをした。彼の手を横目で窺いながら。

黒っぽいズボンだ。ジャケットは茶色だろうか。左手首にはメタリックの時計。なるべくシートの背に躰を押しつけ、彼の顔を見たいと思う。でも、真横だし、距離が近すぎる。なかなか勇気が出ない。

やがて、演奏が始まった。

佳那は舞台を見ていなかったので、誰が何人で弾いているのかわからない。主としてバイオリンの音。曲名もわからない。関心がない。否、このチケットを選ぶときには、ちゃんと演奏者も確かめ、曲名も調べたのだが、もう忘れてしまった。

音が大きくなったおかげで多少助かった。充分に呼吸ができる。片手に持ったままだったハンカチで、額の汗も拭けた。

マスクをまだかけていたけれど、右側で少しだけ外して、息をしやすくした。マスクに口紅が付いていた。これはまずい、外さない方が良いだろう。あとで、トイレで化粧を直さなければ。それまでは、外さない方が良い。

そっと、左を窺った。

横目一杯。

彼の鼻先へ焦点が合う。

横顔である。

ああ、良かった。

まちがいない。彼だ。

ほかの人間だったら、どうしようか、と少しだけ心配していたのだ。

その可能性もなきにしもあらずだった。忙しい彼のことだから、チケットを他の人にあげてしまうかもしれなかった。でも、ちゃんと彼の嗜好《しこう》を調査して、その方面の情報も得て、選びに選んだチケットなのだ。彼が絶対に気に入ってくれる、という自信はあった。

彼は、舞台をじっと見つめている。

その目が、見えた。

彼が動く。

その瞬間に、彼女は顔を下へ向ける。

待避。

ああ、凄い。

どきどき。

どきどきが、凄い。

こんなにどきどきできるなんて……。

31

気の遠くなるような心地良い緊張感が持続したが、やがて無情にも休憩時間となった。ホールは明るくなる。彼女は、座ったまま動かず、彼の様子を窺った。右に座っていた四人が揃って席を立った。彼も、立つかもしれないので、それを待つ。だが、どうやら、そのまま座っているつもりらしい。パンフレットを広げて、熱心に読んでいる。

佳那は決心して、席を立った。化粧を直しにいく必要があるからだ。しかし、トイレは混雑していた。売店の横の少し窪んだスペースに入って、バッグから鏡を取り出し、マスクを外して自分の顔を確認。思っていたほど酷くなかった。大丈夫だ。溜息。

喉が渇いていたが、ジュースを買うお金がない。百円くらい残しておけば良かった、と今になって大後悔時代、などと洒落《しゃれ》を思いついても力が抜けるばかりである。

ホールの中に戻った。まだ休憩時間は十分以上ある。階段を少し下りていき、横から彼を観察。パンフレットを読んでいる横顔が見えた。今、戻るのはあまりにも危険だ。もう少し待たなければ。

もう汗もかいていないし、呼吸も平常なので、今度は、もっと彼だけに集中できるだろう。

しかし、自分がしていることって、もしかしてストーカ？

などという発想が一瞬あった。

違う。それは断じて違う。

もっと純粋な、もっと微小な、もっと普遍的で絶対的なものを、自分は求めているのであるが、そこまで考えただけで、いきなり複雑になる。まったく意味がわからない。あまり考えない方が得策である。

もう一度ロビィに出て、時間が経つのを待った。そのうち、トイレの行列もなくなったので、一応利用。大きな鏡で、もう一度化粧の確認および軽い修整もできた。

大丈夫。ＯＫ。時計を見ると、あと一分。

いざ。

ホールに戻り、時間を計るように、ゆっくりと歩く。

ベルが鳴り、照明が落ち始める。

彼女は、また「すいません」を連発しながら、席についた。

彼が、こちらを見た。

今度は、しっかりと見られたかも。

どきどき。

息を止めている自分。

また、もう一度、彼がこちらを向く。
どきどき二乗。
駄目？
ばれた？
でも、また彼は前を向いた。
舞台に演奏者たちが現れたからだ。
助かった。
大丈夫、大丈夫。
ばれていない。
まだ、鼓動は戻らない。
どきどき。
凄いどきどき。
ああ、たまらない。
こんなに、素敵などきどきが、あるなんて。
世の中の人はみんな知らないのだ。
私だけが知っているどきどきかも。
ああ、本当に、幸せ……。

近くにいるだけで、それに、知られていない、というだけで、こんなに違った感覚が得られるのである。

ああ、良かった。

リズムの速い演奏が続いている。

そのリズムに同調するかのように、彼女の躰の中で血液が脈動している。

泡立つような、高揚感。最高だ。

すぐ隣、十センチも離れていないところに、彼がいる。

そう……、彼女の指導教官、
相澤慎人《まさと》。

いつも、研究室で会っている人。二人だけでゼミをすることも珍しくない。だけど、こんなに接近したことは一度もないだろう。いやいや、一緒に電車に乗って、シートに並んで座ったことがあったではないか。たしかに、あのときも、わりと良質などきどきを体感できたけれど、彼と話をすることに夢中だったため、味わうほどの余裕はなかった。

今は、それがじっくりと、嚙みしめるように、味わえる。

ああ、心地良い。

でも、何だろう？

私って、変じゃないか？

うん、少し、そんな気もする。

それについては、何度か自問している。当面の課題だ。

しかし、自覚はあるのだから、そんなに異常ではないだろう。

とにかく、このどきどきから離れることは自分にはできない。それが佳那の秘密中の秘密である。この恍惚に勝る人生の目的はないだろう。このために生きているといっても過言ではない。

そうだ、そのとおりだ。

最初に気づいたときはまだ中学生だったけれど、その後、歳を重ねるごとに、ますます確信するに至った。

これは、何だろう、俗っぽい言葉で表現すれば、「刺激」である。もちろん、その刺激の質が問題だし、普通の一般的、常識的な刺激とは、明らかに異なっている。どこが異なっているかって？　いや全然違うのだ。滅相もない。そんな、俗っぽい、異性に対する興味とか、憧《あこが》れとか、そういったものでは断じてない。この件に関して、ちゃんと論文を書くことだってできる。もう、幾度も頭の中で文章化して推敲《すいこう》した経験があるくらいだ。

しかし、そんなことを振り返っているときではない。

横目で彼の顔を見る。

だんだん大胆になってきた窪居佳那を自覚。肘掛《ひじか》けの上にのっている彼の手を見る。そのすぐ横に自分の手があった。肘掛けには手は一つしかのらない。自分の手は、膝の上だ。それを少し浮かせてみる。彼の手に近づける。

ほら、距離が一センチくらい。

どきどき。

凄いぞ……。

ああ、なんてこと。

音楽が続いているのに、彼女の頭の中では、洞窟に向かって叫んだようなエコーが鳴り響いていた。

凄いぞぅ、ぞぅ、ぞぅ……。

そして、ごうごうと流れる血流を耳にして、心臓の脈動を、大地震を観測する地震計の針みたいに感じるのだった。

さあ、どうする？

これから、どうする？

そういう声も聞こえてくる。彼女の中に観客がいるのだ。電光掲示板に文字が流れている。「お楽しみはこれからよ」

え？　何だ？

まだ、なにかあるのか？

そんなふうに考えるだけで、もう……、どきどきものである。

32

怒濤《どとう》のような日々が過ぎ去った。怒濤というのが具体的にどのようなものなのか、佳那は知らないので、竜巻のようなとか、あるいは那智《なち》の滝のようなとか、同様な自然系で攻めてみても今一つだったし、一方、マジンガーZのようなとか、リニアモータカー大江戸線のようなとか、テクノロジィ系で攻めてみても、若干渋すぎの感じだった。聞く人を選べば、もしかしたら局所的な迫力が醸し出せるかもしれない。

翌朝、ようやく久しぶりに穏やかなシャンプー日和を迎えた。といって、外の天気は気にしていない。単に気持ちがのんびりできた爽やかな目覚めだった、という意味である。

頭の上の泡に指を突っ込みながら、佳那は考える。本当に、一昨日といい昨日といい、私の人生って波瀾万丈《はらんばんじょう》、でも、ほら、そういうことがあっても、今日はもうなにもないのだ、これから研究室へ行って、実験データの整理をして、測定された膨大な数値を処理してから、エクセルで相関係数を求めて、できればそれらの平均が0・88にはなってほしいという切実な願いがある程度か……、うん、なんか平坦というかフラットというか、同じだけれど、これが幸せっていうのかしら、絶対に違うわけだけれど、結婚式のスピーチとかで、「佳那さんは、いつもエクセルに首ったけでしたよ」なんて言われたくないし、とか、うーん、今日のシャンプーはいまいちじゃん、それでも、いまいちなんて評価は、最近はまだ良い方で、実際に少しもの足りない場合に対しては、いまに？　いやいや、いまさん、くらいだよね、とか、あ、そうそう、この頃ねえ、美味しいって言わずに、美味しすぎ、とか、柔らかすぎ、とか、なんでもいちいち「すぎ」をつけて強調する風潮があるよなあ、あれってさぁあ、お見合いの話を断るときとかに、「ええ、あの方は、ちょっと立派な方すぎる」とかって使えなくならない？　知らずに使うと、誤解を生みそうな予感がするけどなあ、「私にはもったいないお話で」なんてのも、よくよく考えてみたら危ない感じだよう、知らないから、えっと、どうして、こんなこと考えてんの？　ホント、危ないよなあ、まとにかく、また今日から、ああ、溜息……、平凡でメリハリのない生活、どきどきしない、ていうか、コンスタントなどきどきだけの日常に戻るのだ。

だけど……、

その方がヘルシィな気もする。そうだ、コンサートは素敵だったけれど、その直前のランニングもさることながら、夜中に四時間かけてアパートまで歩いたのは正直疲れた。うん、あれは無謀だった。今になって冷静に考えると、常軌を逸していた。大人のすることではない。

否、それでも、その前夜の脱出劇に比べれば、まだまだはるかにまし、ずっとずっと健康的ではないか。そう、あれは明らかにマッハ危険な状態だった。寿命が縮まる、という言葉がぴったりのストレスだったはず。思い出すだけでも恐ろしい。

それなのに、思い出さないわけにはいかない。

自転車に乗って大学へ向かいながら、佳那は考える。

あれはいったい、どうしてああなったのか。

カラオケから戻って、大学の研究室で飲んだ。そのあと、自分はどうしたか？　普通だったら、眠くなってアパートに帰るだろう。帰るとすれば、誰かと一緒に帰ったはず。方向からして……、誰だ？

あれ、待てよ……。

自転車は？

あの日は、自転車で研究室まで出かけたはず。夕方、地下鉄の駅まで歩いて、藤木美保と待ち合わせた。しかし、昨日の時点で、そうだ……、自転車はアパートにあったではないか。コンサートに向かうとき自転車に乗ろうとして、スカートのせいで乗れなかったのだ。たしかに自転車はあった。だからこそ、今こうして乗っていられるのだ。

ということは、研究室から一旦は自転車に乗って帰ったということか？　その記憶が全然ないが、そんな酔っ払った状態で自転車に乗ったのだろうか。押しながら歩いたとも考えられる。誰かが一緒だった可能性も高い。そして、自転車を自分のアパートに置いたあとで、例のあの見知らぬ男のところへ行ったのだ。

何故、自分一人だけだったのか？

ほかの連中はどうしたのか？

美保はともかく、鷹野や水谷は、とことんつき合いそうなものではないか。女性一人を残して、彼らは帰ってしまったのか？　どんななりゆきだったのかを、鷹野や水谷に尋ねれば良いだけの話であるが、研究室で彼女が築き上げた先輩としてのプライドから、どう考えてもそれは困難に思えた。恥を忍んで美保にきいてみる以外にない。

そう考えて、花屋の前で自転車を停めた。

店内を覗いてみた。だが、残念ながら、彼女の姿はなかった。別の店員がいる。美保の出勤日ではないのか。

そうか、今日は日曜日だ。

信号が変わったので、佳那は自転車を漕ぎ始め、坂道を上っていく。もう一山越えるとキャンパスである。

シャワーまで使ってしまった例の部屋、住人と思われるあの男の顔が、佳那の頭脳に今も焼き付いている。もともとあった彼女の電光掲示板のすぐ横に、その男の顔の巨大な看板が建設されたみたいな映像である。無視するにはあまりにも大きすぎる。20世紀フォックスみたいにサーチライトが当たっているのだ。

でも、悪い人ではなかったかも。少なくとも彼女に対しては、礼儀正しく、そして好意的だったような。

そうそう、あの犬は？

公園にあったはずの犬の彫刻像が、どういうわけか、玄関の前に置いてあったのだ。もの凄い邪魔だ。あの通路は、マンションのほかの住人も使っているわけで、苦情が出ることはまちがいない。でも、簡単には動かせないだろう。

そうか、もしかしたら、あのとき、あれはまだ届いたばかりで、だから部屋の中の彼も、犬が玄関前に置かれていることを知らなかった……、ということかもしれない。

ああ、なるほど……。

急に目の前が開けてくる。ちょうど坂道を上り切ったところで、彼女の前方に風景が展開していた。樹々の緑と、キャンパスの白い建物群が、斑《まだら》に見える。道路を滑らかに行き来する車。下っていくと広い場所に出る。バス停には沢山の人が集まっていた。

思わず、佳那は舌打ちをした。

微妙に複雑な感情が立ち上がる。

嬉しいようで悔しいような。

爽快そうで気持ち悪いような。

「武蔵坊かぁ」彼女は呟いていた。

それは、一つの結論だ。

すぐにでも電話をかけたかった。だが、武蔵坊は携帯電話など持っていない。連絡は向こうからの一方通行。どこにいるのかさえわからない男である。

33

研究室は日曜日であっても、誰もいないということは滅多にない。しかし、午前中から出てくる人間は、留学生か、窪居佳那くらい。

部屋には、韓国人が一人いてコンピュータに向かっていた。コーヒーを淹《い》れつつ、彼と世間話を一分ほど交わしてから、佳那はカップを持って自分のデスクについた。

メールを読む。全部で二十くらい。半分は開けるまえにゴミ箱へ直行、残りはざっと見てからゴミ箱へ入れた。リプライが必要なものは一通もない。それから、常連のサイトを一通り見た。こちらも更新がなく、読むべきものはなかった。

思い出せない固有名詞や、意味のわからない言葉があるときは、ネットで検索をすることになる。しかし、自分の身の周りに起きている不思議については、いかなる方法をもってしても、インターネットで調べることはできないだろう。

たとえば、人間の顔で検索ができれば便利なのに……。頭の中にはしっかりと描ける映像が存在している。それをモンタージュのように入力していき、本人に少しずつ近づけていくと、似た顔が出来上がり、その結果を基に、該当する人物がつぎつぎ調べられる、といった検索システムがあったら便利だろう。しかし、プライベートな情報だから実現は無理だ。有名人やタレントだけならば、案外すぐに実現するかもしれない。そんなことを考えながら、熱いコーヒーをすすり、実験データをロードした。パラメータの処理プログラムを立ち上げ、図面が出始めると、もう雑念は消えて、スカイダイビングするような感覚で、すっと、彼女はディスプレィの中へ墜《お》ちていく。いつもこうして、研究に集中することができるのである。

一時間ほど経った頃、水谷が部屋に入ってきた。留学生の姿は既にない。まだ十時半。水谷にしては早い時刻である。

彼女は顔を上げた。彼は下を向いていて、佳那とは目を合わせなかったけれど、自分のデスクの椅子にバッグを置いたとき、こちらへ視線を向けた。

軽く頭を下げる素振り。

しかし、無言である。

彼はコンピュータを起こし、腰掛けると、すぐにキーボードを叩き始めた。気にはなったものの、佳那も仕事に戻る。

さらに三十分ほど経過。

佳那は煙草に火をつけた。今日最初の一本だった。座る姿勢を少し変えて、ディスプレィの隙間から、水谷の様子を窺《うかが》った。数秒遅れて、向こうも手を止めた。彼女を見る。目と目が合った。三秒。

「元気?」佳那は微笑んで尋ねる。顔が引きつりそうになったので、煙草をまたくわえる。

「ええ、まあ、そこそこには」水谷は真面目な表情で答えた。

「何をしてる?」

「解析ですよ」

「へえ……、何を使ってるの?」

「有限要素法」

「誰の?」

「いえ、本に載っていたやつを、入れたんです」

「え? 自分で?」

「ええ」

「手で?」

「ええ」

この場合、「手で」というのは、本に載っていたプログラムリストを見ながら、キーボードを手で打って入力した、という意味である。この行為は、最近では古代遺跡の発掘くらい無謀なものだと認識されている。第一に、とてつもない労力と時間がかかる。第二に、打っているうちに必ずミスタイプをするため、このエラーを取り除くのが非常に厄介。第三に、本に掲載されているリストが完全に正しいものである可能性は極めて低い。相澤准教授くらいの年代が、昔はこうしたものだ、という武勇伝的に話すことはあっても、近頃では、そんな真似をする学生はいない、というのが佳那の認識であった。

彼女は立ち上がって、水谷のデスクへ行く。直線距離は二メートル以内であるが、障害物を回っていくので、道のりは五メートルほどある。

「何？　どの本のプログラム？」

「ツィエンキーヴィッツですよ」水谷はディスプレィを見たまま話した。彼の後頭部しか佳那には見えない。

「嘘？　本当に？」

正直なところ、彼女は大いに驚いた。その本は有名な一冊である。掲載されているプログラムは相当に高等な部類のものだ。ちょっとやそっとで動かせる初心者向けの代物《しろもの》ではない。ようするに、そのままリストを打っただけで簡単に動くようなことはないし、たとえ動いたとしても、とうてい使いものにならない、といわれていた。

「で、何？　動いてるの？」

「今度のゼミで、結果出しますけど」水谷は仰《の》け反《ぞ》るようにして斜め後ろに立っている佳那の顔を見た。二人は、歯医者と患者の位置関係に近い。「たぶん、結果は合っていると思います。いろいろ確かめましたから。でも、今一つ解《げ》せない部分もあるんですよね。で、ちょっと相談しようかなって思っていたんです。朝から出てきたのも、そのことで……」

「ふうん」と頷いたものの、彼女はまるで信じていない。

どうせ、なにかの間違いである。

これに似たケースは幾度も経験があった。だが、とにかくプログラムというものは、そんなに都合良く簡単に動くことなんてありえない。もしそんなに簡単ならば、市販されている高価なプログラムの存在理由がなくなってしまう。たとえば、同等の機能を有する有限要素法のプログラムが、何百万、否、何千万円もの価格で売られているのだ。いったい、どこの誰が買うのか？　と疑いたくなるけれど、おそらくは、超大手の研究所か、宇宙関連の財団か、よほどお金の使い道に困っているか、あるいは緊急の課題に対して金に糸目はつけないといった組織が存在するのだろう、と彼女は想像していた。自分もその種のプログラムを使ってみたいと思ったことはもちろんあったし、もっと数段簡単なものを、自分で作ろうと挑戦して、早々に挫《ざ》折《せつ》したこともある。

「一応」

「一応って？」

聞くところによれば、最先端の解析プログラムというのは、ほとんど作った本人でしか動かせないものが多いらしい。F1カーみたいなもので、沢山の専属メカニックが面倒を見て、ようやく走るのだ。逆にいえば、市販されている一般的な製品は、乗用車のように、ごく普通の業務を対象としたものであって、研究レベルでは使いものにならない、とも聞いた。たしか、相澤准教授がそう話していた。講座の研究費からはとても支払えないから、負け惜しみで言ったのではないだろう。研究では、一般的な用途からは外れた特殊な条件の設定が要求される。スペシャルでマイナな世界なのだ。

気がつくと、水谷のコンピュータのディスプレィをじっと見つめていた。そこを眺めていても、新しい情報が得られるわけではない。しかし、万が一、水谷のプログラムが本当に作動するもので、正しい結果を導くものならば、これは、研究室としては大きな戦力になるだろう、という希望的方向へ、彼女の思考は向かいつつあった。

その楽観的な自分にブレーキをかける。

駄目にきまっている。

しかし、彼の意欲は買おう……。買うべきだ。

それが博愛というもの。

「そう……」佳那は頷く。「案外、その方面の才能あるんだ、水谷君。コンピュータとか、好き？」

「そうかな」首を捻《ひね》る水谷である。

「ゲームとか、好きでしょう？」

「まあ、そう、かもしれませんね」

自分のことなのに、この客観視がはてしなくオタクっぽいではないか。オタクの風上に立つ奴というか、オタクの右に出る奴というか。微妙に鳥肌が立ちそうだったので、佳那は自分のデスクへ戻り、コーヒーカップを手に取った。もうコーヒーはすっかり冷たくなっている。彼女は部屋の中央に出て、ゼミ用のテーブルの椅子に腰掛けた。その位置からだと、水谷のデスクを観察することができるためだ。

水谷は、キーボードをしばらく叩く。非常にソフトなタッチであるがスピードは速い。今まであまり気にしていなかったけれど、少なくとも佳那の二倍は速いだろう。彼女だって、けっして遅い方ではない。彼は凄《すさ》まじく速い、といっても良いレベルである。それがまた長時間持続する。普通ならば、ときどき考える時間というか、打って休んでというインターバルがあるものだ。彼は一定の速度で機械のようにキーを打っていた。

煙草に火をつけ、さらに観察を続行。水谷の才能に感心してぼんやりと彼の背中を眺めていた。すると、水谷は最後にリターンキーを叩き、ピアニストが余韻に浸るときのごとく、手を宙に跳ね上げた。そして、ゆっくりと顔を佳那の方へ向けるのだった。そういうものを眺めていたことを佳那は後悔した。

「窪居さん」横目でこちらを見つめ、低い声で彼は言う。もしかして格好をつけているつもりかもしれないが、そうだとしたら大いなる勘違いといわざるをえない。ギャグのつもりだとしたら、微妙にずれている。笑えない。体温が下がるだけである。

「何?」佳那は、しかし少し可笑《おか》しくなって、吹き出す寸前だった。可笑しいと感じるのは、自分も世間から偏心《へんしん》した感覚を持っているせいだろう。

そう、自分だってオタクなのだ。否定はできない。

「コーヒーを淹れましょうか?」彼は尋ねた。

「え? ああ、うん、良いね。飲みたい。ちょうどなくなったところ」

水谷は立ち上がり、ドアの近くへ歩いていく。水道やシンク、そして食器棚の下に小さなテーブルがあって、そこに講座の共通備品のコーヒーメーカがあった。ずっと昔からそこにあるものだ。ちゃんと作動するのが恐いくらいレトロな代物だった。

佳那は再び自分のデスクへ戻った。コーヒーメーカおよび水谷から遠ざかる方向である。近くにいることに、少なからず抵抗を感じたからだ。以前から、水谷には近づきたくない、という仄かな感覚があったことは事実だが、今は、それとは少し違っていた。もっと複雑なものに思われた。頭の電光掲示板にも、なにも文字は流れていない。言葉にならないようだ。近いものを探せば、それは、一種の恐怖、なのではないか。そう思われた。彼女は胸の鼓動を意識する。どきどきしている。

変なの……。彼女は小さく舌打ちした。

34

低い振動音。マウスのすぐ横で携帯電話が小躍りしている。佳那はそれを掴み、携帯を開いて耳に当てた。

「はい……」彼女は立ち上がる。

「ああ、もしもし、窪居さん、こんにちはです」武蔵坊の声だった。「私です。武蔵坊でございます」

「ああ、はいはい、ちょっと、あの、待って下さいね」彼女は、そのままドアへ急いだ。コーヒーメーカの前に立っていた水谷の横を通り抜け、彼女はドアを開けて通路へ出た。

「ああ、今、お忙しいですか？　あとにいたしましょうか？」

「いえ、いいです。今、移動中ですから」佳那は急ぎ足で歩き、階段を駆け上った。

「どちらにいらっしゃるのですか？」

「大学ですよ」屋上へ出るドアを押し開けながら彼女は話す。外に出た。「はいはい、もう大丈夫。何でしょう？」

「いやあ、どうしたんですか？　そんなに秘密の話ってわけでもありませんけど。えっと……」

「何ですか？」佳那は尋ねる。

「いや、そちらの話は、何でしょうか？　お話しになりたいことがあるのですね？　場所を移動されたってことは」

「いえ、べつに。そちらの用件をどうぞ」一旦は強気に押すことにする。向こうから電話をかけてきたのだから、用事があるはずである。

「はあ、あのぉ、首尾は、いかがだったでしょう？」

「シュビ？」佳那は言葉を繰り返す。

しかし、すぐにピンときた。やはりそうだ。あの犬は、武蔵坊が運んだのだ。

ということは……。

「大変だったでしょう？」鎌《かま》をかけることにする。

「ええ、まあ、それはそれなりに」

「ちょっとほかの人では真似ができませんよね」

「うーん、そうですね。無理だと思います」

「すみません。お手数をかけました」

「で……、あれで良かったのですか？」

「えっと、あの場所は……、どうして、その……」質問をしているのだが、どうも具体的に何を知りたいのか、自分は何を知っていると思われているのか、何を知っていなければならないのか、頭の中で目まぐるしく思惑が駆け巡り、逆に言葉が滑らかに出てこない。

「あれ？　違ってました？　ご指定どおり運んだつもりでおりましたが……」

「いえいえ、ええ、間違いはありませんけれど、私……、その、どう指定しましたっけ？」

「はあ？」

危うい感じである。

「うーん、えっとですね、ちょっと、その、微妙に覚えてなくて」

「何をですか？」武蔵坊が真面目な口調できいた。「あれ？　なにか間違っていたでしょうか？」

「いや、そんなことはありません。場所は良いのです。はい、でも、住所をど忘れしてしまって……」

「住所は知りません。私は、窪居さんのあとをついていっただけですから。そもそも、あの近辺には不慣れでして」

「ああ、そうですか。そうですよね」

「もし、また、不都合とか、追加のお仕事がありましたら、どうぞおっしゃって下さい」

「はいはい、そうですね、またよろしくお願いいたします」妙に言葉が丁寧になっていた。

「あの、そちらのご用件は？」

「あ、いえいえ、もう済みました」

「そうなんですか」

「どうもありがとう」佳那は諦める。「じゃあ、これで」

「はい、どうも……」

電話を切った。

「くう、わからん」思わず呟いてしまった。

武蔵坊があの犬を運んだことはまちがいないようだ。それくらいは想像していた。そんなことができる人間は、そうそういるものではない。そして、武蔵坊がその仕事をしたということは、自分が彼にそれを依頼したからであって、彼女自身のゴーサインなくして武蔵坊は動かない、ようするに、あの空白の時間のうちに、そのやり取りが行われたことを示している。犬をあそこへ運んでくれと佳那が頼んだのだ。すなわち、これらの事象が意味するところとは、その時点で、佳那自身があの場所を、あの男のマンションを知っていた、ということ。

しかし、想像は難しくない。武蔵坊は、「あとをついていった」と話したではないか。ということは、佳那が住所で指定したのではない。

屋上の端まで歩く。もちろん周囲には誰もいない。周りの建築群にも屋上があったが、人の姿は見当たらない。このあたりは建物はすべて研究棟で、窓の中には計測器や書棚が並んでいるところが多かった。人口密度は極めて低い。

手摺《てすり》に肘をつき、両手の上に顎《あご》をのせた。

まとめてみよう。

あの夜、研究室で飲んだ佳那は、自転車に乗って、あるいは自転車を押して、アパートまで帰った。否、違う違う。自転車で、あの公園まで行ったのだ。そこで、彼を見つけた。つまり、犬の世話をしている男を見つけたのだ。そして、彼女は、男のあとをつけて、彼のマンションを確認した。違う違う。変だ。それでは自転車がアパートに戻ってこない。えっと、では、公園に行くときは歩いていったのだろうか？　うーん、そう考えるしかない。もしかして、誰かが一緒だったのでは？　それならば、自転車を置いて歩くだろう。うん、それにしよう。公園にいた彼をマンションまで尾行して、位置を突き止めた佳那は、武蔵坊に電話をかけて……、あれ？　おかしいな、武蔵坊には電話はかけられないぞ。彼は携帯を持っていない。ということは、どこかで武蔵坊と偶然会ったってこと？　それとも、彼の方からタイミング良く電話をしてきたのかしら。うん、いいぞ、なかなか具体的になってきたじゃないか。まるで、現実みたいだ。自分の記憶をこうして想像で補完するというのは、なんというのか、研究的だし、創造的だし、面白い。トータル・リコールという映画で観たけれど、記憶の再構成というか、バーチャルな感覚があって、わくわくする。不思議だなあ。不思議だなんていっている場合ではないぞ。そうかそうか、そこで、酔っ払っている佳那は、公園の犬を運んで彼の家まで持ってこい、と武蔵坊に指示したのだ。うーん、夜中なのに……。しかし、夜中しかできないことではある。武蔵坊は即座にそれを実行した。だから、あの玄関前に犬がやってきたのだ。おお、そうだそうだ、しかしそれでは、何故、佳那が彼の部屋の中にいたのか、という肝心な点がまだ説明できていない。尾行しただけならば、マンションの外にいるはず。どこかで見つかってしまって、しかたなく話をして、そのまま打ち解けて……、それじゃあ、うちへおいで、という話が盛り上がって……、うーん、いくらなんでもそれはありえない感じだぞ。待てよ待てよ、誰かと一緒に行動していた可能性があったのだ。誰だろう、もっとも確率が高いのは、研究室で一緒に飲んでいた三人のうちの誰か、藤木美保か、鷹野史哉か、水谷浩樹である。公園まで一緒に行き、そのあとの尾行にもつき合わせた。おおそうか、すると、もしかして、マンションの彼と、その一緒だった人物が知り合いだったのでは？　その可能性はある。それならば、部屋に上がり込んでしまった理由がつく。けれど、その知り合いの人物が部屋にいなかったのは、どうしてだ？　帰ってしまったのか？　藤木美保なら帰るかもしれない。いやいや、美保ならば、そもそも、あんな時刻に酔っ払った友人を連れて知り合いの部屋に上がり込んだりしないだろう。でも、鷹野や水谷ならありえる。男友達ならそういうことは自然にありそうだ。でも、彼らの場合だと、帰ったりはしないだろうなあ。

そんな、女性を一人残して帰るか？　そうでなくても、一緒にいたいと考えるのが普通だろう。もっと酒を飲もうとするだろうし……、あ！　そうか、酒を買いにいったのか？あんな時刻に買えるだろうか？　違う違う、冷蔵庫にビールがあったではないか、酒は部屋にあった。となると、酒ではないもの……。食べたいか、飲みたくなって、それを買いに出た。うん、それだ。それはありそうな……、そうだそうだ、佳那が帰ると言いだしたとき、彼が言っていたではないか。待たなくて良いのかって。思い出した。そうだ、彼を、とも言ったように思う。やっぱり男だ。そうだ、つまり鷹野か、水谷か……。なるほど、だいぶわかってきたぞ。

「うーん」独りで唸《うな》ってみた。「なるほどね」と口にしながら、また舌打ちする。探偵になったみたいだが、推理する対象が自分の行動だという点が情けない。

大きく溜息をついた。

そうかあぁ……、という空気の声が、レーシングカーのように右から左へ駆け抜けていく。

突然、背後でドアが開く金属音。

振り返るとき、一瞬、そこに相澤准教授の姿があることを、佳那は期待した。

そう、昨日の今日である。

もしかして、私だと気づかれたのでは。

それで、日曜日だというのに大学に出てきて、

「あれは、君の仕業だったんだね」なあんて、言ったりして。「僕のことを、そんなに思ってくれていたんだね」なあんて、説明してくれたりして。

振り返った。

ペントハウスの鉄の扉を片手に立っていたのは、鷹野史哉だった。

35

「なんだ、鷹野君」佳那は少し力を抜く。

ところが、いつもは微笑んでいる鷹野が、真面目な顔のまま、一直線に彼女の方へ歩いてきた。秒速一メートルくらいである。時速に直すと三・六キロメートルだが、場所が屋上だったし、佳那の背後は手摺、建物の高さは二十メートル近いのだから、この状況下においては異例の速さと分析しても過言ではない。否、過言である。しかし、あっという間に、彼は佳那の目の前に立った。距離は一メートル以内。

「何？　どうした？」彼女はきいた。

その言葉が終わらないうちに、つまり彼の静止時間は事実上、一・五秒程度。鷹野はさらに前進し、彼女の躰に接触した。

「あれ、ちょっと……」

何が起こったのか、僅《わず》かなタイムラグののちに認識。

鷹野の両腕が、佳那の腕の外側から取り巻き、換言すると、抱きつかれ、身動きができなくなった。背中は手摺にぶつかり、地上約二十メートル。絶体絶命という表現を咄嗟《とっさ》に思いついた。

鷹野の顔は見えない。

彼女の目の前には、彼の肩がある。

彼の髪がすぐ横に見えた。

近すぎてピントが合わないくらい。

「あ、あの、えっと……」

「窪居さん」少し嗄《か》れかかった声が、耳もとで。

ところが、言葉はそこまで。

さらに力強く抱き締められる。

「ちょっとさ、待って。どうしたの?」

なあんて優しい言葉でしょう、と自分でもびっくり。

これが、鷹野ではなく水谷だったら、

「おい、お前、何のつもりだよ!」

という言葉に、自動変換されたはずである。
意味は同じだが。
自分の冷静な言語能力に感心しつつ。
しかし、どきどきと鼓動が大きくなっている様子。
あらら?
いったいどうしちゃったんでしょうか……。
もしかして、ひょっとして、
これ……、記憶の空白の続き?
ありえるぞう。
ていうか、それ以外にないのでは。
そうじゃなければ、全然脈絡がないではないか。
人生って、こんなに不連続で良いのか?
ああ、しかし、どうしよう。
どうしましょう?
上品に考えている場合か?
うーん、困ったなあ。
いかにして、穏便に処理するか。

でも、まさか、殺されるわけじゃなし。

窪居さん、僕と一緒に飛び降りて下さい、だったら、徹底的に抵抗してやるが、もう少し様子を見るか……、このまま多少時間をかけさせてやるのも、一興かも……、なあんて冷静に考えている私って、もう若くないっていうか、わりとお姉さんだったりして、とか考えたけれど、でもでも、どきどきどきどき、続いているのだ。うん、コンサートのときの三分の二くらいかも。わりといい線であることよ。

まいったな、と心の中で溜息。

36

ふっと力が解き放たれた。鷹野の躰が彼女から離れたのだ。磁石の同極どうしみたいに、反発する見えない力が作用したのか、彼は素早く後ろに下がった。距離は一メートル半。竹刀《しない》があれば面が打てる距離だ。しかし、今の佳那は丸腰である。丸腰とは、変な言葉ではないか。腰は丸くないぞ、とかこういう場で考えてしまう自分が少し嫌だ。三角腰でも変だし。五角腰くらいか。そんなこと考えるな。くどいぞ。この後ろめたさから、つい彼への視線を逸らせてしまった。

一方の鷹野はといえば、じっと彼女を見つめているようだ。どうするつもりか……。今度突進してきたら、避けようか、闘牛みたいに。横へ避けるか、屈《かが》んで下へ逃げるか。しかし、下手をすると、そのまま鷹野は鋼鉄製の手摺に激突、長身ゆえの重心の高さが災いして、直線運動は回転運動に変換、腰を支点にして上半身が手摺を越えて飛び出し、屋上から墜《お》ちていく、そういう危ない予想を一瞬で佳那は思い描いたものの、それを考えている自分の方がよほど危ない、と即座に思い直す。

どきどき。

受け止める手もあるぞ。そうだ、案外これが人生の分かれ道ではないだろうか。こういうチャンスは今回限りかもしれない。鉄道でいったら分岐路。ポイント切換え。だが、これ一度きりということはないはず。一度は行くと見せかけて、戻ってみる手もあるかも。そしてまた前進。スイッチバックか……。考えてみると、そのパターンだな、だいたい恋愛ドラマってのは。一度離れて、ぐるりと回ってくるループ、一部トンネルという手もあるぞ。そうか、「恋愛は峠越えである」なあんて、わりと格言っぽいなぁ。おお、いったい何を考えているのだ！

もし、ここで受け止めたら、そのあとはどうなる？

どきどき。

キスかな。

キスを期す。

なあんて、駄洒落を考えている場合か！　危ないなあ。笑ってしまいそうになったではないか。うーん、どうも、今一つ緊張感が維持できない、この自分の落ち着きようはどうよ。

もしかして……、

鷹野史哉では、ときめかない？

それはなきにしもあらず。夏期に霜あらず。雨期に仕事あらず。うーん、そうなると、ここはやはり避けるのが順当な判断か。右か左へ、あるいは下へ。

「ごめんなさい」彼が言った。

最後は、じろりと訴えるような視線を彼女にぶつけ、鷹野はくるりと背中を向けると、走り去った。ドアを開けて、ペントハウスの中へ消える。青春ドラマ的退出法。

屋上に残された私……。

そよ風が彼女の髪を揺らす、というフレーズを思いついたが、残念ながら風はなかった。ふうっと速い溜息をつき、その息で前髪が一瞬持ち上がった。次に自然に舌打ちしてしまう。

「何だ、あれは？」独り言を呟く。

なんとなく、損をした気がする。拍子抜け、というのだろうか。急に腹が立ってきた。

これってセクハラでは？

「ごめんで済む問題かよ」とか言ってみる。

しかし、自分がさきになにかを仕掛けたかもしれない、という一抹の不安があるため、あまり強気に出ることは得策ではない。このあたりが弱いところだ。

「まったく、もう、お子様なんだから」とか言ってみたが、彼と自分と、どちらがお子様か判然としないうえ、何がお子様なのか、その判断基準も不明確である。いや、もちろん子供だといったら自分の方だろう。

煙草を吸いたくなったが、持っていなかった。深呼吸をして冷静さを取《と》り繕《つくろ》い、再考してみることに。

とにかく、これまでの人生になかったエポックな経験ではあった。異性にああいう形で触れられたことは、幼稚園のとき以来だし、幼稚園のときとはだいぶ意味が違っている。たとえば、屋上に上がってきたのが相澤准教授で、自分を抱き締めてくれたのが相澤准教授だったら、もっと凄いし、それは、そう……、考えただけで、涙が出そうだ。やっぱり、そっちの方が嬉しい。

変だな。鷹野の方が若いし、もしかして、客観的に見れば、彼の方が格好良いかもしれないのに。

「いやあ、そんなこと、絶対ない」一人で首をふっていた。躰がぶるぶると振動している。

頭が考えていることに、肉体が反発しているのだろう。そういうことは、生物学的にありえないのではないか、とも思えたが。

頭の電光掲示板には、いつもよりも大きな文字で《黙れ、馬鹿者！》と点滅していた。

37

恐る恐る研究室に戻った。鷹野と水谷がいるものと想像してドアを開けたが、いたのは水谷だけ。鷹野の姿はない。

「あれ？　鷹野君は？」さりげない口調できいてみる。

「さっき来て、窪居さんがどこかって言うから、屋上じゃないかって教えたんですけど、行きませんでした？」

「いえ」佳那は首を捻る。筋肉が硬直していたので、リカちゃんみたいな動きである。

「へぇ、おかしいなあ」水谷がようやくこちらを向いた。その視線には軽く身を躱《かわ》す。

デスクについて、しばらく仕事をしたものの、なかなか集中できない。水谷が叩くキーボードの音が気になった。鷹野は戻ってこない。しかし、戻ってきたら戻ってきたで、また緊張してしまうから、助かったといえるかもしれない。

お昼過ぎに、佳那は研究室を出た。結局、鷹野は現れなかった。嫌な予感がする。どこかで待ち伏せしているとか、あるいは、どこかで身投げしているとか、ピンからキリまであれこれ想像したけれど、何がピンで何がキリかはわからない。

コンビニに寄って、パンと飲みものを買い、駐車場で自転車に跨《また》ったままそれを食べた。ビニルをゴミ箱へ投げ捨て、ペダルを漕ぎ始める。勇気を出して、謎にアタックしよう、と心の中で叫ぶ。

まず、例の公園まで自転車を走らせた。

曇り空だが、こうして明るいときにここへ来ることは滅多にない。いつもどおり、公園横の脇道へ自転車を進め、園内の犬の像を探す。当然ながら、それはない。入口付近で自転車を降り、鍵をかける。公園の中へ歩いて入った。

遊具がある奥の方からは子供の歓声が聞こえてくる。しかし、この近辺は静かだった。ベンチにも人はいない。犬の像があった場所には、石の土台だけが残っていた。近づいてみると、その土台のほぼ中央に、二センチほど突き出ているボルトが二本。径は八ミリくらい。ネジにはなっているが、セメントが付着していたので、おそらく、銅像の底部の穴にこのボルトが収まっていたのだろう。もともと重量物だから、簡単な固定で充分だったわけである。

それにしても、武蔵坊の怪力。凄いではないか。百キロ以上あるはず。人間業《わざ》ではないな、と佳那は素直に感心した。単に持ち上げるだけでも凄いのに、あれを持って運んだというのが尋常ではない。

周囲を見回したが、誰もいなかった。ここで待っていても、もう彼には会えないだろう。犬はいないのだから。

佳那は自転車に戻った。そして、決心の深呼吸をする。

「よし、行こう」と声を出して呟いた。

もう一度、あそこへ。

あの、謎のマンションへ行ってみよう。

38

位置的には少し戻る。佳那のアパートに近い。多少大回りして、自分のアパートの前を自転車で通り過ぎた。なんとなく、そこに鷹野が待っているような気がしたからだ。

以前に一度、彼が来たことがあったので、そんな想像をしたのである。自分自身が期待をしているのか、それとも恐れているのか、本当のところよくわからなかった。彼がいなくてほっとしたし、少し残念にも思った。不思議である。下手なモグラ叩きみたいに、どちらつかずだ。けれど、微妙なバランスを保っているといえる。たとえば、人間関係、あるいは国どうしだって、どちらつかずで平和が保たれているように思える。そういうことにしておこう。

さて、マンションに到着した。案の定、どきどきしてきた。呼吸を整え、佳那は自転車から降りた。建物を見上げる。五階建てだった。彼の部屋は、何階だったっけ？　あのときは、慌てて螺旋《らせん》階段を駆け下りたし、表札も見ていない。二階ということはないはず。もっと上だったと思う。三階か四階か。どちらかだったように思えるのだが……。

一階の並びを見て、部屋番号の付け方を把握する。通路や螺旋階段の位置関係から、三〇三か、四〇三に絞った。一階ロビィにステンレスのポストが並んでいたので、その表札を確かめる。三〇三は石黒《いしぐろ》、四〇三は諸星《もろぼし》、という名前だった。

階段を上ることにする。ロビィから上がる室内の階段で、螺旋階段とは反対側になる。小さなエレベータもあったけれど、誰かに出会いそうな気がしたので避けた。

まず三階の通路に出て、そこを歩いて雰囲気を確認する。だが、よくわからない。三〇三号室のドアの前も通ってみたが、なんともいえない。周りの風景を眺める。視界あるいは角度も、これだという決め手に欠ける。もう一つ上のフロアかもしれない。

螺旋階段を上がろう、と思ってそちらへ行きかけたとき、彼女の背後でドアが開いた。振り返ると、当の三〇三号室である。ドアから出てきたのは小柄な老婆で、じろりと佳那の方を睨んだ。大きなゴミ袋を持っていた。きっと、あれが石黒さんだ。こんな時間にゴミを出したら駄目ですよ、石黒さん、と言いたくなる。

佳那はそのまま螺旋階段を上った。

四階の通路に出る。犬の像はなかった。動かしたのだろうか。四〇三号室の前まで来る。諸星という表札。残念ながら見覚えがない。雰囲気も周囲の風景もほとんど三階と同じだから、やはり判断はつかない。念のため、螺旋階段へ一度戻り、五階も確かめにいった。五〇三号室には、表札が出ていなかった。螺旋階段を下りたときの感じからは、五階ではない、と思える。たしか、階段が上へも続いていたような……。

もう一度、四階へ下りた。

どうしよう。

どきどき。

思い切って訪ねてみようか。当たって砕けろ、というではないか。本当に砕けてしまったら、身も蓋《ふた》もないが、そうなったら、当たってくだを巻く、になるだろう。そうだ、もし違っていたら、間違いましたと、謝れば良いだけのこと。表札を見て、あ、一階間違えちゃったわぁ、とわざとらしく呟こう。大きく息を吸って、止めて、肺の弾力検査をしてみた。

佳那は四〇三へ向かう。そして、インターフォンのボタンを押した。留守だったら良いな、と思った。矛盾している。

微かな音のあと、ドアが開いた。

現れたのは、見覚えのある男性の顔だった。

「こんにちは」佳那は頭を下げた。

「ああ、君か……、こんにちは」彼は眠そうな顔である。きっと寝ていたのだろう。黒いTシャツに黒いジャージ。

「諸星さん……、とおっしゃるんですね？」表札を横目で見ながら彼女はきいた。

「ああ、ええ、そうですよ。でも、このまえ……」

ドアを開けて立っている彼の後ろを佳那は見る。彼のすぐ後ろ、玄関に、犬がいるではないか。

「わぁ、それ！」佳那は指をさす。

「あ、しっ」彼は指を立てて口に当てる。「騒がないで……。とにかく、中に入って下さい」

諸星が奥へ下がった。佳那は一瞬躊躇《ためら》ったが、一歩前進し、玄関の中に足を踏み入れる。ドアが閉まり、背中に当たった。すぐ足許に犬の銅像があった。

「どうやって、これ、中に入れたんですか？」

「え？　それより、どうやってここへ来たか、それが知りたいですよ」彼は口を歪《ゆが》ませた。

「とにかくねえ、近所迷惑になるんで、中に入れたんだけれど、もう重いのなんのって、弟と二人がかりですよ」

弟がいるのか、と佳那は思う。

そうか、だんだんわかってきたぞ……。

「彼は、何て言ってました？　これのこと」鎌をかけてきいてみる。

「ん？　これねえ……」諸星は犬を見下ろした。「そう、驚いてはいたけれど、うん、けっこう嬉しそうではあったね。中に入れようって言ったのも弟なんだよ。いいのかな、これ警察に届けなくても、って僕は思ったけど」

なるほどなるほど。

佳那の頭の中で、謎が解け始めている。こういうときの彼女のイメージは、知床《しれとこ》半島に漂着する流氷の風景である。中学生のときの家族旅行で見た記憶だが。

そうか、彼のお兄さんだったのか……。

「えっと、彼、名前は何というのですか？」佳那は質問する。

「弟？　あれ？　知らないの？」

「ええ、下の名前は」

「勝徳《かつのり》だよ。えっと、勝負のカツに、徳川のトクで、ノリ」

「勝徳さんですか」佳那は繰り返す。「今日は、いつ戻られますか？」

「いや、今日は来ないと思う。今度はいつ来るかわからない」

「ここにお住まいじゃないのですか？」

「うん、もちろん」

「どちらにお住まいなんですか？」

「それが……、その、えっと、なんていうのか、その、どこにも住んでいないんだよね」

「どこにも、住んでいない？」彼女は首を捻った。

住んでいないっていうことは、年がら年中歩き回っているってことだろうか。

「ホームレスなんだ」

ああ、そうか……、なるほど。

え、ホームレス？

「え？」

「お恥ずかしい話だけど、ああいう奴なんでね」

どういう奴なのだろう、諸星勝徳。そこが知りたい。

39

諸星の家を辞去し、佳那は自分のアパートへ戻った。しばらくベッドで横になり、天井を見つめていた。特になにかを考えていたわけではない。しかし、諸星勝徳の姿が、公園で犬の像の世話をしている彼が、頭のスクリーンに繰り返し映し出されていた。

彼には会ったことがある、しかし、会ったことがないのも同然。何度も遠くから隠れて眺めていた姿しか覚えていない。きっと、会って近くで見て、話もしたのだろう。それをすっかり忘れてしまうなんて……。月面着陸をしたアポロ十一号が、月の石を忘れてくるくらい、とんでもないことだ。肝心のことを記憶していないなんて。何のために月まで行ったのか、というのと同じ。何のために、武蔵坊を使って犬を運んだのだ。彼の喜ぶ顔が見たかったのではなかったのか。そう、それを見たはずなのだ、自分は。彼はどんなふうに喜んだだろう。今はそれを想像するしかなかった。だが、非常に残念なことに、諸星勝徳のアップの顔を、佳那は想像できない。遠くから見た横顔しかデータがなかったからである。鮮明なのは、顎のラインくらい。

それでも、その僅かな手掛かりから、彼の笑顔を妄想することが充分に可能だった。というか、妄想というものは、いかなる状況でも可能なのである。そして、そういう特殊技能が彼女には具《そな》わっていた。考えていると、どんどんストーリィが膨らんでいくのである。実は他の惑星から密かにやってきた王子だったりして……、くらいは序の口であって、後半はとても人に話せない。瞬時にSF仕立てでプロットを組み上げるこの技が、彼女の悪い癖の一つでもあった。何が悪いのか、当然ながら本人しか実感できない。

夕方に、武蔵坊から電話がかかってきた。

「あ、良かったら、今夜、いらっしゃって下さい。ご馳走《ちそう》しますよ」

「いや、かたじけないことです。はあ、実は、あてにしておりましたところが、急にキャたしだいです」

ンセルになりまして、恥ずかしながら、藁《わら》にも縋《すが》る思いで、窪居様のところへお電話をし
「それはまた、グッドタイミング」

「なにか、お役に立てることができましたでしょうか？」

「いえいえ、とにかく、来て下さい。すぐでもけっこうですよ。あ、買いものに出ますから、そうね、一時間後くらいにしてもらおうかな」

「承知いたしました」

時計を見る。夕方の五時半だった。ベッドから飛び起き、佳那はバッグを持って外へ出る。自転車に乗り、近くのスーパへ向かった。しかし、ペダルを漕ぎながら考える。

謎はほぼ解けた。なんとか危機を脱したといって良いだろう。次なる手は……。そう、今度はこちらから攻める番だ。作戦を考えなければ。だんだん、楽しくなってきたぞ。誰に何を仕掛けてやろうか。

メニューは簡単にできるものにした。スーパで必要なものをカゴに入れ、レジへ向かおうと思っていたとき、電話が振動する。父親からだった。

「はあい、今、お買いもの中です」

「武蔵坊が、そちらへ行くそうだ」

「そうだよ。だから、食料品を買いにきてるの。お金かかるよね、けっこう、あの人食べ

るから」

「わかった、それは考慮しよう」

「わざわざ、ちゃんと父のところへ連絡しているんだ」

「律儀な奴なんだよ、彼は」

「もしかして、私が運ばせたものの話をした?」

「何を運ばせたんだね?」

「いえ、べつになんでもない。ちょっと、重いものを運んでもらっちゃったの」

「私の重いこの気持ちを運んでもらったの、なんていうのはなしだよ」

「何、それ……」佳那は絶句する。「ああ、寒いなあ」

「スーパは食品が腐らないように温度が低めに設定されているのだ」

「いえ、そうじゃなくてね……」

「武蔵坊みたいな男は、どうだね?」

「どうだねって?」

「ああいうのは、タイプではないか?」

「何のタイプ?」

「佳那の好みか、ときいているのだ」

「ああ」彼女はまた絶句する。「びっくりした。完全に予想外だもの。父親じゃなかったら、セクハラだし。ねえ、雨太郎、元気？」

「ああ、食欲旺盛《おうせい》だ。よく毎日、同じものをばりばり食べるものだと感心する」

「母さんは？」

「食欲旺盛だ。食っては寝、食っては寝の毎日だ」

「そう、長いこと帰ってないなあ」

「べつに帰ってこなくても良い。また、新しいシャンプーを宅配便で送った。月曜日の夜の指定だ。頼んだよ」

「はいはい」

帰宅して、簡単に部屋を片づけた。といって、脱ぎっぱなしだったものを洗濯機に入れたくらいである。武蔵坊のために部屋を片づける、という気にはなれない。そういう自分が許せない、といった方が近いだろうか。では、誰のためならば、自分は部屋を片づけるだろう？　そう考えてみると、なかなか思いつかなかった。鷹野史哉でも駄目。もし、相澤准教授が、ここへ来ることになったら、少しは片づけるだろうか……。どうも、自分はそういった見かけを取り繕うというのか、体裁を整えることができない性分らしい。装飾的なことが本質だとは思えないし、そんな上っ面のことで嫌われるくらいならば嫌われてもしかたがない、という考えなのである。これは、実に真っ当なポリシィのはずなのに、どうして、みんなはそうしないのか。自分の方が変わっているのだろうか。

キッチンで料理の支度を始めようとしたとき、チャイムが鳴った。玄関に出ると、武蔵坊である。しかし、いつもの彼を予想してドアを開けたところ、そこに立っていたのは、初めて見る顔だった。

40

「うわぁ！」佳那は声を上げた。

「どうも、こんばんはです。お世話になります」

「くうぅ、凄いじゃないですか、どうしたんですか？」

「いえ、たまにはさっぱりしようと思いまして」

顔に髭《ひげ》がない。むさ苦しい服装や、髪型はほとんど変化はなかったが、顔の半分を覆っていた髭が消えて、そこに、頬や顎などの、ごく普通の肌色の部分が現れているのだ。思わず見入ってしまった。

「あの、上がっても、よろしいでしょうか？」

「あ、はいはい、ごめんなさい。どうぞどうぞ」

テーブルの椅子の一つに、武蔵坊を座らせる。髭がなくなっても、躰は大きい。室内を移動するには、大きすぎるのである。これがロボットだったら、確実に設計ミス。映画でロボコップを観たとき、そう考えたことを思い出した。

とりあえず、お茶を出す。佳那もテーブルの対面に座り、改めて武蔵坊の顔を観察した。

「初めて見た。武蔵坊さんの顔」

「そうですか。そういえば、こちらへ来るときは、いつも伸びていたかもしれません」

「髭がない方が、怪しまれなくて、得じゃありません？」

「特に怪しまれて困ったことはないので」

「えぇ？　本当に？　めちゃくちゃ怪しかったと思うけれど。あ、でも、剃《そ》った方が全然男前ですよ。その方が、絶対良いと思う」

「放っておいてもこのままだったら、おっしゃるとおり、そうしたいところなのですが、なんせ、髭は勝手に伸びますので。私が心に決めて、止めたり伸ばしたりできるものではありません」

「まあ、そうですね」

「ついさきほど、剃ったのです。こうして剃ると……」武蔵坊は顎を触りながら話した。「半日ほどは調子が良いですが、そのあとは、触るごとにちくちくして、あれは具合が悪いですな。その後しばらくいけません。むしろ長くなった方が不便がありません。そうなると、剃るごとにあの不具合な目に遭わねばならない、わざわざどうして、そんなことに時間と道具を消耗させて髭を剃るのか、と不思議に思うわけでして」

「髪の毛もそうだよね」佳那は頷いた。「坊主刈りにしたら、手入れが大変でしょう。ちくちくするかも。だけど、じゃあ、どうして今回は剃ったの？」

「さきほども言いましたが、人間、ときどきはリフレッシュしたいわけです。こんな私でも、そう思うときがあります」

「リフレッシュねぇ……」

「そのあと、必ずやってくる少々嫌な思いを経て、そして、その後の安定した無秩序へと還っていくのです。これは、すなわちエントロピィを増大させる自然の秩序への反抗ではないでしょうか？」

「髭を剃ることが？」

「たとえば、髭を剃ることが、そうだということです。ほかにも沢山あるでしょう。そういうものを繰り返して、小さな誕生を味わう。つまりは、自分が生きていることを確かめるのです」

「ああ、なるほどぉ」佳那は頷いた。

説得力のある理屈に思えた。髭のない真面目な顔が、目の前にあるせいかもしれない。

「人は、常に新しいものに目を向けます。新しいものを欲しなくなれば、生はまもなく尽きるでしょう」

「サプライズを求めている、ということ？」

「いろいろな新しさがあると思います」

「うーん、嫌な新しさもあるでしょう？　あまり変化を求めないという人たちもいると思うなあ。今の生活にほぼ満足して、現状を維持したい。新しいものを受け入れることによって付随して発生する新しいリスクを嫌う、どんなものにでも、それなりのリスクが伴うでしょうから」

「お話が抽象的ですね。なにか新しく飛び込んできた状況がありましたか？」

「ええ……」佳那は頷いた。テーブルの上の自分の指を見つめていた。驚いて顔を上げる。

「あ、いえいえ。さて、では、ご飯を作ろうっと。テレビでも見ていて下さい」

立ち上がって、武蔵坊に背中を向けた。今日の対武蔵坊モードは、やけに優しいのではないか、と自己分析した。髭のせいだろうか、それとも、電話で父親が言ったタイプの話のためか、はたまた、大学の屋上であった新たなる状況の影響だろうか。

しかし、そんなことを考えている場合ではない。武蔵坊からは聞きたい話がある。確かめたいことがある。もちろん、諸星勝徳のことだ。金曜日の深夜、公園から、自分は彼のあとをついていったはず。武蔵坊は犬を運んで、さらにそのあとをついてきた。公園にいて、そして自分が追ったということは、もちろん諸星勝徳だと認めたからだ。そして、その彼があのマンションへ入っていった。どこかで、自分は諸星に話しかけたのだろうか。それで、彼の部屋に入ったのか。だが、そこは勝徳の兄の部屋だった。上がり込んだ彼女は、シャワーを使うほどリラックスしている。当の勝徳は、どこかへ出かけていった。シャワーから出てきた彼女に、「待たなくていいの？」と兄はきいた。あれはつまり、弟の勝徳を待たなくても良いのか、という意味だったのだ。

疑問は一つ。勝徳のことは、自分はよく知っている。何度か公園で彼の行動を密かに窺っていたからだ。しかし、彼がどこに住んでいるかは知らなかった。だから、酔っ払った勢いで、彼を尾行した可能性は高い。たまたま電話をかけてきたのか、あるいは、途中で出会ったのか、武蔵坊にも仕事を急遽《きゅうきょ》依頼したのである。しかし、何故、勝徳と話をすることになったのか。しかも、何故、部屋に上がるなんて状況になったのか。そのシチュエーションだけは、どうしても想像ができない。なにか一つ、キーとなる情報が不足している気がする。

武蔵坊はソファに移り、雑誌を読んでいた。髭がないだけで、まるで別人だ。もし今、酔いから醒《さ》めて彼を見たら、きっと知らない人間が自分の部屋にいる、と驚くだろう。そう考えるだけで、どきどきしてきた。

チャイムが鳴る。

「あれ？　誰だ？」佳那はコンロの火を消してから、玄関へ向かった。

武蔵坊がいるので、外を確かめずにドアを開けた。自分一人のときは、レンズから覗いて確かめたりするのであるが、武蔵坊がいれば、笑うセールスマンが立っていたって恐くない。

　鷹野史哉が立っていた。

　目が合う。

　黙って、彼は頭を下げた。

「何？　何か用事？」冷静な自分の声。冷たい女を演じようとしている。良いのか？　窪居佳那。

「いや、あの、謝ろうと思って……」鷹野は白い歯を見せて息を吸った。「誤解されたくないし、その、もしも、窪居さんが嫌な思いをしたのなら、なんて謝ったらいいか、その、考えたんだけれど……」

　佳那は、黙っていた。じっと彼を見つめる。

「とにかく、僕は、窪居さんに嫌われたくない。それだけは、わかってほしいんです」

「わかるよ。嫌われたくて、やったとは思えない」

「ごめんなさい。ホント、ええ」彼は頷き、視線を上へ向ける。「なんか、お詫びをしたいんですけれど、どうすれば良いですか？」

「メールで答える。あとにしてもらえないかな」

「え？」彼はこちらを向いた。

「悪い。今、お客さんがいるんだ」

鷹野は彼女の足許を見た。そこに大きな草履がある。もちろん、武蔵坊のものだ。

「あ、すみません」鷹野は頭を下げた。

「いい匂いがする。食事中でした？」

「ううん、作っているところ」

「じゃあ、あとで、僕の方からメールします」

鷹野はそう言うと、階段の方へ歩いていく。

「あのさ」ドアをさらに開けて、佳那は外へ顔を出す。

彼は手摺に片手をのせて、振り返ったポーズで待っていた。風景は貧相だが、彼はそのままグラビアが撮れそうだった。

「怒ってないよ」彼女は言った。

鷹野は笑う。なんという爽やかな笑顔。

ああ、まったく、爽やかすぎるんだよな、こいつは。

佳那は笑顔をつくった。

ドアを閉めて、奥へ戻る。

ソファで雑誌を広げていた武蔵坊が、入ってきた佳那を見た。

「お友達」彼女は簡単に説明する。

武蔵坊は無言で頷く。

きちんと説明がしたくなった。しかし、面倒だ。

本当に、面倒だよな、いろいろなことが。

こんなふうに考える自分が変なのかもしれない。そもそも、恋愛に向いていない人格なのではないだろうか。生まれながらにして、そのチップが組み込まれていない。回路が不足しているのだ。恋愛に憧れたり、興味を持つことはできても、それは、言葉としての「恋愛」に対する単なる探求心であって、実際には、それを感じるためのセンサや、処理をするためのプロセッサが不足している。だから対処ができない。何の映画だったか、そんなロボットが出てきたな、と彼女は思うのだった。

41

食事のあと、お茶を飲みながらテーブルを挟んで武蔵坊と話をした。髭がないという現在の強烈な印象が、既に彼のイメージを完全に塗り替えようとしていた。たとえるならば、大河ドラマが次の週から急にアメコミになったようなものだ。そう、武蔵坊弁慶が頭巾《ずきん》を取ったら、アーノルド・シュワルツェネッガーだった、に近い。もちろん、若い頃の、であるが。その影響もあって、佳那はいつもに比べると、積極的に会話をしようとしていた。そういう自覚があった。

それとなくきき出したいことは、もちろん、諸星勝徳のことである。

「あ、そういえば、私、今日、諸星さんのお宅へ伺ったんですよ。なんとなく、このまえのお礼をしたくなったから……」嘘である。お礼をする理由を知りたい。「諸星さんのところって、武蔵坊さん、初めてだったんですよね？」

「ああ、ええ、あそこは、もちろん」武蔵坊は頷く。「だから、ついていったんです」

「そうですよねぇ。でも、弟さんの方の家は？　えっと、勝徳さん」

「ああ、勝徳ですか、はは……」武蔵坊の顔が急に緩んだ。「あいつは、家なんかないですよ」

「そうみたいですね。会いたいんですけど、どうすれば良いでしょう？」

「え？　どうして、会いたいんですか？」

「まあ、そのぉ、犬のことで、いろいろと……」

「ああ、そうそう、それなんですよ。私もききたかったんですけど、何なんです？　二人で、あれをどうされるおつもりなんですか？」

「犬ですか？」

「ええ」武蔵坊は頷く。

そう面と向かって尋ねられると、難しい問題である。

しかし、だいたいのストーリィが繋《つな》がった。つまり、あの夜、おそらく公園で、自分は諸星勝徳に会った。場所はきっと犬の銅像の前だっただろう。そこで二人は話をした。そう考えただけで鼓動が早くなった。

どきどき……。

希望的な観測だが、お互いに打ち解け、急に理解し合ったのである。たぶん、その犬のことに興味を持っている人間というだけで、同じ人種だと判断できたのではないか。言葉では説明が不可能な、しかし確実なフィーリングが、彼女にはある。黙って、うんうんと頷いている自分を、武蔵坊が不思議そうな顔で見ていた。

「あのとき、武蔵坊さんは、どうして公園にいたんでしたっけ?」

「え、私と勝徳がですか?」

そうか、一緒にいたのだ。二人は知り合いらしい。

「ええ、あんな時間に、何をしていたんです?」

「我々のような立場の人間には、公園しか居場所がない夜、というのはごく普通のことでして……」武蔵坊は苦笑した。「あの時間にあそこにいて不自然なのは、むしろ窪居さんの方ではなかったですか?　お酒を召し上がっておられましたよね?」

「ええ、ちょっとだけ」

嘘つきである。まるで記憶がないほど、したたま目一杯わんさか猛烈に飲んでいたのだ。なるほど、武蔵坊と勝徳は知り合いで、あの公園にいた。そうか、武蔵坊と一緒だったからこそ、自分は初対面の勝徳と打ち解けることができたのだ。否、打ち解けることができた主原因は、明らかに酔っていたため、ではあるが……。

いずれにしても、そこで、自分は彼の家の場所を尋ねたにちがいない。その動機は……、悪戯《いたずら》をしたかったからだ。こっそり、彼の家の玄関先に、犬の銅像を届けてやろう、と考えていた。あんなに可愛がっているのだから、彼の家にもらわれていくべきだし、その方が犬も幸せというもの。

もらわれていく、というフレーズが、佳那の場合は涙腺《るいせん》を刺激するツボだ。バックグラウンド・ミュージックは、ドナドナドーナ・ドーナと流れている。涙を誘うが、しかし、動物の赤ちゃんだと可愛い。お母さんから離れて、もらわれっ子になっても、ちゃんと可愛がられるだろう。そういうイメージから、爽やかな涙が滲《にじ》み出る。だが、今はそんなことを考えている場合ではない。

彼の家がどこかを質問したら、ああでは今から行きましょう、という話になった。騙《だま》されたのか、あるいは説明があったのか、とにかく、彼は佳那を兄のマンションへ連れていった。そのとき、武蔵坊は近くにいなかったのだろうか。彼女は、武蔵坊のところへ行き、今から諸星の家へ行くことになったから、そっと尾行するように、そして、場所がわかったら、こっそり夜のうちにこの犬を運んでおいてね、と命じた。

夜のうちに、と頼んだのに、あっという間に犬が届いたことは、おそらく誤算だっただろう。酔っ払っている状態の佳那の誤算だった、という意味である。想像ばかりであるけれど、辻褄《つじつま》は一応合う。これ以上に質問を浴びせディテールを探ることは、危険を伴うのでやめた方が賢明だ。人格を疑われることになりかねない。

「窪居さん、実は、私、多少の……、その、心配をいたしましたですよ」

「何の心配ですか？」

「まあ、その、勝徳は信頼のおける人物ですから、間違いはないものと思いましたが」

「間違い？」と尋ねてから、ようやく武蔵坊が言わんとすることがわかった。「ああ、なるほど。窪居は酔っているし」

「しかし、もう、貴女《あなた》も大人ですしね」

「大人ですよう」彼女は頷いた。「自信をもってお薦めするほどではありませんけど」

彼女は微笑む。それにつられて武蔵坊の顔も明るくなった。どうも、髭がない分、余計にその明るさが爽やかに際立つ。オリンピックの聖火ランナくらい爽やかだ。わざとらしいくらい爽やかすぎる。少し気持ち悪くなってきた。

「そうそう、そういえばね、あのとき、私の友達がいたでしょう？　えっと、三人だったっけ」

「三人、ではなくて、二人でしたよ」

「ああ、そうだったかな。男と女と……」

「ええ」武蔵坊は頷いた。

おお、そうか。すると、藤木美保と、あとは、どっちだ？　鷹野か水谷か。途中で一人だけ帰るとしたら、たぶん協調性のない水谷の方だろう。

「彼女たち、どこへ行ったのかしら。知らないうちにいなくなってしまって……」ぎりぎりの鎌をかけてみる。

「いや、私は知りませんけれど。うーん、なんか仲が良さそうでしたね。彼女の方が相当酔っているみたいで、えっと、彼氏が送っていったんじゃないですか？　あの二人は恋人どうしなのだと、私は理解しましたが」

恋人どうし？　武蔵坊の口から出ると、宇治金時《うじきんとき》くらいの重厚さが感じられる表現である。

何？

それは聞き捨てならない。

しかし、ありえるぞ。

ありえるぞありえるぞ。

美保だったら、充分にありえる。速攻タイプというか、短期決戦タイプというか、比熱低いからなあ。

そうか……、

そういうことだったのか……。

待てよ、しかし、その相手が鷹野だとしたら、屋上であった彼のあの行為は何だ？

え？　もしかして、水谷ぃ？

声を出して笑ってしまった。

「どうしたんですか？」武蔵坊がきいた。

「あ、ごめんなさい、思い出し笑いです」

思い出し笑いですよ、ホント、可笑《おか》しい。水谷と美保が？　ああそうか、しかし、そういえば、以前も美保は水谷のことを悪く言わなかったような……。

ほうほうほうほうほう。

そうかそうか。

面白いじゃないの。

楽しくなってきたぞっと。

42

月曜日の朝。窪居佳那は自転車を花屋の前で停めた。跨《また》がったままで店内を覗くと、奥に藤木美保の姿を発見。向こうも気づいて、ハサミを片手に持ったまま、店先へ出てきた。

「おはよう」佳那は普通の顔で挨拶する。

「ねえねえ、お花、届けてくれない?」いきなり神妙な顔つきで美保は切りだす。

「どこへ?」

「研究室よぉ。佳那ちゃんとこの。汚いでしょう? お花くらい飾ったらどうかなって」

汚くて悪かったな、という文字が電光掲示板を過《よぎ》る。それにしても、電光石火とはこのことだ。電光石火という意味が、今一つ理解できないが、父親がよく口にするフレーズなので覚えている。英語で習った、スルヤイナヤ、みたいな早業《はやわざ》のことであろう。

「花を飾っても、汚いもんは汚いままだと思うよ」

「でも、和《なご》むじゃない? 私の奢《おご》りだから、持ってってよう」

「いいけど」佳那は自転車から降りて、美保のあとをついて、店内へ入った。「それよりさ、彼氏のデスクに置いておいてあげようか?」

素早く振り返る美保。フィギュアスケートの選手のようだった。

「え?」美保は顔を上げて、小さく口を開ける。「どういうこと?」

どういうことってことはないだろう、とは思ったけれど、黙っている。こういうときは、口を少し変形させ、眉《まゆ》を上げるように顔面の筋肉を緊張させ、加えて首を少し竦《すく》めてみせる。特にこれといった意味はないのだが、なんとなくそういうふうにして、間を持たせる平和的サインである。

「やっだぁ、そんなんじゃないってばぁ！」美保の高い声。

「何が？　えっと、どっち？」核心の質問を投げかける。

「どっちって？」

「だから、どっちなの？」

「何？　どっち？」

「つまりさ、君のお目当ては、誰なのか、その名前をちゃんと言いなさい、て言ってんの」佳那はそこで舌打ちする。「友達でしょう？」

こういう場合に常套句《じょうとうく》として使われる「友達」ほど軽い友達はない、と断言できる。ねぶた祭りの人形みたいに、張りぼてだから、大きくても軽量だ。バーゲンで半額で叩き売られた「友達」にちがいない。

「ううんとぉ」口を一文字にした美保だが、そのままにやけて笑顔になった。「水谷君」

「うっわぁ」佳那は四十五センチは仰け反った。「ホントにぃ？」

いるんだ、こういう人間が、と思う。あんな奴のどこが良いの？　ちゃんと自分の網膜《もうまく》で見てる？　名前を間違えてない？　など数々の質問が口から溢《あふ》れそうになったが、なんとか鼻息を吐くことでくい止めた。

「いえ、そんな……、特にね、何がどうってことじゃないのよ。ただ、ちょっと気になるって言うのかしらってだけで」もじもじとしながら美保が話す。「だから、ねえ、いいでしょう？　お花持っていってよう」

「いいよ、もちろん、それくらい」佳那は頷く。

「やっりぃ！　どんな花が好きかなあ？」

知るか、そんなこと。あの水谷が花なんか好きなわけないだろう。

「えっとね、細かい小さい花が良いと思う」佳那は思いついて言った。

「え、どうして？」

「人形サイズだと、喜ぶかも」

「人形サイズ？　あ、もしかして、彼、ドールハウスとかが趣味なの？」

ドールハウスか……、まあ、間違いではないな。ただ、そういう洗練された響きではないのだよ。佳那はしかし、無言で黙って、頷いた。

美保はさっそく花の準備にかかった。忙しそうに、動いている彼女をぼんやりと眺めながら、佳那は考える。

案外、お似合の二人かもしれない。

美保から見れば、一応、将来安泰のエリートであるかもだし、水谷から見れば、これを逃したら、一生こんな間違いは起こらない、という千載一遇《せんざいいちぐう》のチャンスだ。

「もしかして、あのあと、なんかあったわけ？」佳那は尋ねた。

「え？」美保が振り返った。「金曜日のこと？　ううん」彼女はぶるぶると首を振る。

「いやっだ、そこがいいんじゃない。真面目なとこがさあ」

「ああ、まあ、真面目は真面目だよな。くそ真面目」

「可愛いし」美保は目を細めた。

「可愛い？」

やったね、次元大介。

人間の幅の広さというものは凄いな。

まあ、は虫類や昆虫をペットに飼っている人間だっているのだ。可愛さも、いろいろである。立ち入らないでおこう。

43

研究室は、思ったとおりまだ誰も来ていなかった。紙袋に入れて持ってきた花束を、同じく藤木美保が見繕ってくれたプラスティック製の花瓶に入れる。それを、一旦は水谷のデスクの上に置いて眺めてみた。実に面白い。笑いが込み上げてくる。ポストイットの大きいやつを探して、《愛を込めて》と書いてみた。筆跡がばれないように意識して丸い文字にしたりして。可笑しさで躰が振動して、うまく文字が書けないくらいだった。こんなに面白い目に遭ったことは最近ない。とてつもなく愉快である。

そのポストイットを花瓶の前面に貼ろうとしたとき、花瓶が後方へ倒れてしまった。思わず、花を庇《かば》って手を回したが、花瓶だけは完全に横倒しになり、水谷のデスクの上が水浸しになる。キーボードにも水がかかってしまった。

「あっちゃ！」佳那は慌てて、花束を持ったまま雑巾《ぞうきん》を取りにドアの方へ向かった。

とそこで、ドアが開く。

花束を持った佳那のすぐ目の前に、相澤准教授が立っていた。

お互いに目を見開き、数秒間沈黙。

「あ、えっと……、おはよう」相澤が言った。

佳那は後退。相澤が部屋に入って、ドアを閉める。

「おはようございます」彼女は頭を下げた。なんとなく、関節の動きが悪い。CRCをひと吹きしたいところだ。

「早いね」相澤は彼女の肩越しに部屋を見回す。「まだ、誰も来ていない」

「あ、ええ、そうですね」佳那も後ろを振り返る。べつに振り返って確認しなくても、誰もいないことは明らかなのに。鼓動が早くなっているのを、ようやく意識。どきどき。

「あの……」

「えっと……」相澤も言いかける。

言葉の出合《であ》い頭《がしら》のため、約二秒間の沈黙。

「あ、誰かに……、ご用事ですか？」佳那がさきに尋ねた。

「いや、そういうわけじゃないけれど……」と言いながら、相澤は、佳那を真っ直ぐに見る。

見つめられているぞ。

どきどき。

さらに後ろへ一歩下がりそうになった。何故だろう。部屋が後方へ傾いている気がする。

重力だ！

駄目だ駄目だ、踏ん張らなくては。しかし、だからといって、彼の胸の中に飛び込んでいくわけにもいかない。そんなことをしたら、はしたない女だと思われることは必至。ここはアカデミックな場所なのだ。

しかし、頭の電光掲示板は、《GO！　GO！》のまま止まっていた。故障しているのだろうか。

「あ、あの、先生……」佳那は前進した。

そうだ、この際。

誰もいないし。

前進だ！

「どうしたの？」相澤が首を少し傾げる。

前進！
行け！
突入だ。
など、いろいろな声が聞こえたが、しかし、彼女は表向きは冷静である。
「あの、これを」持っていた手を伸ばす。
手を、相澤の方へ差し出していた。その手には、花束が。
みずみずしい小さな花。
みずみずしいのは、たった今、水が飛び散ったせいである。
「え？　何？」さらに相澤は首の傾斜角を増す。
ＧＯ！　ＧＯ！
このチャンスを逃すな。
今だ！
一気に攻め込むんだ。
いやいや、まずは、花束だけで、我慢しろ。
花束に、なにか仕掛けておけば良かったな。
何を仕掛ける？
小さい私をいっぱい入れておいて……。

トロイの木馬か。

何を妄想しているのだ、そんな場合か！

「あの、先生のお部屋に、どうぞ飾って下さい」

「あ、花をね……」相澤は頷いた。

私を飾ってくれても良いです、と言いそうになったが、いくらなんでもそれははしたないぞ、実に非現実的だし。

「また、どうして、花なんか……」彼はそこで息を吸った。「いやいや、その、べつに他意はないよ。ありがとう、とにかく、ありがとう」

相澤は花束を受け取り、後退する。手を後ろに回し、ドアノブを摑み、ドアを開けるや身を翻《ひるがえ》して出ていった。なんか、様子が少し変だったが、どうしてだろう？

もしかして、私の気持ちが伝わったのかしら。

花を渡す一瞬、彼の手に触れたような気がする。

あの一瞬で、ダイレクトに伝わったのかも。

静電気か。

浸透圧か。

そういうのではなくて、なんというのか、気持ちが通じ合ったのではないか。子供のときから、気持ちが通じ合う、というフレーズに出会うたびに、いろいろ想像している佳那である。たとえば、彼氏に触れられただけで、電気が走るように感じる、なんていう文章にも出会ったことがある。

やっぱり静電気だろうか。

残念ながら、今日は電気は走らなかった。

靴底が絶縁体の方が有利かもしれない。

しかし、まだ鼓動の余韻。

ああ、なんという幸運。花を直接この手で渡せるなんて。こんな大胆な作戦に打って出られたのも、コンサートのあの経験があったからだ。

良いぞ佳那、その調子だ。

44

そのあと、実験室に下りて、いつもどおりのルーチンワークで、測定をしながらデータ整理をしていた。計器の調子も良く、わりと時間の余裕もあった。実験室には佳那一人しかいない。リラックスした姿勢でノートパソコンに向かいながら、まだ数時間まえの奇跡のランデブーの余韻に浸っていた。

しかし、花束に関しては、藤木美保に悪いことをした、ということにようやく思い至った。それまでは、自分と相澤のために花束を用意してくれた彼女に感謝していたのだが、よくよく考えてみたら、そうではない。あの花束には別の目的があったではないか。すっかりどっぷりけろっと忘れていた。印象的な現象のために、その周囲のものが消えてしまうブラックホール効果とは、このことではないか、という嘘を思いついて、またにやにやとしてしまう。特別に印象的なことですって……、うふふ。

しかし……、と気を取り直して、少し考える。美保に対する罪悪感はあるな。そうか、義理で少しくらい花を残しておけば良かったなあ。部屋の床に一本くらい落ちていないだろうか。それを水谷にやれば良い。どうせ、人形に持たせて遊ぶくらいが関の山、一本もあれば充分だろう。それとも、花束なんかもう諦めて、ずばり「藤木さんがね、君に会いたいって言ってたけど、どう？　その気ある？」なんて、単刀直入にきいてやろうか。そっちの方がずっと愛のキューピッドだぞ。

「なんで、俺がそんなことを……」という言葉が口から出る。

乱暴だぞ、佳那、という父親の声が聞こえた。

つい、部屋の周囲を見回す。父がここにいるわけではない。気のせいだ。変だなあ。父の身になにかあったのだろうか？　もしかして、事故で死んだりして、その霊が、今、娘のところへやってきたのだろうか。

しかし、その妄想も振り払った。同様の空耳は一週間に一度はあるが、未《いま》だかつて予感が的中したことは一度もないからだ。ようするに、いろいろな人の声が聞こえるように、自分の頭の中に、音声が残っていて、なにかに反応して自動的に再生されるようプログラムされているのだろう。

測定が一段落ついたときには、もうお昼休みを過ぎていた。今日は昼食は抜きだ。続けて測定を行う決心をしたものの、MOがなくなったので、研究棟へ取りにいくことにした。階段を上がり、相澤准教授の部屋の前を通る。天井近くの窓から室内の照明が灯っているのが見えた。中に彼がいる。

今、この場で、もう一度、相澤の部屋へ入っていこう。

「先生、私……」とだけ言って、彼に近づく。

デスクの向こうで立ち上がる相澤。

そこへ彼女は抱きつく。

えっと、両手を回して、彼の胸に。

えっと、顔は右向き？

否、左向きの方が普通かな。

左右に首を回して、確かめてみたが、判然としない。

そんなことをしているうちに研究室に到着。ドアを開けて入ると、水谷と鷹野が二人とも自分のデスクに向かっていた。二人が同時に、こちらを向く。

とりあえず、二人の視線を無視して、自分のデスクまで真っ直ぐに進む。そこに腰掛けて、引出《ひきだし》を開けた。新しいMOの箱を取り出すためだ。

「さっき、相澤先生が探していましたよ」鷹野が言った。

「え、いつ?」

「つい、二十分くらいまえ」

「ありがとう」

何だろう?

どきどき。

でも、実験室にいたんだから、もし用事があるのなら、メールか電話で直接呼び出すはずである。なんとなく、私の顔を見たくなったのかしら、と考えて、少し表情が緩んでしまったが、視線を上げると、水谷がこちらを見ていたので、慌てて切り換えた。

まだ、こちらを見ている水谷。なにか言いたそうな顔である。

「どうかした?」しかたがないので、愛の手を差し伸べてやる。

「これ、何ですか?」水谷はきいた。片手を持ち上げた。その手に、プラスティックの花瓶が。

「ああ、それそれ」佳那は頷く。「えっと、花瓶」

「花瓶?　花を入れるやつ?」

「そうそう」

「窪居さんのですか。どうして、ここにあるんです？」

「ん？　いや、私のじゃなくてね」佳那は息を吸った。「えっと、それ、藤木さんの。藤木美保さん、知ってる？」

「知ってますよ」水谷は答える。憮然《ぶぜん》とした顔だ。

「あ、でも、ちゃんと名前を覚えているんだ」

「三日まえですよ、まだ」

「どう？」

「どうって？」

「あの子、どうなの？」

「質問の意味がわかりません」

そういう口をきいていられるのも今のうちだぞ、馬鹿野郎。彼女が欲しいだろう？　私にお願いしないと、駄目になっちゃうかもだぞ。良いのか？　それでも……。

ちらりと、視線を横に向けると、鷹野史哉がこちらを見ている。目が合った。思わず微笑んでしまう佳那。鷹野も微笑んだ。一見意思が通じ合った二人に見えるかもしれないが、べつになにも考えていないのだから、なにも通じ合ってはいない。

「だからね、藤木さんが、その花瓶を水谷君にって」佳那は水谷に話す。

「え？　なんで花瓶を？」

「まあ、気持ちってことかな。ありがたくもらっておきなさい」

「えぇぇ？」水谷は花瓶をしげしげと観察している。「花瓶がどうかしたんですか？　なんか、特別の意味があるのかなあ」水谷は鷹野を見る。「花瓶の花言葉って何だ？」

「さあ、空っぽ、じゃないか」鷹野が答える。

　こいつら、不毛な会話をしているな、と佳那は思ったが黙っている。しかし、フォローをしておかないと、話が捩《ねじ》れてしまいそうな気もした。

「本当のこと言うとね、花もあったの」佳那は言った。正直なことを話すときは、とても気持ちが良い。清々《すがすが》しい。

「それ、普通、最初に言いますよ」水谷が抗議する。「花は、どうしたんですか？」

「枯れた」佳那は答える。言葉少なであるが、嘘はなるべくつきたくないので、文字数を最小限に留めた。

「なんだ、そういうことですか」水谷は少しだけ表情を緩める。「でも、いつです？　そんなにすぐに枯れますか？」

「彼女ね、花屋でバイトしているの」佳那は答える。「うーん、だからその、残りもので、枯れる寸前のやつをくれたんだね、きっと」

「ああ、そうか。僕もドーナッツでバイトしたとき、油のまわったやつをもらいましたからね」

「枯れた花よりは、そっちの方がいいなあ」鷹野が言う。

「あれ、鷹野君、ドーナッツ好き?」佳那はきいた。

「ええ、大好物です」

「へえ、珍しいね、甘いのが好きって」

話を逸《そ》らすことに成功。そのあとは、ドーナッツの何が美味《うま》いか、という方向へ話題が向かった。

45

佳那は、メールを読んでから、MOを持って部屋を出た。

鷹野が言った相澤准教授のことを、どう受け止めるか、という葛藤《かっとう》があった。部屋を訪ねて、「お呼びでしょうか?」ときく手もあるが、どうも急ぎの用事ではなさそうだ。彼女は、相澤の部屋の前を通り過ぎ、そのまま階段を下りることにした。

実験室に戻って作業を続けながら、佳那は考える。こうして、じっくりと考えることが、彼女には一番楽しい至福の時間といえる。

まず、一番大事なことは、相澤准教授である。これについて、数々の妄想を試みた。具体的には、とても恥ずかしくて表現が不可能なものまであった。あまりに過激だと、象のタップダンスみたいに鼓動が恐ろしく大きくなるので、ときどき、水谷の顔を無理に思い出してブレーキをかけた。

二番めには、諸星勝徳のこと。これもたちまち妄想した。しかし、彼については多少冷めてしまったことは否《いな》めない。もの凄いお金持ちの息子で、とても有名な一家だ、という想像がそもそもあったのだ。つまり、そこの超有名な犬が、ああして銅像になっていて、だから、その死んだ愛犬をいとおしんで、彼が公園まで訪ねてきている、というストーリィが佳那の中では出来上がっていた。そう、既に第三巻くらいまで出来上がっていたのだ。それが、なんと、彼はホームレスだった、というどんでん返し。ここへ来て、急速に現実味を帯びてしまったのは、やはり、直接接触してしまったせいだろうか。これでは、心地良い妄想が続かない。対策を考えなければならない転機に来ていると思われる。

さて、三番めには、藤木美保と水谷浩樹の件だ。これは面白い。なんとか成仏、じゃなくて、成就させなくては……。さっきは、苦し紛れに花瓶のことで嘘をついたが、埋め合わせは任せてほしい。たちまち作戦を立ててみせよう。

それから、四つめは……、そうだそうだ、鷹野史哉のことである。このまま有耶無耶《うやむや》にして良いものだろうか。彼、もしかして悩んでいる？　困ったなあ。ちゃんと返事をしてやらないと駄目だろうか。うん、あまり考えたくないのだな、何故か……。

「まいっちゃうよなあ」などと口にしながら、MOにデータをコピィしているとき、トラブルに気づいた。「あれ?」

自分が手に持っているMOをしげしげと見る。

どきどき……。

嫌な予感。

もしかして、これって、さっきと同じやつ?

「かぁ!」声を出して立ち上がった。

駄目だ。

デスクの上を見回しても、ほかにない。

新しいMOのつもりでドライブに差し入れたのだが、それは、ついそのまえに記録をしたばかりのディスクだった。

「まったく、もう!」一人で言葉を吐き捨てる。「馬鹿なんだからぁ! 何やってんのぉ」

つまり、上書きしてしまった。初めに記録したデータが、それで消えてしまう。午前中に測定した約半分のデータが飛んでしまった。測定時間だけのロスではない、その試験片を用意するのに半日以上かかっているのだ。

彼女は椅子に座り込んだ。溜息をつき、デスクに伏せて、腕に顔を埋める。

「くっそう……」舌打ちする。

二回めだ。

半年くらいまえにも一度やった。おっちょこちょいなのだ。この仕事には向いていないかもしれない。

「どうして、ちゃんといちいちラベルを貼らないわけ?」独り言だ。誰も聞いていない。自分に対して叱っている。

「ああ、もう信じられないよ。まったくぅ……」

ドアが開く音。

佳那はびっくりして、顔を上げた。

入ってきたのは、水谷浩樹だった。

「どうかしました?」佳那の近くまで来て、水谷がきいた。

「え?　何が?」

「なんか、叫び声が聞こえたから」

どこまで聞こえたんだ?

「どこにいたの?　通路で盗み聞き?」

「いえいえ、入ろうと思ったら、聞こえたんです。なかなか入るタイミングが見つからず、立ち往生していました」

「ほう」佳那は顔を上げる。「私ね、今めっちゃくちゃ機嫌悪いからね」

「わかりますよ、それくらい」

「だから、あっち行って」

「MOのオーバ・ライトですか？」

「悪かったわね、初歩的なミスで」

「いえ、べつに、僕が被害を受けたわけじゃありませんので」

頭に血が上って、佳那は思わず立ち上がる。

しかし、彼女の代わりに、水谷がその椅子に腰掛けた。

彼はパソコンの画面をじっと見つめる。それから、マウスを使ってメニューを開いた。

「何する気？」

「救えるかもしれません」

「救える？　何を？」

「データ」

そのあと、黙々と彼は作業をする。佳那は、その背中を見ているしかなかった。

この状態が実に二十分以上続いた。

画面に表示されているのは、佳那が見たこともない数字の羅列。

いい加減に立っているのが疲れてきたので、壁際へ椅子を取りにいき、それを水谷の後ろに置いて腰掛けている。

「どうなの？」佳那は尋ねた。

「藤木さんのことですか？」

「え？　違うよ、データ」佳那の声は大きくなる。

水谷は前傾していた姿勢を起こし、顔をこちらへ向けた。

微笑んでいる。にやにやしている、に近い。否、よく観察すれば、そんなこともない、いつもの顔だ。単にそういうふうに見てしまう佳那の方が問題だろう。

「大丈夫、直りますよ」

「え、ホント？」

水谷はまた向こうを向いてしまった。

「ああ、良かったぁ」溜息が漏れた。体中の力が抜けていく。

46

無事にMOを救ってくれた水谷に食事を奢ることになってしまった。なりゆきである。成田行きに似ているが、だいぶ違う。ついつい、藁にも縋る思いで「うまくいったら奢ってあげるからね」なんて口から出てしまったのが敗因だった。「だから結局のところ、君は藁なのだよ」とも今さら言えない。そこまで鬼になれない地球以外にも優しい窪居佳那である。

しかたがないので、実験を切り上げ、大学に一番近いファミレスへ行くことになった。一緒に歩いていくのが嫌だったので、佳那は自分だけ自転車でさきに向かったのだが、水谷は走ってきたらしく、たちまち店に現れた。ウェイトレスが持ってきたおしぼりで顔の汗を拭《ぬぐ》い、メガネをかけ直してから、水谷は佳那に向かってにっこりと微笑んだ。どこから脳波が漏れているのでは、といった放射性の笑顔である。思わずぞっとしたけれど、しかたがないので彼女も微笑み返す。しかたがないの二乗。今日はこれくらい我慢しなければ……。

「良かったですね」水谷は嬉しそうな顔で言った。「早く手が打てたことで、被害が最小限で済んだといえます」

「うん。ありがとう」

「僕がすぐに現れたのが功を奏したわけですね。功を奏するって、ときどき、ソウをコウするって言っちゃいません？」そう言いながら、自分でくすくすと笑いだす。「そうこうするうちに、なんて、走っているうちにみたいですしね。可笑しいですよね？」

佳那は無言で首をふった。可笑しくない。

「あ、ないですかぁ。そうか、へぇ、凄いなあ」

酔っ払っているのか、と思えるくらい、水谷はハイである。酔っ払っているはずはない、今までずっと実験室にいたのだ。

「大丈夫?」佳那はきいてみた。一度思いっきりハイになって、脳みそを融解してからもう一度凍らせた方が、今よりましになるかもよ、と言いたかったが我慢。

「え、何がですか?」

「君」あえて言うなら、君の頭だ。

「え?」

「ううん、いや、なんでもない」早く時間が経たないかなぁ。

「こうやって、二人だけでレストランにいるなんて、ホント凄いことですよね。こういうシーンを夢にまで見たっていうか、ええ、実際に昨日も夢を見ましたけれど、国際救助隊くらい凄いですよね」

「どういう意味だよ、それ?」

「いえ、ジョークじゃなくて、文字どおりの意味ですよ。サンダーバードって凄いじゃないですか」

三秒ほど考えたが、思い至らなかったので諦める。どちらも凄いとは思うが、凄さの比較が可能だとは考えられない。

水谷だけでなく、鷹野も誘うつもりだったのに、バイトなのか、既に研究室にいなかったのだ。鷹野がいれば、少なくとも二人だけにはならなくてすんだ。現状に比べればだいぶ状況は良くなっていたはずである。

「ジェットモグラとか、凄いでしょう?」

「ジェットモグラ?」

「あれはいけませんよね、ちょっと酷いっていうか、ロケットで飛ぶより、ずっと非現実的です」

「そうかもね」適当に相槌《あいづち》を打つ。まだサンダーバードの話をしているのだ。

ウェイトレスが注文を取りにきた。佳那はピザを頼む。水谷は別の種類のピザを注文した。佳那がコーラを頼んだら、水谷も同じものにした。なんとなく腹が立つ。どうして、こんなに腹が立つのか、溜息をつきながら考えたが、よくわからない。

「ピザ好きなの?」

「佳那さんは、好きなんですか?」

「ちょっと待って」佳那は顎を上げる。「佳那さん?」

「あ……」

「あ、じゃないでしょ」

「すみません」水谷は頭を下げた。「すみません、つい」

睨みつけてやるが、顔を上げないので、彼の頭のてっぺんにビームをぶつけるしかなかった。

「まったくぅ」舌打ちし、腕組みをしてシートにもたれかかった。「今度言ったら、殴るからね」

「あ、それ、ちょっといいかも」

「え、何？」

水谷は顔を上げて昆布《こんぶ》みたいな薄ら笑いを浮かべている。佳那は思いっきりゴジラの鳴き声の真似をしたくなったが、そこまでやり手ではない。鼓動が乱れて、目眩《めまい》がした。目を瞑り、下を向き、手を額に当てて気を落ち着かせる。なんというスリリングな男だろう。こんな奴と一緒にいたら一時間で疲労困憊《こんぱい》まちがいない。ジェームズ・ボンドの映画を観たときも同じ心配をしたけれど、方向性はまるで違う。

お金だけ払って、席を立とうかと考える。「気分が悪くなった」とか。「ちょっと、急用を思い出した」とか。しかし、ピザをもう注文してしまった。空腹なのも事実である。しかたがないの三乗。とにかく、しかたがないのだ。

そうだ……、上の空モードになって、別のことを考えることにしよう。

そうそう、良いテーマがあるではないか。

この水谷浩樹と藤木美保のカップリングだ。いかにして、それを推進するのか、というのが争点である。なかなかに意義のある課題といえる。今のところ、美保側はほぼＯＫだから、問題は水谷の気持ちをどうやって美保へ向かわせるか、ということになる。少なくとも、現状は自分の方へ向いているようだ。これでは駄目。それをするっと躱《かわ》して、なるべくその勢いを保ったまま、柔道の巴投《ともえな》げのように、水谷を美保へ目がけて投げ飛ばしたい。自然に躰を捻《ひね》っていた。イメージがついボディ・ランゲージしてしまう。口で言うのは簡単だが、しかし巴投げは難しい。失敗したら自滅する可能性もある。そこまで捨て身にはなりたくない。

水谷はサンダーバードの話を続けていた。やがて、二種類のピザとコーラが二つテーブルに運ばれてきた。佳那は黙ってそれを食べ始めた。水谷は楽しそうな表情で、彼女の方を見つめる視線を逸らさない。あまり無視して話をしないのも、余計に危ない感じがしてきた。なんだか、水谷の全身から紫外線が放射されているようにも思えてきた。このまま放置しておくと日焼けして真っ黒になってしまいそうだ。会話をすれば、多少はくい止められるかもしれない。

「あ、そうそう、水谷君ね、あの人形、今も持ってる?」

「はいはい」軽い返事で彼は頷き、ピザを食べていた手を、おしぼりで丁寧に拭いてから、シートの横に置かれていたバッグの方へ躰を向けた。バッグの口を開け、少し持ち上げて中身を見せた。今は手が汚れているから人形には触らない、という仕草である。よほど大事なのだろう。

佳那は身を乗り出してそれを見た。よく見えない。タオルでくるまれているようだし、頭が大きいので髪の毛だけが見える。水谷は、タオルを少し手でどけて人形を見せる。それでも、どんなファッションなのかもわからなかった。ただ、少なくとも水着だとか、科学特捜隊の制服とか、ムーンベースのメタリックなボディコンではないようなので、少しほっとする。ごく普通のブラウスにスカートのようである。自分の今の服装とも違っていたので一安心。

「いつも持っているんだ」シートに座り直して佳那は言う。

「下宿が火事になったりしたら大変ですからね」

「だけど、そうやって持ち歩いている方が危険なんじゃない？」

「大丈夫です」

「剣道の防具なんかはないの？」ちょっときいてみる。

「え？」水谷はきょとんとした顔を固定させた。「剣道？」

「そう、剣道。あ、頭でかいから、大変か」佳那は笑った。たしかに、その人形に面を着けたら、ますます頭でっかちになってしまうだろう。

「そうかぁ」水谷は大きく頷いた。息を吸い込み、目を大きくして、気合いを入れている感じである。「そうですね。それは、いいかも。是非やらなくちゃ」

「今度、剣道しているときの写真見せてあげるよ」

「え、本当ですか？」

「私じゃないよ、藤木さん。彼女が試合中の写真を何枚か撮ったことがあるから」

「えぇ」水谷は少し口を尖《とが》らせる。「窪居さんのはないんですか？」

「自分で自分は撮れないじゃん」

「藤木さんに撮ってもらわなかったんですか？」

「うーん、どうだったかなあ。きいてみたら？」

「え？　僕が、ですか？」まだ目が大きいままの水谷である。

佳那は閃《ひらめ》いた。いいことを思いついた。名案だ。ときどき、神様から下りてくるコマンドがある。

「あ、そうだ。水谷君さぁ、剣道したことある？」

「ありませんよ。あ、でも、高校の体育で一回だけやったかな。僕、スポーツ系は駄目なんですよね」

「だよね」見るからに駄目そうなのはわかる。「でも、やってみたいって思わない？　今度ちょっと手ほどきしてあげようか？」

「え？　本当ですか？」

「ほら、人形のコスプレの取材で」

「いえ、手ほどきですよ、手ほどきっていったら……」

「間違えた。手合わせ」

「いえ、手ほどきです。大丈夫です。是非お願いします」

水谷が防具を着けていたら、思いっきり突いてやりたい、と佳那は思ったが、しかし、ここは藤木美保に任せよう。そう考えるだけで、なんだか楽しくなってきた。

どきどき……。

47

翌日の夜、佳那は久しぶりに夜のサイクリングをした。いつものコースでいつもよりも少し冷たい風を感じながら、例の公園までやってきた。脇道へ自転車を進める。犬の銅像はもちろんない。ずっとないままだ。立て札とか、注意書きとか、そういった対処もされていない。もうずいぶん古いものだったし、誰もそんなに関心を持っていなかったということだろうか。

公園の周囲をゆっくりと回ってみる。目は自然に諸星勝徳の姿を探していた。見つかるはずはないと思いながらも、しかし、ここか、それとも彼の兄のマンション以外に、彼に関連する場所はないのだ。

そのとき、彼女のバッグの中で携帯が鳴った。自転車を停め、携帯を取り出した。

「もしもし、武蔵坊でございます」

「はい、どうも」

「今、よろしいですか？」

「ええ」

「私は今、例の公園のすぐそばの電話ボックスからかけているのですが……」

「あ、そうなんですか」自分もその近くにいるのだが、何故か素直に言えなかった。

「いやあ、お忙しいのであれば、けっこうです。まあ、用件ってほどでもないのですよ」

「どんなことですか？」

「窪居さん、諸星の奴に会いたがっていたでしょう？」

「あ、ええ……」

「今、ここに、いるんですけど……」

佳那の鼓動が急に早くなった。どうしてこんなに血液を回さないといけないのか理由はわからないが。

「本当ですか？」

「なんか、直接、奴にききたいこととかあります？」

「わあ、どうしよう……」彼女は躊躇《ちゅうちょ》した。心の準備ができていない。

「はは、こっちもね、なんか引いてますね」武蔵坊は笑った。「既に電話ボックスから離れていってしまいました。どうしましょう？　もう一度連れ戻して、かけ直しましょうか？」

「いいえ、電話では、ちょっと……。できたら、ちゃんとお会いしたいんですけれど」

「わっかりました。それじゃあ、どうでしょう？　一度、窪居さんのところへ連れていきましょうか？　駄目ですか？」

「いえいえ、そうしてもらえると嬉しいです」

「いつが良いですか？」

「あ、じゃあ、明日、いえ、明後日の夕方ならOKですけれど、そちらは、ご都合がつきますか？」

「はいはい。もう毎日がフリーな身ですので。はい、いつでも参上いたしますです」

「一緒にお食事をしましょう。用意しておきます」

「うわぁ、それは、また願ってもないことで……。だけど、そんなお手間を取らせるような奴ではないかもしれませんよ」

「いえ、二人も三人も作る手間は同じですから」

　特に武蔵坊一人で三人前くらいは食べるから、誤差範囲かもしれない。経費は父親に請求できるはずだ。

「わっかりました。じゃあ、ちゃんと言い含めておきます」

「え、何をです？」

「粗相《そそう》のないようにいたしますので」

粗相？

電話が切れてしまった。武蔵坊は酔っ払っていたかもしれない。妙に明るかったからだ。佳那はすぐに周囲を見回した。この近くに電話ボックスといえば、バス停の近くか、商店街の方だろう。すぐに自転車をスタートさせる。

心持ち頭を低くして、ステルス戦闘機になったつもりで、静かに自転車を走らせた。表通りは明るく見通しも利く。バス停のそばの電話ボックスはすぐに見つかった。しかし、周囲には人影はない。別のところのようだ。もう一カ所、商店街の近くにあったはず。Uターンして、そちらへ向かう。

武蔵坊と諸星はホームレス仲間らしい。その種の人がこの近辺にいるところはあまり見かけない。それはもっと都心の方である。

商店街入口のアーケードが見えてきた。暗い路地からアプローチしたので、やはりそちらが明るかった。商店は半分ほどが既に閉まっていたが、人通りも多く、角にあるパチンコ店の照明もあってあたりは賑《にぎ》やかだ。

いた！

まず、武蔵坊が見つかった。距離は五十メートル以上離れているから、向こうは絶対に気づかないだろう。佳那は自転車をさらに暗い道の脇へ寄せて停める。武蔵坊は、パチンコ店の隣の、閉まっている商店の前に立っていた。自動販売機にもたれかかっている。顔ははっきり見えないが、衣装と躰の大きさからしてまちがいない。

もう少し近づいてみる。

どきどき。

道路の向こう側だ。大型車が通ると、遮られて見えなくなる。佳那は電信柱に身を隠すようにして、距離を詰めていった。対象までの直線距離は約二十メートル。これ以上近づくと、気がつかれてしまう危険性がある。自転車から離れ、彼女は電信柱に身を寄せ、じっと武蔵坊を、そして彼の周囲を観察した。

武蔵坊は一人だ。周囲に何人か人間がいたが、彼と関わりがあるようには見えない。そのうち、アーケードの方から白いワンピース姿が一人、彼に近づいてきた。老婆だろうか。頭の毛がぼさぼさで、よく見るとそのワンピースも相当に汚れている。両手に大きなビニル袋を持っていた。武蔵坊がそちらを向いてなにか言った。手を振り、指をさしている。どうやら、そんなものを持ってくるな、と怒っている様子。声が聞こえてきそうなくらいである。

信号待ちのためバスが停車した。視界が遮られて見えなくなってしまった。佳那は自転車に戻って、その場所を離れる。歩道に出ることは危険なので、脇道を選び、もう一本離れた道から表通りへ出た。しかしそのときにはもう、武蔵坊の姿は同じ場所にはなかった。

付近を探したが、どこにも見当たらない。

佳那の鼓動はまだ速かった。面白い。楽しい、かもしれない。正直にいって、隠れてなにかを覗き見ることが自分は好きらしい。向こうに内緒で、こちらだけが状況を知っている、という優位性が良いのだろうか。それとも、見つかったら大変というスリルが心地良いのか……。

探偵になるべきかも、と彼女は思った。

48

翌日の夕方、佳那は研究室を早めに出て、剣道の道場へ直行した。練習のためではない。それどころか、まだ時間が早いので、誰もいなかった。佳那自身、以前は少し早めに来て、ここで一人で素振《すぶ》りをしたものだ。管理人が鍵を開けるのが五時少しまえ。何故なら、その時刻に彼は帰ってしまうのだ。鍵はポストの中に入れてある。先生が来るのは六時半から七時頃。みんなが集まり始めるのは早くても六時を回ってから。だから、一時間以上、ここは使いたい放題なのだ。

彼女のすぐあとに藤木美保が現れた。予定どおりである。緊張した面もちで道場へ入ってきた。佳那は黙って美保の手首を摑み、ロッカ・ルームへ引っ張っていく。

「どうすればいい？」美保はきいた。

「とにかく、すぐに着替えて」

「うん、一応言われたとおり用意してはきたけどさぁ、でもどうして？　わからないよ。なんで剣道着に着替えないといけないわけ？」

「だから、そこが彼のマニアックなところなの」

「うーん」美保は笑顔になる。「そうよね、こういうのが好きだっていうの、まあ、わからないでもないけれどさあ、あでも、あんまり、最初からずばっと出るのは、やっぱりやりすぎなんじゃない？」

「最初じゃないでしょう？　もう何度も会っているんだよ。今日はもう直撃だって。ドラマティックにいかなくちゃ」

「うん」美保は頷き、肩を一度上げ、鼻から息を吐いた。「そうだね、当たって砕けろっていうしね」

「そうそう」

「うまくいくといいけど」

「大丈夫だって」佳那は戸口に立っている。「じゃあね、準備してここで待ってて。私が来るまで、出てきちゃ駄目だよ」

「う、うん、わかった」美保は頷く。「どうしよう、どきどきしてきた」

美保をロッカ・ルームに残して、道場へ戻る。もちろん誰もいない。佳那は建物の入口まで行き、そこで待機することにした。時計を見る。まだ約束の時刻より五分ほど早かった。

窓ガラス越しに屋外が見え、そこを水谷の姿が横切った。佳那は素早くドアを開けて外へ出る。剣道場は、商店街から一本入った路地に面している。この道を通るものは滅多にいない。

「早いね」

「あ、窪居さん、どうも、お出迎えですか？」

「そうだよ。決戦のときが来たわね」

「ええ、がんばります」

ドアを入ったところに受付の部屋がある。今は誰もいない。彼をその小部屋の中に招き入れた。

「はい、ここでこれに着替えて」佳那は説明する。

既に、ベンチの上に剣道着と防具、竹刀《しない》が置かれている。もちろん、彼女が用意したものだ。

「本当なんですね？」水谷がきいた。声が少し震えている。「もう一度、ちゃんと確認したいと思います。昨日のメール、本当に窪居さんが書いたのですか？」

「当たり前でしょう」

「誰かの悪戯かと疑っちゃいましたよ。なんか文面が変だったから」

「ええ、文才がないの」

「あのぉ、勝負に勝ったら好きなこと、なにをしても良い、という部分ですけど、そのぉ、えっと、なにをしても良いっていう、その、つまりですね、なにをしてもっていう、その、だからその、なにっていう部分ですけど……」

「何が言いたいの？」

「えっと、だから、なんでも良いってことですよね。英語でいったら、エニィシングの意味ですよね？　本当なんですよね？」

「まあね、そのへんは常識で考えてくれる？」

「待って下さい、その常識っていうのが、いささか不明確だと思うんです。あとで、それは常識じゃないって言われると、困りますし」

「うーん、じゃあ、法に触れないことだったらOK」

「あ、それも曖昧ですよ。本人が嫌がっているのを無理になにかしたら、それは犯罪です」

「あんたね、いったい何をしたいわけ？」

「いえいえ、そんな特別なことは考えていません。いや、えっと……、でもですね、その……」

「だから、常識で考えなさいよ」

「悩んじゃうんですよ。困ったなぁ」

「そんなことよりも、今は勝負に集中した方が良くない？　相手は手強《てごわ》いよう」

「相手って、窪居さんでしょう？」

「あ、え、ええ、そうそう、もちろん。手加減しないからね」

水谷は、佳那の目を見据えて唾《つば》を飲み込んだ。それから唇を嘗《な》め、小さく頷く。カメレオンみたいな一連の動作だった。

「自分で着られる？」佳那はきいた。

「はい、大丈夫です。高校のとき、一度だけ体育の授業で習いましたから」

「じゃあ、私、向こうで着替えてくるから、面も着けて、道場で待っていて」

「わかりました」

その部屋に水谷を残し、佳那は再び道場を横切って、ロッカ・ルームへ戻った。

美保は既に着替えを終えて部屋の中央で屈伸運動をしていた。佳那よりも、美保の方が剣道はずっと強い。日常とは裏腹に、美保は小学生のときからずっと鍛え上げてきた生え抜きの剣士なのだ。剣道着に着替えるだけで顔つきが違って見える。

「来たよ」佳那は告げる。

「よぉし」美保は気合いの入った顔で頷いた。「遅刻してこないとは見上げたものだ」

「今、受付の部屋で着替えてもらってる」

「本当に話はついているのね？」凛々《りり》しい表情の美保がきいた。

「うん」

「審判なしで、勝敗がわかるかしら」美保が眉《まゆ》を顰《ひそ》める。「窪居さんが審判をしたら？」

「駄目駄目、そんなの無理だってば。大丈夫、そこはまあ、素人にもわかるくらい打ち負かしてやって」

「打ち負かしたら、私とつき合ってくれるっての、本当ね？」

「うん、それはもう」

「痛い目にあって喜ぶ人？」

「うん、まちがいない」佳那は美保に近づいて頷いた。「だけどね、ちょっといい？」

「何？」

「思うんだけど、わざと負けてあげる手もあるかも」

「え？」

「ほら、やっぱり根底では男のプライドっていうのがあるんじゃないかな。あまり、徹底的にやって、こてんぱんに負かしてしまったら、かえってまずい、かもしれない」

「うーん、そうかもね」

「つまりね、ここへ来たことで、もうほとんどオッケイっていうか、覚悟はできているわけなんだから。最終的な勝敗なんてどちらでも良いと思うんだ」

「そうか、そうだね」

「そうだよそうだよ、まちがいないって」

「気をつけないと、私、剣道に入ると真剣になっちゃうから」

「相手は、素人なんだし。とにかく、まずは圧倒して、次に、向こうが出てきたら、わざと転んだりして、ね？」

美保は口もとを緩めて白い歯を見せる。

「あ、それ、けっこう良いかも」

「でしょう？」

「よおし！　その作戦でいくぜよ！」坂本龍馬《さかもとりょうま》口調である。

「がんばって」佳那は手を叩く動作。

美保は頭に手拭《てぬぐ》いを巻き、目を瞑って数秒間集中してから、面を着け始めた。

「しゃべらない方が良いと思う」佳那は言う。

面を着けた美保が頷いた。

49

佳那は、ドアの隙間から道場の中を覗いている。

左手には既に黒い胴の剣士が座っていた。今こちら側から、もう一人が入っていく。彼女の方は赤い胴だ。それを見て、相手の剣士はぴくっと動き、立ち上がった。

赤い剣士が右手へ行き、そこで一度腰を下ろす。物腰からして格が違う。そちらは本もの。有段者である。

赤い剣士が中央に進み出た。それを見て、左手の黒い剣士も慌てて前に出る。ふらついていた。もはや、この状況で勝負はついているといっても良い。

しかし、どきどきしてきた。

なんという緊張感。

これぞ勝負！

これぞ青春！

中央で二人は礼をする。

竹刀を構え、ゆっくりと立ち上がった。

さあ、決戦の火蓋《ひぶた》は切られた。

赤い剣士が高い声を上げる。

「こらこら、駄目だよ、声を出しちゃ」佳那は呟《つぶや》く。

両者が間合いを計るように小刻みに動く。さきに、黒い剣士が打ち込んだが、赤い剣士に竹刀を払われ、簡単に面を打たれる。

今のは完全に一本だ、と佳那は思った。がしかし、審判がいない。試合は続行である。

その後も、何度も同じ、黒い方が仕掛けて、赤がそれを躱《かわ》して、カウンタを入れる。胴も打たれ、小手《こて》も打たれ、一度はショックで竹刀を落とした。

白熱してきた。

赤い剣士は余裕で、洗練された動き。

黒い剣士は既に疲れが見える。

だが、意外に健闘している。すぐに音《ね》を上げるものと想像していたが、なかなかどうして……。

「がんばっているじゃない、水谷」佳那は呟いた。

唇を噛み、顔は笑っていた。佳那はそういう自分を自覚して、少しだけ冷めてみる。まあね、彼も彼なりに一所懸命なんだ、一途《いちず》なんだ、男らしいじゃないの。見どころあるよ。

ここでこのカップリングが成功すれば、二人のために尽力した私は絶対に感謝されるだろう。そうだ、これは世のため人のため桃太郎侍《ももたろうざむらい》。くくっと笑いが込み上げてきた。両手をしっかりと握っている。力が入ってきたぞ。

その後も試合は続く。黒い剣士はかなり息が上がってきた。無駄な動きが多いせいで体力が消耗している。さすがに赤い剣士の方は乱れない。今は竹刀を下段に構え、相手が打ってくるのを待っている。

しばらく見合ったのち、黒がまた仕掛ける。赤がそれを払う。しかし、黒は踏みとどまって、また打ち込んだ。赤は斜めに頭を下げて飛び込み、小手を打つと見せかけて胴を入れる。完全に一本のところだが黒はひるまない。振り返って連続攻撃。赤が後ろに下がった。ここぞとばかり黒が打つ、それを赤が撥《は》ね除《の》ける。

接近戦。鍔《つば》迫《ぜ》り合《あ》いの押し合いになった。そこはしかし、上背の違いがある。赤はぱっと後ろへ飛び退き、面を打つ。今のは痛かったはず。それでも、黒は前進。もう、夢中というか、がむしゃらというか、このチャンスを逃したら、あとはない、といった感じだ。赤はさらに下がる。壁際に追い込まれそうになったが、横に回る。黒が打ち込んでくる竹刀を払うと見せかけ、頭を下げ、さっと横をすり抜けた。黒は一瞬相手を見失い、左右に首をふる。

「突っ込め！　今だ」佳那は押し殺した声で美保に声援を送る。

そのとおり、赤い剣士は勝負に出た。

竹刀を回転させるように振って、左右から面を連打。

黒が竹刀を上げると、すかさず胴を打つ。あれは痛い。
左右から打つ。
わざと少し低めに何度か打った。あれも痛いぞ。
今度は脇に深く入った。あれも痛いぞ。
堪《たま》らず黒い剣士は躰を捻《ひね》って脇へ手を入れる。
もう竹刀が相手を向いていない。
もう駄目だ、ここまでか。
赤が小手を打った。
黒が竹刀を落とし、頭を下げる。
赤い剣士がそこへ飛び込んで面を強く突いた。
黒は仰《の》け反《ぞ》って後ろへ飛び、尻餅《しりもち》をつき、仰向けに倒れる。
その鼻先へ竹刀を突きつけ、赤い剣士がどうだとばかりに立つ。完全に勝負があった。
「あぁあ、駄目じゃん」佳那は呟く。「そんな本気出しちゃ」
と思っていたら、なんと黒は立ち上がった。
竹刀は既に持っていない。
そのまま素手で赤い剣士に向かっていく。
何度か竹刀で叩かれ突かれるものの黒い剣士は前進。

赤は後退する。
ついに反対側の壁まで追い込まれた。
「凄い凄い」佳那も感心する。「やるじゃん」
黒は飛び込んだ。
赤い剣士の竹刀を摑み、そのまま抱きつくように押し倒す。
黒い剣士が赤い剣士を押さえつけた。
「うん、そうそう」佳那は何度も頷いていた。「いいぞう」
赤い剣士、ついに諦めたのか動かなくなった。
二人とも、肩で息をしている。
息遣《いきづか》いだけが聞こえてくる。
向こうを向いているから角度的によく見えなかった。
二人は見つめ合っているのだろうか。
どきどき……。
絵に描いたような、凄い結末だ。
佳那は汗をかいていた。
剣士二人は、もっともっと汗をかいているだろう。
まだ動かない。

赤い剣士は仰向けに倒れている。

そこに、黒い剣士が跨《またが》っている格好。

凄いシチュエーションではないか。

良かった、私じゃなくて……、と佳那は思う。

二人は三分ほど動かなかった。ただ呼吸をしているだけ。

やがて、黒い剣士が手を頭の後ろに回して、防具を外した。

佳那は息を呑《の》む。

どうなるだろう？

面を外して、それを横へ置いた。どんな顔をしているか見てやりたかったが、残念ながら後ろ向き。

彼は、今度は赤い剣士の防具を外そうとした。美保も手を後ろへ回している。面が外れ、美保の顔が見えた。手拭いも取る。髪が乱れている。しかし、じっと彼の方を見つめている。

いい感じ。

どきどき……。

二人はそのまま抱き合った。

佳那も息を止める。

どきどき……。
凄い。
どきどき……。
凄いぞ。
どきどき……。
こんなの、間近に見て良いのか？
わぁ！
キスをしているようだ。
よく見えないが、まちがいない。
どきどき……。
私一人で見ても良いのか？
まだ離れない。
長いぞ、キスが。
もう大丈夫。
成功だ。
大成功。
まだ離れない。

どきどき……。

呼吸困難が心配だ。

それ以外にすることはないのだろうか。

水谷！　凄いぞ。

そんなことがお前にできたのか！

見直したぞ！

という数々の声援が、佳那の頭の中の電光掲示板を流れていた。まるで甲子園のスコアボードみたいだ。

どきどき……。

こんなにうまくいくなら、私でも良かったかも。

50

もう駄目だ。

どきどきどきどき、心臓が動き回って、震度五くらい生きている心地がしない。あれ？

でも生きているからどきどきするのか。変ではあるな、矛盾している。すっかり落ち着いてしまったら、死んでいるのと同じ。

けれど、とにかく見ていられなかった。

正確には、見ることは可能だが、それを継続することに努力が必要である、という意味だ。

何がって、道場の二人。

神聖なる道場であんなこととして良いのか？　という疑問もぶつぶつと、否、ふつふつと湧き起こったけれど、かといって、こら、やめんかぁ！　と踏み込むわけにもいかない。もしかしたら、二人の方が神聖であって、自分が卑俗《ひぞく》なのでは、という疑問も当然ある。そうつっこまれたら、とても答弁できない。

佳那は、ロッカ・ルームの窓を開け、窓枠によじ登って、そこから外へ出た。神聖なる道場を通り抜けるなんてとてもできなかった。二人があつあつなのだ。とりあえず、抜け出そう。放射性物質からは離れる以外に防御のしようがない。

「あつあつ？　何だよ、それ」とか無駄な独り言を呟きながら、建物の間を抜けていく。表玄関まで回ってきた。あの二人は放っておいて、このまま帰ろう、と決心する。もう充分だろう。何が充分なのかは、わからないけれど。

しかし、こうなることを予測していなかったのか？

この結果を望んでいたはずなのでは？

それなのに、なんだか、少し、そう、残念な気がした。

どうしてだろう？

自転車に跨って、漕ぎ始める。早く速度を上げないと失速して墜ちそうな不安があった。

一度だけ振り返って道場を見た。

知らないぞ、知らないぞ。

あのあとどうなるのか……。

どうなるのか……って、

どうなるんだろう？

想像。

どき。

どきどき。

ああっと、慌てて溜息をつき、深呼吸。

危ない危ない。信号が赤だった。

なんか酸素が足りない気がするなあ。モア・オーツゥとかって、サンダーバード的にバルブを捻りたくなる。もう一度深呼吸。

しかし……、なんですね、その……、とか、国会答弁みたいに無理にゆっくりと言葉にしたりして、落ち着こうとしている自分。うーん、なにはともあれ、やぶさかではないぞ。いささか、意味がわからないものの、まあ、人生いろいろだ。

でも、藤木美保は良いなぁ。

え？　どうして？　良いかな？

そうか？

うーん、何が良いのかな？　どう良いのかな。

何がって……、どうって……。

わぁ、どきどき、どきどき。

あぁ、駄目だ。信号が変わってるじゃん。

とにかくペダルを漕いで加速。風を顔に当てて冷却。

空冷、空冷。

頭を冷やさなくては。

クーリング・マイ・ヘッド。

ああ、なんかそういえば、頭が熱いよ。熱があるのだろうか。

帰ってシャワーでも浴びようかしら。

滝に打たれたい気分だよ。

その場合は、水冷、水冷。

やっぱり、自分がショックを受けていることはまちがいない、と彼女は確信する。作戦としては思う壺《つぼ》というか、明らかな大成功なのに、何故か、この割り切れない、やり場のない、もやもやとする、焦慮《しょうりょ》というか焦思《しょうし》というか、ああ落ち着かないぞ、みたいな、かちっともぱちっともはまらない、いらいらした、もぞもぞした、このなんというか、不安定で不愉快で不透明で曖昧模糊《あいまいもこ》、理解に苦しむ、中途半端なこの状況は、何なのだ？

変じゃないか！

叫びたい。

しかし、叫んだら、危ないぞ。

気をつけなくては。

街の中である。キレた痛い人だと思われてしまうぞ。ときどき、自分がそういう変な人かもしれないと疑うときが真剣にある。記憶をすっかり消された宇宙人なのではないか。どこかの星のお姫様かもしれない。そういうことを考えること自体が痛いのである。

きっと、邪念というか、いけないことを考えているせいだろう。え？　いけないこと？　ちょっと待ってよ、私が何を考えたっていうの？　え？　言ってごらんなさいよ！　貴様はお蝶《ちょう》夫人のつもりか？　まったくもう、頭を凍らせて解剖してやろか！　う-ん、乱れているなぁ。かなり、危ない感じだ。おっと、左折車とぶつかりそうになった。

気をつけなさいよ、と自分に叱咤《しった》。

とりあえず研究室に戻ることにしよう。こういうときにこそ、アカデミックな頭を動かすに限る。数値と数式で頭脳をいっぱいに埋め尽くして、ぐちょぐちょにかき混ぜ、泡立てて、最終的には、陶酔する。そう、アカデミック・フレッシュ。これにかぎる。

そういえば、三年まえがそうだった。思い出したくないが、今になって冷たい気持ちで振り返ってみると、あのときのショックはもっと大きかったのだ。とにかく、相手になにも伝わらないうちにすべての計画がご破算。壊滅的な状態に陥ったのだ。彼女はショックを受け、やはり数値と数式に没頭することで逃避した。その結果が今の彼女の立場なのである。そういう意味では、数値と数式を成分にしたシャンプーなんかを発明してもらえたら、気軽にこのリセットができるというもの。

そうなんだよ、あのとき、あいつのせいで私はこんなふうになってしまったのだ、という「あいつ」を久しぶりに頭に思い浮かべて、また鼓動が速くなった。顔が熱くなった。

なんという、執念深い私。

全然醒めてなかったりして……。

いやいや、もうあいつがどこにいるのかもわからない。そもそも、なんの関係もない。断ち切ったのだ。こういうのは、世俗的な言い方をすると、片想いというらしいが、自分の場合は、そういうノーマルな感情ではない、と分析している。では、アブノーマルなのかというと、違う違う、そういう意味じゃない。うまく言えない。全然違うことは確か。

いろいろ思い出してしまった。もやもや感は増幅。胸で圧力が高まっている感じがして、息が苦しい。その圧力を利用して、自転車を急ピッチで漕ぐ。

知らないうちに日も暮れていた。キャンパスに到着し、駐輪場に自転車を置き、研究棟の階段を上る。院生室の前までできた。暗い通路に、室内の明かりが漏れている。誰かいるようだ。たぶん、留学生だろう。それとも、鷹野史哉か……。

一度足を止め、静かに深呼吸をしてから、ドアを開けた。自分の顔がプラスティックで造形されている、という仄《ほの》かな幻想を抱きながら、佳那は部屋の中に入った。部屋の奥、デスクの上、液晶ディスプレィの手前にあった後頭部が回転して、こちらを向く。目と目が合った。

「あ……、れ……」佳那はドアのところで固まってしまった。

そこにいたのは、水谷浩樹。不活性な笑みを浮かべていた。

51

「あ、あれ、早い、ね」佳那は、次の言葉をどうにか口にする。そして、努力して普通に歩く。ロボットみたいに水谷の横を通り抜け、窓際の自分の席まで辿り着いた。シートに腰を下ろし、溜息をついた。鼓動が大きく躰を振動させている。

ディスプレィに遮られて、水谷のにやにや笑いはとりあえず見えなくなった。紫外線カットみたいな感じである。

おかしい……。

早すぎる。

自分は自転車であそこから大学へ直行してきた。けっこう速かったはず。水谷はまだ道場で、えっと、その、美保と抱き合っていたではないか。胴着だって着替えないといけないし、それからすぐにタクシーかなにかを使っても、こんなに早く戻ってこられるだろうか。

少しだけ顔を横にスライドさせて、水谷の顔を覗き見る。向こうもこちらを見ていたので、視線がぶつかってしまった。慌てて、佳那は元の姿勢に戻る。銃撃戦をしているみたいだ。

奴の今の服装は普段のままである。ついさきほど、道場で会って話したときと同じファッションだ。まったくセンスの欠片《かけら》もない、いかにもオタクだと主張してやまない服装。どこで買ったのだろう？　もしかして生協？　とか、そういうことを考えている場合ではないぞ。髪の毛も乱れていないし。

うーん、なんか猛烈に変だぞ。

「あのさ」佳那は思い切って立ち上がった。この謎を前にして、とても黙ってはいられない。これ以上耐えられなかった。「どうやって、戻ってきたの？」

「自転車ですよ」水谷は肩を一度上げてさらり答える。憎らしいほど軽い返事だ。

「自転車？　でも……」

「ええ、借り物ですけどね」

どういう自転車なのか、という問題ではない。ジェットエンジンがついているっていうなら別だが。

「ふうん。そう……、だけど、なんか、凄く早かったじゃない？　しゃかりきになって走ったとか？」

「そんなわけないですよ」ますます嬉しそうに微笑む水谷である。「しゃかりきって……」

意味ありげな笑顔である。いや、普通笑顔には原因があるのだから、必ず意味はあるのであって、意味なしげな笑顔の方がレアだろう。水谷の普段の笑顔がその意味なしげ系だが、今の彼の笑い方は、明らかに違う。なにかを企《たくら》み、そしてなにかを成功させた、勝ち誇ったような輝きを発しているのだ。

佳那は考える。負けてはいられない。ここであっさり質問などしたら敗北を認めたも同然だ。挑戦的に彼を睨みつけ、時間を止めておいたうえで必死に思考するのだった。

自動車といってもせいぜい倍の速度である。信号などもあるから、そんなに大差はつかないだろう。自転車でここまで十五分もかからなかったはず。倍速であれば、時間は半分、すると七・五分の節約になる。道場のあの状態から、服を着替えて飛び出すまでに、どう見積もっても二分はかかるだろう。また、彼女よりも三十秒くらい早い、というだけでは研究棟に入るところを目撃できたはずだ。すると残りは五分か。うーん、一応、物理的に不可能な数字ではない。だが、何故だ？　そんなに急いで戻ってきた理由は何なのだ？　道場における二人のあの様子からは想像もできない。

つまり、一番考えられる理由は、剣道の試合をした相手が、佳那ではなく美保だった、ということに水谷が気づいて、それでさっさと道場を引き上げてきた、佳那に会うために、ここへ戻ってきた、というものだが、しかし、それはありえないだろう。抱きついて、キスまでしていたではないか、いやらしい！　否、えっと、それらしいことをしていたではないか、あのような状態に至って、相手が誰だかわからないなんてことは絶対に考えられない。入れ替わりがあったことなど完全に許容して、とにかく、二人は強く抱き合っていたのだ。それを確認できたからこそ、佳那は二人に見切りをつけて立ち去ったのである。

もしも、相手が誰だか知らずに抱き合っていて、それが突然、違うぞということになって、相手を突き飛ばして逃げ出してきた、というケースならば、今の奴の落ち着いた笑顔が不自然だ。もともと不自然な人格ではあるが、それにしても変である。説明できない。だいいち、そんなとき、急いでタクシーに乗って大学へ戻るなんて行動がとれるものだろうか？

そうそう、その場合ならば、美保から電話がかかってくるのが普通ではないだろうか。

どうして美保はなにも言ってこない？

おかしい。

この仮説は間違っている。そうではない。

もっと、隠されたなにかがある。

佳那は必死で考える。

そうか、もしかしたら、水谷は、こちらの計略を知っていたのではないか……。この切り返しの素早さ、そして妙な落ち着き、事態からまだ二十分も経過していないのに、汗もかかずに、澄ましていられるのは、何故だ？　彼の顔からは、すべてを知っている、すべてを手の内に収めている、といった勝利の余裕が窺えるのだ。

「教えましょうか？」微笑んだままの水谷が言った。

「駄目」佳那は片手を広げて前に出す。もう一方の手を口もとに当て、指を噛んだ。「ちょっと待ってよ」

「何故、僕は佳那さんよりも早くここへ戻ってこられたのでしょう。その理由について考えて下さい。正解したら、今晩豪華夕食を奢りましょう」

「待て待て待て、こら！」佳那は舌打ちして顎を上げる。「今、何て言った？」

「え？」

「佳那さんだとうっ」

「あ、ああ、そうか……、すみません」水谷の顔から笑顔が消える。「申し訳ありません」立ち上がって、ぺこんと頭を下げた。「今のは撤回します。どうか、許して下さい」

「まったく、もう！」声が大きくなる。「どさくさに紛れて。それにね、奢るっていうのは、何なわけ？　このまえもそうだったけれど、奢られて私が喜ぶと思っているわけ？　どっちかっていうと、嬉しいの君の方でしょう？　おかしいじゃない。私が勝ったら、私が得になることをさせてほしいな」

「なんでもいいですよ、どうんなことでも」水谷はうんうんと頷く。「たとえば、どんなことがしたいですか？」

「うーん、そうね」と顎に手をやって考える。

たとえば、もっとどきどきさせてくれるような状態というのか、それをずっと持続させてほしいというか、などと考えながら、またまた道場の二人のシーンを思い浮かべて、顔が熱くなってきた。

「どうしたんですか？　顔が赤いですよ」

指摘されて、思わず息を止める。水谷の顔をまじまじと見つめる。言葉が出てこない。

こいつを今から、めちゃくちゃ虐《いじ》めてやりたいと思った。ひっぱたいてやりたい。鼓動は速くなり、顔はますます熱くなる。縛り上げて、吊し上げて……。

くそう！

息をゆっくりと吐く。圧力を下げなければ……。

駄目だ。挑発に乗ってしまった。間違えてホームに入ってきた特急「挑発」に乗車してしまった感じである。シートに座るまで気づかなかった、みたいな。

くそう！

「ああ、もう、いい！」佳那は叫んで、椅子に腰掛ける。「なんでこうなの？　もう、本当に……」

無性に腹が立ったけれど、頭が回らない。なにかを考えていたはずである。また指を噛んでいた。とりあえず、考えなければ。考えよう。考えよう。えっと、テーマは何だっけ？

「どうして、僕はこんなに早く戻ってこられたのか」水谷が言った。顔は見えない。声だけである。

「わかってるよ」佳那は言い返す。

黙ってろ、馬鹿。今、考えてやるからな。ちきしょう。絶対に暴いてやるぞ。お前の浅知恵なんか、すぐに見抜いてやるわ。くそう。虐められるのはそっちなんだから。縛り上げてやるからな。鞭《むち》打ち百回だからな。

「あと、どれくらいですか？」

なんだ、その口のきき方は。家来のくせに。

「何が？」

「わからないと思いますよ。もう降参したらどうですか？」

「やかましい！」

私を誰だと思っているの。

「もし、わからなかったら、僕が夕食を奢りますよ」

「黙ってろよ、考えてるんだから」

うう……。今に見てろよ。

「はいはい」

52

考えても考えてもわからなかった。二十分ほど考え続けたが、水谷がどんな方法を使って、自分よりも早く研究室に舞い戻ったのか。それがまったく思い浮かばない。途中で、車を使ったのではない、使用したのは友達から借りた古い自転車だけである、という条件が水谷から追加提示された。サイクリング車ではない。普通の自転車だという。ヒントのつもりらしいが、ますます混迷を深めた。道場からキャンパスまでの道筋には、これといった近道は存在しない。坂道が多いし、そんなに高速で自転車を飛ばしてこられるルートはありえない。佳那自身、かなりの速度で走ってきたのだ。運動音痴の水谷がどんなにがんばっても、これほどの余裕で待っていられる、なんて状況にはならないはずなのだ。汗もかいていなかった。いったい何故なのか。

もう駄目だ。どうしても知りたい。奴の顔を見ていると、もの凄く癪《しゃく》に障ったけれど、このままではもっともっと気持ちが悪い。一歩引いて、答を教えてもらうことにしよう。小さな敗北だが、この際いたしかたない。こんな些《さ》細《さい》なことで意地を張っている場合ではない。

教えてもらう条件として、これからファミレスへ行くことになった。水谷は諸手《もろて》を挙げて大喜びだが、佳那としては、既に吹っ切れたというか、割り切ったというか、思ったほどの抵抗は感じなかった。そんなことよりも、水谷の話が聞きたいという気持ちが強かったのだろう。

研究室を出て、駐輪場へ行く。水谷も古い自転車を持ち出してきた。見たところ極めておんぼろ自転車である。

「それ？」佳那はきいた。

「これですよ、これ」水谷はにこにこ顔で頷いた。「これで来たんですから」

「信じられない」佳那は溜息をついた。

「本当なんですよ。これで、普通に走ってきたんです。こう見えてもちゃんと乗れるんですよ」

「そうじゃなくて、そんな、おんぼろをわざわざ借りてくるかってこと」

「そうそう」彼は何度も頷いた。「存外計画的でしょう?」

「計画的?」

「そうですよ。ちゃんと事前に自転車が必要だという計算をしたわけですよね」

「計算かぁ」

「わかりませんか?」

わからない。佳那は舌打ちしてから、自転車に跨った。しょうがない、ファミレスですべてきき出してやろう。聞いてしまえばこちらのものだ。

走りだしてから気づいたことだが、彼女は非常に空腹だった。そういえば、今日は昼食を抜いている。いろいろ段取りに忙しかったせいだ。

そうか、お腹が減っていたから、ファミレスという言葉に簡単に妥協をしてしまったのか。水谷の話が聞きたかったのではなくて、自分はとにかく食べたかったのだ、と無理に解釈した。

佳那は思いっきり自転車を漕いだ。水谷があとから遅れてついてくる。自転車の基本性能の違いだろう。男女の力の差ではカバーができない。水谷をどんどん引き離し、佳那がファミレスに到着した頃には彼の姿は見えないほどだった。

ちょうど、ファミレスの駐車場から車が一台出てくる。佳那はブレーキをかけて停車。その車が車道へ出るのを待とうとした。しかし、車の運転席の男と目が合った。厳《いか》つい顔で、向こうもこちらをじっと見る。そして、だんだん目が大きくなった。助手席にももう一人男が乗っていた。そいつも身を乗り出して、佳那を見る。前髪が目にかかっていて、水谷に少し似ている感じの暗い顔だ。

佳那も二人のことを思い出した。猪俣と矢崎である。以前にカラオケで一悶着《ひともんちゃく》あったときの、あの二人の銀行員だ。

まずい。

思わず彼女は、振り返った。後方約百メートルのところに水谷の姿を確認。自転車を必死に漕いでいる様子が、遠くからもわかった。

「おやおや、これは、また」声がかかる。「こんなところで会えるとはね」

車の窓ガラスが下がり、猪俣が顔を出していた。

まいったなあ……。

逃げようか。

それとなく周囲を見回す。引き返すか、脇道に逃げ込むか。自動車だから、追っかけてはこられないはず。しかし、走って追われたら、加速では勝てないかもしれない。脇道は上り坂だった。

車のドアが開いた。助手席のドアも開いた。

駄目だ。チャンスを逸した。

「覚えてますよねぇ？」矢崎が向こう側から回ってくる。佳那のすぐ近くまで来た。「えっと、そうそうそう、窪居さんだよね」

「あの、すいません」佳那は首をふった。「えっと、人違いではありませんか？」

「おいおい」猪俣が佳那に詰め寄った。「人違いだったら、こんな顔してないよ。どうしたの、具合でも悪い？」

「あのぉ……」佳那はもう一度後ろを振り返る。

水谷がようやく到着する。近眼だから、まだ気づいていないのだろう。もう駄目だ。水谷さえいなければ、なんとかなったかもしれないのに。

どうしよう。

大声を出して、店の人を呼ぶか。

「あ」自転車から降りた水谷が、二人の男が誰なのか気づいたようだ。口をぽかんと開けて、立ちつくしている。顔は汗だくである。

もっと早く気づけよ、のろまなんだから、と佳那は思う。

「おやおや、お揃いでしたか」

「えっと、次元大介だったたっけ」

「まあ、とにかく、ちょっと話を聞かせてもらえないかな」猪俣が躰《からだ》を揺すりながらいった。「ほら、車に乗って。ちょっとドライブしよう」

「いえ、いいです」佳那は首をふる。「あ、あの、私たち、その、用事があって」

「いやいや、人それぞれ、いつでも都合はあるさ。あのときだって、なにも嫌々なにかをしようってつもりはなかったはずだよなあ。でもあのとき、俺たちが受けた仕打ちが妙だった。あれ、何だったのか、それくらい説明してくれても良いだろう？　え？　違うか？」猪俣が言う。ますます佳那に躰を寄せてくる。

「ちょっと巫山戯《ふざけ》た真似をしてくれたよなあ」矢崎が言う。あまりドスは利いていないが、どこか緊迫感があって、彼の方がむしろ恐い。何をされるかわからない。

「あの、すいません」水谷が前に出てくる。佳那と猪俣の間に入ろうとした。「あのときはですね、酔っていたんですよ。申し訳ありませんでした」

「今頃謝られてもなあ」猪俣が苦笑いをする。「まあ、いいから。とにかく、ゆっくりとどこかで話をしようじゃないか」

「すいません。ホント、反省していますので……」水谷が頭を下げながら猪俣の胸に当たるほど近づいた。

「おい！」猪俣の手が水谷の顔の下へ。

いきなり摑み合いになった。猪俣が水谷の胸座《むなぐら》を摑み、水谷がそれでも前進する。猪俣の背中が自動車にぶつかり、彼は大袈裟《おおげさ》に声を上げる。

「痛てえな！　何すんだよ」

「すいません」と言いながらも、水谷は頭を下げてまた突進。

矢崎が水谷の後ろから腕を摑む。水谷の躰が横を向いた。そこへ猪俣のパンチ。

水谷は佳那の方へ倒れ込んでくる。二人は水谷に襲いかかろうとしたが、佳那はそこへ飛び込んでいった。膝をつき、倒れている水谷を庇《かば》う。

「やめて！」二人を見上げて彼女は叫んだ。「もういいでしょう？」

「そっちがやってきたんだ」猪俣が言う。「どけよ」

水谷が立ち上がろうとするのを、佳那は止めた。

「警察を呼びますよ！」佳那は立ち上がって言う。ポケットからケータイを取り出そうとした。

「呼べばいいじゃないか。俺たちの方が呼びたいくらいだよな。とにかく、話し合おうじゃないかって言ってるんだ。ゆっくりとさ。え？　どうして話し合うのが嫌なんだ？　全部水に流してもいいぜ。そうだ、そいつは放っておいて、あんただけ来なよ。そう、それがいい。それで今までの借りは綺麗さっぱりご破算にするってのはどうだい？　な、それくらいいいだろう？　どこか、一軒だけ、飲みにいこう」

「わかった」佳那は頷く。「一軒だけだよ」

「ああ、いいねいいね」矢崎が嬉しそうな顔をする。「そうだよ、仲直りしようよ。窪居さん、可愛いよ」

「ちょっと待って下さい」水谷が立ち上がる。口から血を流していた。

「お前は黙ってな」猪俣が言う。「勢いで手が当たったのは、悪かった。もう、帰った方がいい」

「帰りなさい」佳那は小声で水谷に言う。

「駄目ですよ」水谷が顔をしかめて言った。珍しい顔である。

「帰れよぉ！」猪俣がまた水谷に近づく。

佳那は、猪俣を止めようとしたが、躰が接触し弾《はじ》き飛《と》ばされる。アスファルトに尻餅をついた。

「お願い、やめて下さい！」

また猪俣と水谷が取っ組み合いを始めた。矢崎もすぐに加わる。水谷はまた腹を殴られて地面に崩れたが、すぐに起きあがって、また向かっていく。

佳那は店の入口を見た。ガラス越しに店員がこちらを見ている。警察へ電話をしよう。しかし、手に持っていたはずのケータイがない。あたりを見回して、それを探す。

このとき、異変があった。

佳那の近くに誰かが倒れ込んできた。当然、水谷だと思ったら、それはなんと猪俣だ。

佳那は驚いて飛び退いた。

見上げると、そこに立っているのは大男。片手で、矢崎の胸座を摑んでいた。矢崎の躰はほとんど宙に浮いている。

「武蔵坊さん」佳那は叫ぶ。

「あ、はい、どうも」にっこりと微笑む武蔵坊の顔が、このときほど頼もしく思えたことはない。「いやあ、奇遇ですね。ちょうどね、こちらへパンの切れ端をいただきにきていたところでして」

53

猪俣と矢崎の二人は車に乗って走り去った。最後は言葉もない。佳那も水谷も口をきかなかった。

武蔵坊は、もう一人、奇妙な人物と一緒だった。白いワンピース姿で髪は長い。しかし、シャンプーを三回くらいした方が良い、という髪だ。年齢は三十代か四十代だろうか。服装は薄汚れている。手にビニル袋を持っていて、中身はパンの耳がいっぱい詰まっていた。

四人でそのファミレスに入ることになった。もうこうなったら、なにも恐くない、と佳那は思う。

シートに着き、おしぼりが来たとき、テーブルの向こうの水谷の顔を見て驚いた。唇の血はもう止まっていたものの腫《は》れ上《あ》がっている。佳那は急に涙で目が滲《にじ》んだ。

水谷はそれでも、彼女を見て微笑み返す。痛そうな笑顔である。彼が笑えば笑うほど、佳那は悲しくなった。でも、涙を見せたくないので、おしぼりを顔に当てて誤魔化した。それでも、やっぱりなにも言葉をかけないわけにはいかない。

「大丈夫？」佳那はそっときいた。

「一つ発見がありましたね」歪《ゆが》んだ顔で、水谷は言った。

「何？」

「ちゃんと、次元大介だって、通じていたじゃないですか」

一瞬沈黙。

まったく、馬鹿な奴。

ウェイトレスが注文を取りに来たが、武蔵坊たち二人に一瞬顔をしかめたのがわかった。水谷はカレーを注文する。口の中がしみるのではないのか、と心配になった。佳那はピザを頼んだ。武蔵坊たちはメニューを指さして、定食とサラダを注文した。お金は佳那が払う、という約束は既に成立している。

「いやあ、ラッキィでした」武蔵坊が明るく言う。「久しぶりに、こういう店でちゃんとした食事ができます。若い頃が懐かしいなあ」

「そんなに久しぶりなんですか？」水谷がきく。

私が作った料理はちゃんとしていないのか、と佳那は思ったけれど、今はつっこむ元気もない。

「そういえば、ご紹介がまだでしたね」武蔵坊が佳那を見た。

「ああ、ええ」彼女は頷く。「水谷君です。うちの講座の後輩。こちらは、武蔵坊さん。えっと、私の父のお友達ですね」

「どうも、よろしくです」武蔵坊が水谷に頭を下げる。

「助かりました。どうもありがとうございました」水谷が姿勢を正してお辞儀をした。

「えっと、こいつは、ご存じですよね？」武蔵坊が、佳那の方を見てきいた。もう一人の仲間のことである。

「え？」佳那は首を捻った。たしかに、姿を見かけたことはあるけれど、あれはこっそり隠れて眺めていたときのこと。それ以外では初対面のはずだ。「あの、初めてだと思いますけれど」

「あれ……」武蔵坊は喉を鳴らして笑う。「変ですね」

「どこかで、お会いしましたか？」佳那は身を乗り出した。

「はい」このとき、初めて口をきいたその声は、女性のものとしてはとても低い。「覚えていらっしゃらないかもしれませんが、一度だけ」

佳那は無言でじっと相手を見据える。

「諸星といいます」

「え？」

「諸星勝徳です」ワンピースの人物は答えた。

男性の声だ。急に顔にピントが合ったように、佳那には見えた。薄汚れた長髪は鬘《かつら》らしい。唇は赤い。化粧をしている。額を前髪で隠しているが、眉はしっかりとしているようだ。そういった状況が目から入り、次第に彼女の頭脳で分析され、結果を弾き出そうとしていた。だが、解がなかなか出ない。ＣＰＵが暴走したみたいだ。それでも、だんだん、真実が頭の中でイメージされてくる。

「諸星、勝徳さん？」佳那はその名前を繰り返す。

彼は頷いた。

一瞬の目眩。

大気圏外に放り出された感じである。緊急事態発生のサイレンが頭の中で反響していた。

54

気が動転しているときには、自分でも何をするかわからない。地球ゴマみたいに力一杯気が動転していたから、回し蹴りをしてレストランの照明を割ってやろうか、と考えたくらいである。この状態、たとえるならば、雪だるまを作るため、雪玉を転がしていたが途中で嫌気が差してしまい、土手の上からその中途半端な大きさの雪の玉を転がして、どこかに当たって砕けるのを見物する方針に切り換え、今度は必死になって坂道を転がして上っているときのようなものだ。ひいひい言いながら、玉を押している自分、もうすっかり目的を見失っている。我に返って、泣きたくなる、というあの一瞬。あるいは、そうだ、ゴキブリを追い込んでスリッパを片手に摑み、棚の隙間を覗き込む、すると、別れた彼氏と一緒に写っている古い写真が落ちていたりして、一瞬の躊躇《ちゅうちょ》のためか、ゴキブリも逃がしてしまい、埃にまみれた写真を指で拭って、ドリカムの歌など思い出す、というような、そんなシチュエーション。ああ、哀愁のカサブランカ。だいぶ違う気もするが、しかし、どことなく類似している。実に複雑だ。ただ、言葉で表すとそれなりに馬鹿馬鹿しいのは不思議である。

「あの、武蔵坊さんとは、どんなご関係なんですか？」という質問を、佳那は諸星にぶつけてしまったのだった。

　これがいけなかった。

　撃ってしまったミサイルならば、自爆させることができるかもしれないけれど、言葉というものは、口から出たらもう取り消せない。いくら大声を出して邀撃《ようげき》しようとしても無理なのだ。誤魔化すために、突然阿波踊《あわおど》りを踊る手もあるが、これが本当の「あとの祭」というもの。

このときの諸星勝徳の仕草、そして表情こそ、窪居佳那の目に焼きつき、その後半年以上にわたって、ことあるごとに彼女の脳裏を掠《かす》め、彼女を苦しめた元凶。そのたびに佳那は顔をしかめ、躰を緊張させたのだ。一言でいえば、ウルトラ鳥肌が立つ思い、だったのであるが、そのウルトラ鳥肌が何度も何度も再現できる自分に対しても相当な嫌悪感を覚えた。こういうとき、記憶をさっと消去できたら、どれだけ良いだろう、と思う。

諸星は、目線を落とし、少し微笑んだ。頬を染め、恥ずかしそうに、そして、ちらりと、前にいる武蔵坊を上目遣いで見る。このときの瞳《ひとみ》がいけない、佳那にダメージを与えたのはこれだった。

もちろん、彼が女装していたことが大いに関係があっただろう。余計に気持ち悪く見えたことは確か。だが、彼が普通に、つまり佳那が想像していたとおりの男性の好青年であったとしても、それこそもっとますますさらにとんでもなく驚愕《きょうがく》も戦慄《せんりつ》も色濃く味わうはめになったのではないか。おそらく瞬時に気を失ったにちがいない。むしろ気を失いたい。どうやったら、卒倒できるのか知っていれば、この窮地から抜け出せるというもの。胸に卒倒スイッチがあったら、すぐに押しただろう。

それくらいの非常事態。

とにかく、この場から逃げ出したかった。

武蔵坊も武蔵坊である。諸星の生々しい視線を受け止め、いかにも度量のある男らしい表情で、しかも、困ったものだなあ、といったような余裕の苦笑を口もとに浮かべる始末。全然悪気などなくて、後ろめたさもなくて、ごくごく普通のことのように、まるで大人ならばこれくらいの嗜《たしな》みは当然であるかのごとく、優しい自然な顔つきなのである。

きぃ！

という声が、佳那の胸の中でスパイラル。

この世に生を享けない声。

もう、なんということ？

武蔵坊の横顔を五秒間ほど睨みつけたものの、まったく手応えなしのマシュマロ。それどころか、佳那の視線を早々に受け流し、武蔵坊は諸星を再度見つめる。二人で微笑み合っているではないかアルマジロ。

鼻息が熱帯低気圧になりそうだったが、佳那は正面の水谷を見る。たまたまなにかの偶然でそこにいた水谷であるけれど、自分の鞄を膝にのせ、その中を覗き込んでいた。大蛇でも出すような気配だ。この場の雰囲気とはまるで違う世界を自分のごく周囲にだけ築こうとしている。バリアを張ったのだろうか。接近すれば、びりびり感電しそうだった。

どいつもこいつも……。

こういう連中に囲まれている私って？

不幸だ。

不幸中の唯一の幸いといえば、目の前のピザだった。とにかく、佳那はそれを食べることにした。タバスコをやけくそで振りかけてから食べた。途中でつんと辛《から》さが彼女の喉を襲い、涙が出そうになる。反応したうるうるの目を、手の甲で拭いつつ、もう一度、恐いもの見たさでちらりと諸星と武蔵坊の二人を見た。

まだ見つめ合っている。自分が見ている映像が歪《ひず》んでいるのだろうか。きっと錯覚にちがいない。視線を前へ向ける。水谷はカレーを既に平らげてしまって、また鞄の中に手を突っ込んでいた。そっと覗くため顔を上げると、鞄の中に金髪の頭が見える。やっぱり人形か……。

突然、その人形が鞄から飛び出して、顔を佳那の方へ向けた。一瞬目を閉じたかと思うと、次にはオレンジ色の瞳になって、もの凄い形相で彼女を真っ直ぐに睨む。佳那は慌てて水谷を見た。人形を操作しているのは、もちろん彼だ。

どきどき。

止めていた呼吸を再開。

ああ、もう嫌だ。

なにもかも嫌になる。

シャンプーをして、髪を洗いたい。

そして、今のこの空気をすべて洗い流してしまいたい。

ついに、気持ちが悪くなってきた。

佳那は武蔵坊にどいてもらい、席を立った。トイレへ行くためだ。レジの近くから奥へ入る通路があって、そちらに案内板が見えた。自分の青ざめた顔を鏡で見よう。見たら、少しは安心できるだろうか。そんなはずもない。どうしようどうしよう。今にも倒れそうなくらい辛《つら》い。駄目だ駄目だ。ふらふらじゃないか。そんなにショックが大きかったのだろうか。

鏡を見たら、それほどでもなかった。泣いているふうでもなく、苦痛もそれほど顔には表れていない。けっこうポーカ・フェイスじゃないかカメレオン、と少し安心。大きく深呼吸をする。

くそう！

こんな試練を、どうして神は私に……。

だが、乗り越えてみせよう。ヴィクトリィ！　チャレンジャ！　ディスカバリィ！　スペースシャトルか……。

「ファイトゥ、いっぱぁーつ」小声で呟いて、小さく拳《こぶし》を握り締める。

トイレを出て、通路を戻っていくと、レストランの入口から見慣れた顔が入ってきた。

佳那は一瞬立ち止まった。

誰あろう、彼女の指導教官、相澤慎人准教授であった。

55

相澤准教授は、いつもよりも少し上等なスーツを着ているように見えた。声をかけなくては、と佳那は焦る。しかし、もっと鏡できちんと自分の顔の状態を確かめておくべきだった、化粧を直すべきだった、と思考が巡る。油断大敵。人間、いつどこにチャンスが到来するかわからないものだ。気持ち悪三人組のせいで気落ちしていたが、神様は我を見放さなかったバーモントカレー。

よっしゃ！　いくぞ、と思ったそのとき……、である。

相澤の後ろでドアが開き、女性が店に入ってきた。彼は振り返ってその女に微笑みかける。普通の女ではない、若い女だ。普通の若い女ではない。わりと綺麗な若い女だ。しかも、かなりお洒落をしているわりと綺麗な若い女だ。

なんということ！

先生ともあろう人が。

店員が、大きなメニューを胸に持ち、するすると近づいていき、高い声で相澤に尋ねた。

「お二人様ですか？」

相澤はにっこりとVサイン。

このVサインの指の形が、これまた佳那の目に焼き付くことになる。フラッシュ・ゴードンのような輝きを彼女は感じた。同時に、佳那の頭は、除夜の鐘のように低周期で共振し始める。いうなれば、行く年来る年、ごぉぉぉぉんというやつだ。音を文字にすると、かように子供っぽくなってしまうのが少々痛いところだが、さらにもう少し正確に表現すると、相澤とその女性を同時には認識したくない、といういわゆる現実と希望の比較における矛盾に対する処理のために精神がフラッタを起こしている、すなわち、音響でいうところのハウリングに類似した現象だった。マイクとスピーカを近づけるとぴぃぃぃぃっというもの凄い音がする、あれだ。出力がそのまま入力になって堂々巡りを繰り返した結果である。佳那のこのときの状態も、叫びたい気持ちをそのまま呑《の》み込む、すると抑えたいものが大きくなり、放出したい圧力はさらに増す、叫びたい、黙りたい、という相反する意志の間で右往左往、それに応じて増幅する振動にほかならなかった。耳が痒《かゆ》くなってきそうだ。

そこへ、水谷が現れた。テーブルからこちらへやってきたのだ。おそらくトイレだろう。途中で、相澤と鉢合わせになる。

「あ、先生、どうも」水谷は頭を下げる。

「あれ？」相澤は驚いた顔だ。「どうしたの？　その顔」

「いえ、なんでもないです」

「大丈夫か？」

「大丈夫っす」

水谷はにやにや笑いながら、何度も頭を下げたのち、トイレの方へ近づいてきた。相澤たち二人は、店の奥の方へ店員に案内されていく。壁があるので、途中で姿が見えなくなった。

「あ、今、相澤先生に会いましたよ」水谷が、佳那を見つけて報告する。

「う、うん、見てた」佳那はもう呼吸が苦しい状態だった。「あの、女の人、何だろう？」

「は？」水谷は不思議そうに顔を傾ける。

「いえ、べつに、とやかく言うつもりはないけれど、でも、大学のこんな近くなのに……。水谷君に会って、びっくりしていたでしょう？　君の怪我のことで、話を逸らしていたじゃない」

水谷はまだ首を傾げている。

「べつにさ、独身なんだから、勝手だけどね」佳那は、自分で口にした言葉に、不思議に一番腹が立った。

こんなに堂々とされるなんて、とにかく酷い。

　そう、私との間になにかあったわけじゃないし、人生の約束をした覚えもないのだけれど、しかし、こんな仕打ちはあまりにも酷い。最低だ。そもそも、相澤という人格は、絶対にこんな真似はしないはずだ。そういうキャラクタなのだから。そうでなければならない。なのになのに、こんな裏切りを……。

「あのぉ、どうしたんです?」目の前に、水谷の顔があった。

「いえ……」佳那は、ぶるっと震える。

　彼女はよろめいた。気が遠くなったのだ。

　目の前が一瞬真っ白。

　気がつくと、水谷に支えられている。

「あ、あの、あの、大丈夫ですか?」水谷の顔が近い。

　駄目だ。気分が悪い。

　そこへ、誰かやってきた。

　武蔵坊と諸星だ。二人で手をつないでいる。

　来るな、近くへ!

「あぁら」諸星が片手をパーにして口を隠す仕草。

「おやおや、これは失礼」武蔵坊が言う。

　失礼なのはお前たちだろうが! と叫びたかったが、声が出ない。武蔵坊と諸星は黙って行き過ぎトイレへ入っていく。佳那は力を振り絞って振り返った。そして、見てしまった。諸星は女子トイレに入っていくではないか。悲鳴を上げたくなったが、しかし、やはり声が出ない。もはや、呼吸もできない。息が吸えない。

「しっかりして下さいよ」佳那を支えながら、水谷が真剣な顔で言った。「とにかく、席へ戻りましょう」

二人はテーブルまで戻った。彼女はなんとか自分の足で歩いた。だが、もうほとんど感覚がない。泥酔状態と等しい。シートにどっかりと腰を下ろし、テーブルに両腕を置き、頭をのせる。

真っ暗だ。

世の中なんて真っ暗。

目を瞑っているのだから、当たり前。

息も苦しい。

スイッチを切りたい。

「大丈夫ですか？　どこか具合が悪いんですか？」耳もとで水谷の声がする。

佳那は頭を持ち上げた。すぐ隣にいる。そんなに近づいて話さなくても聞こえる。息を耳に吹き込まれたような気がして、ますます気分が悪くなった。

「あのぉ……」水谷は心配そうな表情だ。しかし、今にも頭の後ろの糸を引っ張って目の色を変えそうな気配。「相澤先生って、独身じゃありませんよ」

「そんなこと……」という言葉を吐き捨てたところで、言葉が遅れて頭の中で解析される。

「え？　何だって？」

「何がです？」

「独身じゃないって？」

佳那は思いを巡らす。母親と二人暮らしとか。それとも、父親も一緒で三人暮らし？　あるいは祖母も一緒で四人暮らし？　否、それは普通は独身というのではないのか。

「あ、ええ……、そうですよ」

「独身じゃないって、どういうことだ？」

「ですから、さっきの人が、奥さんですよ」水谷は少し口を尖らせる。

「奥さん？」

言葉を繰り返してから、その言葉が意味するところを解析する。奥さん？　変わった名前だな……。奥さん、奥さん、それって、えっと、もしかして、妻のことではないのか。妻というのは、つまり男が夫なら、女が妻になる、あれ……、えっと、一般には、結婚している男女のことだな。ああ、そうか、なんだぁ。だったら、独身じゃない。独り身でもない。明らかに……。

「え？」口から漏れ出る疑問詞。「それ、本当？」

「ええ」水谷は頷く。真面目な顔だ。「冗談や嘘でこんなこと言いませんよ。知らなかったんですか？　たしか、以前に、なにかのパーティに来られていましたよ。あ、ほら、僕たちが受付をやらされた、あの学会賞のときの」

「ああ、うん、でも、私は初めて。えっと……、あれって、もう、一年くらいまえだよね」

一年もまえから結婚していたのか。

おかしい。

そんな素振り、微塵《みじん》もなかったではないか。

「あぁ」と溜息と一緒に漏れ出る感嘆詞。「そうなんだ」

しかし、じわじわとまた、ショックが躰に浸透、そして拡散。頭では理解していても、生理的にこの衝撃は大きい。鈍いがずっしりと重いって感じ。鉄球を膝《ひざ》の上にゆっくりとのせられたみたいな拷問に近い。

一瞬、また気が遠くなった。

「ああ、もう……」溜息が漏れる。

もう、言葉なんかない。息しか漏れない。意識してしっかりと息を吸わないと、吐いてばかりで苦しくなる。呼吸が赤字。

再びテーブルに俯《うつぶ》した。もう、自分はツタンカーメンになった気分。私はミイラ。躰中が痺《しび》れている。じんじんと。そして、頭はがんがん鳴っている。それらすべてが、心臓の鼓動に周期を合わせ。じんじん、がんがん、どきどき、とシンフォニィ。繰り返す脈動。振幅を増す揺動。生きているという奇跡的なバランスが、既に崩壊しそうだった。このま ま、自分の細胞が全部飛び散るか、この場に溶け出して、人間として成り立たなくなるのではないかパラサイト・イヴ。

駄目だ、もう終わりだ。

こんなショックが一度に来るなんて。

呼吸なんか止まれば良い。

もう息なんて吸ってやるものか。

鼓動なんか止まれば良い。

じっとこのまま動かずにいよう。

死にたい、という言葉を思いつく。

そうだ、死のう。

どうやって死のうか……。

えっと、やっぱり、一番痛くなくて、しかも綺麗で、可能なかぎり簡単で、効率が良くて、確実性が高くて、コストがかからないのは、電気ショックだろうか。死刑だって今は電気なのでは。電気椅子を自分で作ろう。ハンズで材料を買ってこないといけない。安ものの椅子を改造して作れるだろう。しかし、家庭用の百ボルトでは、少し心許《こころもと》ないな。ブレーカが飛んでお終《しま》い、というお粗末な結果になりかねない。生きていたりして、躰に後遺症が残るかもしれない。うーん、では、ここはやはり、入水《じゅすい》自殺か。お風呂でできるだろうか？　だがこの場合、死体はやっぱり裸だよなあ。警察とか救急車とか来るまえに誰かが発見するわけで、ちょっと恥ずかしいのではないか。駄目だ。ダイエットしてからにしよう。今度の論文の締切が済んだら、食事と運動でダイエットする予定なのだ。

声が聞こえた。武蔵坊が戻ってきたようだ。彼が座ったとき、テーブルが揺れたのでわかった。

「あれ、窪居さん、どうしちゃったんです？　お疲れですか？」

「さあ、何でしょう。人それぞれに苦労がありますからね」水谷が知った顔で答えている。

今度は、諸星が戻ってきた。

「あらま、彼女、どうしちゃった？」

「まあまあ、寝かせておいてあげましょう」武蔵坊が言った。「お疲れさまです」

「だけどさ、窪居さんって、変わっているわよねぇ」小声で諸星が言う。「ちょっと珍しい人材だと思わない？」

なんだとう！

お前に言われたくないぞ！

と叫びたいところだったが、その元気が出ない。

しかたなく、寝た振りを続ける窪居佳那二十四歳。

56

しかし、本当に眠ってしまった。お酒も飲んでないのに、ショックのため、心底疲れ果てたのだろう。

気がつくと、見慣れた天井の風景。蛍光灯。顔のすぐ近くに枕。

「わ！」佳那は飛び起きた。

自分の部屋のベッドだった。周囲を見回す。部屋は明るい。しんと静まり返っている。耳を澄ませたが、誰もいない。

「え、なんでぇ……」呻《うめ》き声に近い独り言。さっそく立ち上がり、玄関へ行って、ドアをチェック。鍵がかかっている。バスルームも怖々覗いてみた。誰もいない。

もう一度、ベッドに戻って腰掛ける。目の前のテーブルの上に、頭でっかちの人形が置いてあった。

「水谷だ」彼女は呟いた。

いつも水谷が持ち歩いている人形だった。足を投げ出して座っている。服装は黄色のジャージの上下。ジョギングをしたあと、ストレッチをしているような格好だ。メガネもかけているし、髪型も佳那とほぼ同じ。黄色のジャージは自分は持っていないので、その点だけは少しほっとする。今着ているものと同じだったら、悲鳴を上げていたかもしれない。

　自分の服装を見た。もちろん変わっていない。ファミレスから、ここまでどうやって帰ってきたのだろう。最近多いこの記憶のクレバスというかギャップというか氷河というかナイアガラというかグランドキャニオンというか、とにかく断絶しすぎ飛びすぎバンジージャンプ。ばらばらではないかジグソーパズル。まっとうに生きているとはとてもいいがたい。こんなことで、人間として大丈夫なのか。もしかして、重度の病気ではないだろうか。脳のどこかが壊れていて、どんどん知能が失われ、近い将来、植物状態になってしまうのでは。そんな心配をする。けれど、頭を振ってみたが、今は頭痛もない。快調だ。あのファミレスにいたときよりずっと爽《さわ》やか。原因は明らかだ。あの気持ち悪い水谷とあの趣味の悪い武蔵坊とあの不潔で最低で首を絞めてやりたい諸星が近くにいないからだ。まちがいない。

　ああ、自分の部屋がこんなに落ち着くとは思わなかった。すぐにシャンプーがしたい、と溜息をつく。

　バッグが振動。電話だ。

　テーブルの横の床にそれはあった。電話を取り出して耳に当てる。

「もしもし、水谷ですけど」奴の声だった。

「ああ、はいはい」呼吸を整えて返答。

「起きてました？」

「うん、ちょうど起きたとこ。ねえねえ、誰が、私をここまで運んだの？　ドアの鍵、かかってたけど、どうやったの？」

「そうなんです。電話をかけたのは、それを説明しようと思ったからです」

「してして」

「窪居さん、ぐっすり眠っていらっしゃったので、タクシーを呼びました。僕と武蔵坊さんの二人で、窪居さんをそこまでお送りしたのです」

「タクシー？　え、お金は君が払ったの？」

「僕以外に誰が払うでしょうか」

「まあ……、そうだけど、もしかして、私の財布から抜き取ったのかと」

「それも考えましたが、あとで何を言われるかわかりませんので」

「うん、そうそう。良い判断じゃない」

「一方、諸星さんは、窪居さんの自転車に乗って、そちらまで行ったのです」

「で、鍵は？」

「簡単です。窪居さんが自転車の鍵と一緒に持っていらっしゃったので、それを使って、ドアを閉めました」

「外から？」

「内側から閉めたら、僕は今、そちらの室内にいることになるじゃありませんか」

「えっと、じゃあ、鍵を今も持ってるの？」

「はい。ですから、それで電話をしたしだいです」

「あ、そう……。うん、わかった。どうもありがとう」

「どういたしまして」

「ちょっと待ってね。財布には手をつけなかったのに、鍵は使ったのね。バッグを開けたわけね？」

「まあ、それは……」

「女性のバッグを勝手に開けるっていうのはさ……」

「もちろん躊躇《ちゅうちょ》はしましたけれど、しかし、緊急時です。女性を一人部屋に残し、ドアに鍵もかけない、という状況にも、いささかの抵抗を禁じえなかったものですから」

「うーん」なるほど、水谷の言うとおりだ。「そうか」

「そうです」

「うーん、とりあえず、お礼を言っておかなきゃ。ありがとう」

「どういたしまして。気分はどうですか？　大丈夫ですか？」

「うん、だいぶ良くなった」

「食べものがいけなかったのか、と最初は思いました。でも、いつものピザですよね」

「そうじゃない。もっと精神的なもの」

「え？　精神的なもの？　というと、メンタルですか」

「それ、英訳しただけ」

「あ、わかった。相澤先生のことですね？」

「気にしないで……。違うったら。そのまえから、気分が悪かったでしょう？」佳那は誤魔化す。

「あのぉ、もう忘れているかもしれませんが、どうやって、僕が剣道場から大学へ、窪居さんよりも早く戻ることができたのか、という点について、議論をしたかったのですけど」

「あ、そうそう、そうだよ。思い出した。今、言いなさい」

「できれば、直接お話ししたいと思います」

「電話で直接言いなさいよ」

「やっぱり、窪居さんの顔を見て、お話がしたいと思います」

「うーん、じゃあ、しょうがない。明日」

「今から、鍵を返しにいくついでに、人形を取りにいくついでに、そのお話をしにいく、ている。

というのは、駄目ですか？」

「今からって、今、何時？」佳那は壁の時計を見た。しかし、メガネをかけていなかったので、時計は見えたが針は見えない。携帯電話の画面で確かめられるが、それは耳に当てている。

「ただ今、午前三時半です」

「え？　真夜中じゃん。丑三《うしみ》つ時《どき》じゃないの」

「いえ、それは正確ではありません」

「こんな時間に、君、よく起きてたね」

「いろいろと事情がありまして」

「何なの？　事情って？」

「それも、お会いして、話がしたいと思います。実はそれがメインであって、鍵と人形と道場からの早帰りの説明は、すべて単なるついでなのです」

「ついでが多いな」

「すいません。ついでが多い方が可能性が増すかと思いまして」

「可能性？」

「はい」

「うーん、でもさ、普通、こんな時間に女の子の部屋に来ないぞ」

「普通ではないのです」

「は？」

「それに、女の子という表現も、いささか抵抗を禁じえないような、気もしないでもありません」

「何？」佳那の声が大きくなる。

「い、いえ、あの、客観的なことを申し上げているだけでして、その、特に他意はありません」

「あぁ」佳那は溜息をついた。「気分が悪くなってきたよ、また」

「お願いします。お願いします。本当に、一生のお願いです」

急に水谷は涙声になった。電話の音声が歪《ひず》んで、雑音が煩《うるさ》い。

「わかったわかった。わかったから」

「はい。じゃあ、今から行きますので、起きてて下さいよ。お願いしますよ」

「静かに来てね。ドアとかどんどんノックしないこと。周りはみんな寝ているんだから」

「了解です。忍び足で参ります」

電話を切ったあと、少しどきどきした。忍び、という部分に反応した気がする。

部屋を見回し、変なものが出ていないか確認。しかし、変なものとは何だ？　下着とか？　だが、既に水谷はここへ一度入っているのだ。テーブルの上でストレッチをしている人形が、いつの間にか横倒しになって、片足を上げた器用なポーズだった。

57

部屋を軽く片づけたものの、どうも水谷を招き入れて、しかも狭い空間で二人だけになることに、すこぶる抵抗を感じた。この場合、「スコブル抵抗を観測した」という意味ではない。そんな物理現象がありそうな気がするが、そうではないぞ、などと余計なことを考える佳那である。

考えたあげく、水谷の人形を持って、外で待つことにした。アパートの前だ。少し寒かったので、一度引き返して、上着を着てきた。ついでにマフラも。もう、そんな季節か、と思う。

さて、外は真っ暗。朝が近いといっても、まだ日の出まで数時間ある。冷たい空気がプリンみたいに動かない。街灯も白っぽく、どことなく艶《つや》やかな感じ。

腕を交互に突き出し、空手モドキの体操をして躰を温めた。体調は良い。昨夜の悪夢はとにかく今は考えないことにしよう。そうだ、あとでシャンプーをダブルでしよう。とりあえず、水谷さえやり過ごせば良い。当面の課題はあいつだ。そして、数々の雑念をリセットしよう。清く新しい窪居佳那になろう。そうそう、学問に生きねば。ドクタを取らねば。

研究、研究、と交互に腕を出す。

片手では人形が髪を振り乱していた。

しかし、遅いぞ。

何をしているのか。今からすぐ行くようなことを言ったくせに。水谷の下宿からならば、自転車で十分くらいだろう。

「あ、そうか……」自転車がないのか。

昨夜のレストランに置いてきたままなのだ。振り返ると、アパートの階段の下に、自分の自転車はちゃんと置かれていた。これは、諸星が持ってきてくれたらしい。ほんの僅《わず》かだけれど、諸星勝徳の印象が回復した。

しかし、それにしても遅い。歩いたって、もう来る頃だ。何だろう？　もしかして、シャワーを浴びて、頭を洗って、おめかしをしているのだろうか……。背筋がぞっとしたけれど、少し笑えてきた。まあ、なんでもいいや。

道の遠くに人影。

ついに来たか。

佳那は電信柱の陰に、なんとなく身を引いた。しかし、どうやら違うようだ。一人ではない、二人。話し声が聞こえる。女か？

近づいてきた。

街灯の明かりの中に入る。

「あれ？」佳那は気づく。

向こうもこちらを見た。

「やっだぁ。もしか、佳那ちゃん？」声をかけてきたのは藤木美保だった。「あらまあ、何をしてるの、こんな時間に」

美保の口調が少し変だった。その理由は明らかで、もう一人いる。今まで、美保と肩を寄せ合って歩いてきた男。暗かったので、初めはわからなかった。しかし、誰あろう、それは鷹野史哉ではないか。

「あ、どうも」と首を竦《すく》めるような形で頭を下げる鷹野。

「そっちこそ、何？　こんな時間に」佳那はきき返す。

手に持っていた人形を咄嗟《とっさ》に背中へ隠していた。自分はここで水谷が来るのを待っている、なんて口が裂けても言えない。水谷、お願いだから今は来るなよ、と背中で人形を握り締める。

「うふふ」美保が口もとを緩める。そのまま口が裂けてしまうのではないかというくらい。もう嬉しさのバター状態、嬉しさ石鹸みたいな顔だった。「あれからね、ずっと一緒なのよ、私たちったら」

「あれから？」

「だからぁ、剣道場」美保はでれでれとした顔で答える。なにかを思い出したらしく、また満面に笑みを浮かべる。「もう、ええ……、うふふ」

「えっと……」状況がよくわからない。しかし、どうやら、この二人が良い仲だ、ということは一瞬で理解できた。一目瞭然だ。しかし、美保は、昨日までは水谷狙いだったではないか。

「とにかく、ありがとうね」美保が佳那に近づいて、耳もとで囁いた。「これも、すべて、佳那ちゃんのお・か・げ」

佳那ちゃんという呼称に抵抗があったものの、それどころではない。いったい、何だ？どうした？

「あ、もう行くけれど、また、今度ね」美保が微笑みながら片手を広げる。「詳しく、じっくりと……」

「ああ、はい」佳那はとりあえず頷いた。

今にも水谷が来そうな気がしたので、気が気ではない。知りたいのは山々だけれど、話を長引かせたくない。

再び躰を粘土みたいに寄せ合い、美保と鷹野が去っていった。ペンギンの真似をしていたのかもしれない。しばらく、呆然《ぼうぜん》とそちらを見ていた佳那であるが、ここでようやく、ことの次第に気がついた。

「あ、そうか！」思わず小声で叫ぶ。

ああ、ああ、ああ、なるほど！

ちくしょう！

そうか。

水谷の奴、やりやがったな！

この私を塡《は》めるとは……、良い度胸じゃないか。

剣道場へ来たときから、既に計画的だったのだ。あのとき、防具を着けて、藤木美保と道場で戦った黒い剣士は、水谷ではなくて、鷹野史哉だったのだ。

おそらく、水谷が、段取りをしたのだろう。こちらが、身代わりを立てたのと同様に、向こうも身代わり作戦で来たということか……。うーん、ツバメ返し、ん？　ネズミ返し？　違うな……、とにかく、敵ながらあっぱれ！

そうかそうか！

だからこそ、あんなに早く奴は研究室に戻れたのだ。道場で、美保に抱きついていたのは、鷹野だったのだ。

くそう！　二人は間違いでできてしまったカップルではないか。なのに、あんなに幸せそうに……。うふふ、なんて溶けた顔をしやがって。

うーん、ますます腹が立つ。

だって、もしかして、向こうはこちらの入れ替わりを知らなかったかもしれない。そう、特に鷹野は知らなかった可能性が高いぞ。つまり、彼は、そうだ、この私を目当てにして、道場へ来たのではないか……、ああ、そうに決まっている！

なんかもの凄い損をした気分。

鷹野の気持ちを利用した水谷の戦略か。あいつ、ぼうっとしているようで、多少は頭は切れるからな。策士・水谷は、自分と美保が入れ替わることを見抜いていたのだ。だからこそ、同じ手で反撃してきた。それに鷹野を使ったということ。こうなる結果もあるいは予想していたのかもしれない。そうやって、ライバルをほかへ逸らせる作戦。なかなかどうして、敵ながらあっぱれとしかいいようがない……。

否、認めるものか、絶対に……。

むらむらと躰に熱いものが滾《たぎ》ってきた。心臓の鼓動もどきどきと激化。空気圧を限界まで高めたビーチボールのように、躰が弾みそうだった。

ちぇっと舌が鳴る。

「見てろよぉ」

徹底的に懲らしめてやるから！

もうすぐ、ここへ奴はやってくる。こちらが、すべてを見抜いたとは、まだ気づいていていないはず。そのアドバンテージは自分にある。

「よぉし！」佳那は拳《こぶし》を握り締めた。「もぉう！　どうしてくれよう」

58

対水谷作戦として、初めは部屋の外で撃退することを考えていたが、それは単に「追い払う」というだけの目的であった。今は事情がまったく異なる。追い払うだけでは気が済まない。徹底的に思い知らせてやる必要がある。

「こてんぱんに打ちのめす！　思い知るがいい」

鼻から勢い良く息を吐く窪居佳那である。

集中砲火というか、一斉射撃というか、持てる戦力を総動員して攻撃してやる。

どうしてくれよう。

しかし、冷静にならなければ……。頭に血が上っているというか、このままでは活火山になってしまうぞ。

落ち着け落ち着け。

そうだ、時間帯が悪い。夜明けまえではないか。島崎藤村《しまざきとうそん》だ。関係ないぞ。外で大騒ぎするわけにはいかない。大声を出しただけで周辺住民の見物対象と化してしまうだろう。

下手をすると、警察に通報されかねない。そこまで考えて、佳那は自分が何をしようとしているのか疑問を抱いた。首を傾げ目を空へ向ける。綺麗な星空だった。

うーん、具体的なイメージとしては、両手を使って連打。毎秒三発程度のパンチを繰り出している映像が思い浮かぶ。左右から往復平手打ちでも可だ。あるいは、首を摑んで前後に揺さぶって締め上げるか。そのあと、股間《こかん》を蹴ってやろうか……。

だがしかし、そういうことを音もなく静かに実行するわけにはいかない。やる方が声を出さなくても、やられる方が呻《うめ》き声を上げるだろう。

困ったな……。いや、実は全然困っていないが、できるだけ効果的かつ効率的にそれらの攻撃を続けたい。そうだ長時間にわたって持続させるためには、静かに音を立てずに行う必要がある。「参りました」と奴が涙を流して許しを乞《こ》うまで続けなければ意味がないのだ。

「思い知ったか、愚か者が！」と睨みつける。「この佳那様に逆らうなど、百年早いわ！」と高笑いするのが、ラストシーンだ。その後の展開については深く考えていないものの、まあ、そうだな……、泣いて土下座をしたら許してやっても良い。一生家来にしてやろうか。こき使ってやるのだ。執事として窪居家に奉公することが彼の運命かもしれない。なるほど、案外それは面白いかもしれないぞ。水谷だって、それを望んでいるかもしれないではないか、否、望んでいたら気持ち悪いな、などと考える。

荒い息をしていた。興奮しているようだ。

かくなるうえは、やはり室内へおびき寄せ、誘い込んで、声を出されないようにしてから、痛めつけてやろう。そうだ、縛り上げてやろう。さて問題は、どうやって騙すかだ。

とりあえず部屋に戻って、軽く片づけながら紐《ひも》を探した。縛るためである。ロープみたいに都合の良いものはない。ビニルの荷造り紐しかなかった。これで縛られたら、ちょっと痛くないだろうか。心配になったけれど、すぐに首をふる。そんな同情は無用。キッチンの引出からそれを取り出す。まだあまり使っていないロールだった。あとは、ガムテープがあった方が良いか、と思いつく。そうだ、口を塞《ふさ》ごう。これはグッドアイデア。

どきどきしてきた。

なんか、若干危ない感じになっていないか、という一抹の不安が頭を過《よぎ》ったものの、そんな見映え、世間体を気にしている場合ではない。見映え？　見映えって何の見映えだ？　とか、そういう余計なことをまた考える。

どきどき。

部屋の中を歩きながら、ときどき呼吸を整え、気持ちを落ち着かせる。シロクマみたいにそわそわしているような気がした。水を渡っている忍者くらい浮き足立っている気がする。えっと、とにかく、気づかれないようにしなくては。そうそう、最初は油断させて、一気にここぞというところで攻撃に転じるのだ。ここぞって、変な言葉だな。いいのだ、そんなことは。その後は攻めて攻めて攻めまくろう。まくる？

ああ、なんか、凄い楽しみ。

近年稀《まれ》に見る期待感。

こんな、素晴らしいどきどき、上質のどきどきは、長く味わっていないように思う。滅多にないことだ。

目を瞑って、また深呼吸。

喉が渇いていることに気がついて、冷蔵庫へ行ってドアを開けたとき、チャイムが一度鳴った。

え？　来た？

チャイムが大音響に聞こえるほど、佳那はびっくり躰を震わせた。

来た！

来たぞ。

いよいよだ。

いよいよいよ、いよいよいよいよ、と口で繰り返しながら玄関まで直行。わざとゆっくりと歩くのが辛《つら》かった。

ドアを開ける。

そこにいつもの水谷の顔があった。

59

「どうも」彼は顔を前に出して、挨拶する。さすがに緊張している様子。神妙な顔つきである。いつもの薄ら笑いではなかった。

「うん」佳那は無表情を装って頷く。「何なの、話って」

「まずは、鍵を」彼は手を差し出した。

鍵を受け取る。

温かい。彼がずっと握っていたからだ。こやつ、木下藤吉郎《きのしたとうきちろう》か、と思ったが口にせず。

水谷はもう一方の手に紙袋をぶら下げている。大きな箱が入っていて、袋は膨らんでいた。

「何を持ってきたの？」

「これ、あの、これ……」

「また、変なものなんでしょ。人形の家とか？」

「いいえ、コーヒーメーカです」

「コーヒーメーカ？」

「そうです。これで、美味《おい》しいコーヒーを淹《い》れて、一緒に飲もうと思ったのです」

「一緒にって？　何と一緒に飲むの？」

「いえ、それは誤解です。僕と窪居さんが一緒に、という意味で言いました」

「ふうん」鼻で息を吐く。良い度胸だ、褒《ほ》めてやろうぞ。「ま、人それぞれ、考えるのは自由だからね」

「こんなところで立ち話もなんですから、上がらせてもらって良いですか？」

「え？」佳那はわざと驚いた振りをする。

「あの、どうかお願いします」

「何の話なの？」

「大事な話なのです」

「困ったなあ……」

「ええ、僕も困っているのです」

「何、それ」

「とにかく、コーヒーを淹れましょう。豆も挽《ひ》いてきましたし、フィルタも買ってきました。あとは、カップが二つあれば大丈夫です」

「二つ？」

「二つですよ、二人ですから。べつに一つでもいいですけど」

「あ、じゃあさ。悪いことしないって約束してくれる？」

「え？」水谷は目を見開き、メガネに片手を持っていく。「悪いこと？　といいますと、どんなことですか？」

「そうだね、いろいろあるけれど、基本的に、動かないでほしいな」

「動かない、といいますと？」

「じっとしているってこと」

「完全には理解できませんが、できるだけじっとしています。でも、コーヒーは淹れますよ」

「それは私がするから」佳那は少し後ろに下がって、水谷を玄関の中に入れた。ドアが閉まる。

「どこでじっとしていれば良いですか？　玄関っていうのはなしですよ」

「なんで？」

「ここでは話ができません」

「ちょっと待って」佳那はそう言うと、部屋の奥へ戻り、出しておいたビニル紐とハサミを持ってきた。「手を縛るから、後ろを向いてくれる」

「え？」またも水谷は目を見開く。メガネに片手をやった。「縛る？　縛る……、といいますと？」

「だから、悪いことをしないようにってこと」

「しませんよ」

「そんなの信用できないもん。じっとしているんでしょう？　だったら、いいじゃない」

「いいですけど……」目をしょぼつかせる水谷である。「でも、コーヒーも飲めないじゃないですか、手が使えなかったら」

「私が飲ませてあげる」

「え！　本当ですか？」急に顔が明るくなる。「まさか、口移しってことは……」

「馬鹿か、お前は」

「じょ、冗談ですよぉ。いやだなあ、人が悪いなあ、窪居さんは」

「いいから、後ろ向きなさいよ」

「え、でも……」

「あ、じゃあ、また明日、出直してもらおうかな」

「わかりましたわかりました」水谷は後ろを向いた。「そのかわり、悪いことしないで下さいよ」

「え？」

「抵抗できませんからね」

「悪いことって、たとえば何？」

「殴るとか蹴るとか」

「ふうん」

「なんですか、ふうんって。なしですよ、暴力は」

「してほしいの？」

「しないで下さいって言ってるんです」

「そんなこと言える立場か？」

「えっとぉ……、もしかして、言えない立場でしたっけ？」

「まあいいわ。とにかく手を縛ろう。すべてはそこからだ」

「優しくして下さいよ」

「意味のわかんないこと言うな」

佳那は吹き出しながら前進。傍《はた》から観察したら、非常に楽しい会話を交わしているように見えるかもしれない。じゃれ合っている、という状況に近いかもしれない。もしかしたら、そうかもしれないな、という一抹の不安はあった。今夜は一抹の不安のオンパレードであるから、そのうち一抹模様の不安になりそうである。

ついに水谷の両手を背中で縛り上げた。手首のところをぐるぐる巻きにして、次に縦にぐるぐる回して、完全に固定。絶対に外れないだろう。プリンセス・テンコーだって無理だと思う。

彼を部屋の中へ招き入れ、ソファに座らせる。

行儀良く水谷は座った。彼が持ってきた紙袋はまだ玄関にある。テーブルの上には、黄色いジャージを着た頭でっかちの人形が倒れている。

佳那はテーブルの反対側、床に置いたクッションに座った。黙って水谷を睨みつける。

どきどきどき。鼓動が速い。

こいつを押し倒して、馬乗りになって、両手でばしんばしん。思わず顔がにやけてしまうが、表情を変えないよう、パックしたときみたいに我慢する。

水谷も黙っていた。しんと静まりかえった室内。時間が時間だから静かだ。

「何なの？」佳那は囁くように尋ねた。

「なんか、明るくて、恥ずかしいですね」水谷が目を細めた。

「明るい？」思わず天井の蛍光灯を見る。当たり前だろう、部屋の中なんだから。それに、お前が恥ずかしいのは今に始まったことではないぞ、という台詞《せりふ》が思い浮かんだが口にせず。

「早く言いなさい」彼女は溜息をついた。「何、もったいぶってるわけ？」

「実は、投稿していた論文が採用になったのです」水谷は話を始める。「昨日、学会の本部からメールが届きました」

「へぇ……、いきなり採用？　凄いじゃん。ホント？　そりゃ、良かったねぇ」

「ええ」水谷は頷く。

佳那は両手を合わせて拍手をするジェスチャ。彼女としては、これは本心だった。この方面では、水谷の才能を認めている。

「で、それが言いたかったこと?」

「違いますよ。今のは、その……、前座です」

「便座?」

「いえ、前座です」

「じらさないでほしいな。こんな時間なんだよ」

「眠くないですか?」

「うん。全然」目はぱっちりである。心臓はどきどきである。身体活動はマックス。いつでも来い。なんでも来いの状態だ。

「では、今から、話します」水谷は姿勢を正した。真面目な顔だ。「しかし、そのまえにコーヒーを淹れていただけませんか」

「なんで?」

「話し終わったとき、せめてコーヒーを飲みたいと」

「どうして?」

「違いのわかる男でいたいのです」

「あぁ、なんか寒くなってきた」佳那は身震いした。「しょうがないなあ。じゃあ、淹れてやるから、待ってて」

「これ、解いてくれたら、僕がやりますよ」水谷が腰を浮かす。

「大丈夫」

「紙袋の中に、ワン・セット入っていますから」

佳那は玄関へ紙袋を取りにいき、キッチンまで運んだ。まずコーヒーメーカの箱。新しいものではない。水谷が自分の使っているものを持ってきたようだ。それから、コーヒーの豆を挽いた粉。紙フィルタもある。いずれも、新しいものを買ってきたのではなく、手近にある使いかけのものだった。こういう場合、せめてコンビニにでも寄って、新しいものを買ってくるのが普通の神経ではないか、と佳那は考える。彼女は自分のコーヒーメーカを使おうか、と迷った。

「僕のを使って下さい」ソファの水谷が言う。「最適の味になるように調整されているのです。絶対に後悔はさせません。違いがわかりますよ」

お前こそ後悔させてやる、佳那は思った。

60

水谷のコーヒーメーカをセットし、スイッチを入れてから、佳那は再びクッションの位置に戻った。

「はいよ」彼女は促す。時計を見た。まだ窓の外は暗い。「もういい加減に話したら?」

「はい」水谷は真面目な顔で頷く。

沈黙。

さらに沈黙。

三十秒くらい。

佳那も待った。キッチンでコーヒーメーカが音を立てている。

「実は……」水谷が言った。

また沈黙。

彼女は水谷を見据える。

彼も、佳那をじっと見返している。

何度か瞬いた。

口を動かし、言葉を探している様子。じれったい奴だ。ぐじぐじぐじぐじ。

「何なのぉ? いい加減にしてほしいな、もう」

「はい」水谷は頷く。「実はですね……。その、花も買ってこようと思ったのですが、花は、さすがに、この時間には買えませんでした。とても残念です」

「何が言いたいの?」

「あの、その、窪居さん」水谷は身を乗り出した。

「何?」

「なんか、えっと、頭ががんがんしませんか?」

「がんがん?」

「いえ、あ、その、はは、余計なことを言ってしまいました。がんがんしているのは、僕だけのようです」

「あそう……」こっちは、どきどきしてるよ、と思う。

「えっとですね、その、なんというか、もう率直に申し上げますが、あの、僕はですね、その、窪居さんのことが好きです」

水谷の顔が一気に赤くなった。

「へえ……」佳那は頷く。「で?」

「それを、是非、直接言いたかったのです」

「あそう……」

「あの、お願いします」水谷は勢い良く頭を下げた。もう少しでおでこがテーブルにぶつかるかと思った。彼は頭を上げる。真っ赤な顔で表情を固めている。「僕と、つき合って下さい」

「はぁ?」思わず口を開いてしまった佳那である。

水谷が言った言葉を、何度か頭の中で捏《こ》ねた。蕎麦《そば》になるほど捏ねた。

「今さ、これ、つき合ってない？　こんな時間に、なんか馬鹿みたいなこと聞かされてるんだよ。なんで、こんなことにつき合わなきゃならんのかって、思わない？　思うよね？　むちゃくちゃ変じゃん」話しながら、鼻から息が漏れる。

あ、自分は笑ってしまうぞ、と彼女は思った。

しかし、喉が痙攣《けいれん》して震える。

今度は、泣きたくなった。

泣き笑いか。

鼓動は収まるが、息が荒くなる。

無性に腹が立ってきた。

なんだって、こんな奴に……、

こんな男に、つき合わなきゃならんのだ？

何を言いだすかと思ったら……。

馬鹿じゃないのか？

誰だと思っているんだ？

自分を何だと思っているんだ？

お前は水谷だ。私は窪居佳那。

ちゃんと認識しているか？
お前は、メガネで人形オタクの水谷だぞ。
どうして、そんなお前が、今現在、この窪居様の部屋にいるのだ？
それが、もう天文学的におかしいじゃないか。
どうして、ここにいられるのだ？
そこんところが、わかっているのか？
可哀相な奴。
本当に、涙が出るくらい可哀相だ。
なんともまあ、ここまで馬鹿とは……。
しかし、
本当に涙が出る。
同情しているのか？
可哀相な奴だ。
頭は良いのに。研究はできるのに。
だったら……、それで良いではないか。
人形なんかで遊んでないで、研究一筋で突っ走れよ。
ようし！

やっぱり活《かつ》を入れてやろう。

そういった考えを佳那が巡らす間、水谷は硬直したまま黙っていた。数秒間が静かに過ぎる。息も止めているみたいだった。佳那の方も苦しくなってきたので、大きく呼吸をする。喉がまた痙攣するように震えた。笑いたいのか泣きたいのか、よくわからない。心臓の鼓動は少し収まったものの、もちろん平常心とはいえない。相変わらず非常事態は続いている。ただただ、思いもしない展開に一瞬怯《ひる》んだことは確かだった。ここで負けてなるものか。少しずつ、落ち着きを取り戻し、彼女の中で態勢が整ってきた。

佳那はゆっくり立ち上がった。

びっくりして、水谷は見上げる。

自分の脚が、少し震えているのがわかった。佳那は自覚する。これは緊張だろうか。何をこんなに緊張しているのか、自分は。

「あのね……」

「はい」水谷はびくっと震えて即答。

「まったく、もう」佳那はテーブルの上の煙草へ手を伸ばす。しかし、ライタが見当たらない。「ああ、いらいらする。ライタ、どこ?」

「ガスレンジでつけてはどうですか?」

「うるさい!」

「すみません」

「言いたいことって、それだけ？」

「え、何がですか？」

「何をしにここへ来たのかってこと」

「ですから、僕の気持ちを窪居さんに伝えるために」

「お前の気持ちなんか伝えてほしくないよ」

「はあ、でも……、僕としては、言うだけは言わないと」

「もう言った？」

「はい」

「言い残すことはない？」

「あ、ええまあ……」

「それじゃあ、私も言いたいことがあるから、聞いてもらえるかしら？」佳那は火のついていない煙草を箱の中に戻した。

「もちろんです」

「よくも……」そこで言葉が途切れる。呼吸系が痙攣しているためだ。もう一度、力を入れ直し、息を吸い込み、唾を飲み込んでから続ける。「よくも、騙してくれたわね」

「え？」

「剣道場で、鷹野君と入れ替わったでしょう？」

「あ……」

「あって、何？　ばれないと思ったわけ？」

「あいえ、えっと、ばれると思っていました」

「見損《みそこな》ってくれたものよね」

「それ、逆じゃないでしょうか」

「つべこべ言ってないで！」佳那はテーブルを回って前進。彼の前に立つ。「それが、先輩に対する態度か？」

「いえいえ、そんな、その……」困った顔で、腰を浮かせる水谷である。「でも、だって、佳那さんだって、入れ替わったじゃないですか？」

「おい！　何て言った？」

「え？」

「今、何て言った？」

「入れ替わったんじゃないですか？」

「その前」

「佳那さ……、あ！」

「くそう」佳那は、水谷の襟元を両手で摑みかかる。「もう許さんからな。二度と口がきけないようにしてやる！」

「ちょ、ちょっと、ま、待って下さい。穏便に……。駄目ですよ、大声出しちゃ、近所迷惑ですよ」

「お前の声の方が大きいんだよ。いいから、悲鳴上げるなよ」

「あの、わかりました。わかりました。すいません。助けて下さい」

「くう！」水谷を前後に揺する。「だから、うるさいってのぉ！　黙れっていうのぉ！」

「ごめんなさい。ごめんなさい！　許して下さい、どうか……」

水谷はソファに倒れ込む。

どすんという大きな音。

「静かにしろ！」

「そんな無茶なぁ。佳那さんが押したんですよ」

「こら！　もう、頭に来たからな」

「とっくに頭に来てるじゃないですか」

「どこまでも、減らず口を……」

ソファの上だ。水谷の躰の上に、佳那は跨《また》がっている。いわゆる馬乗りの姿勢。目の前に片目を瞑っている水谷の顔がある。今にも殴られるとわかっているようだ。両目を瞑らないのは、一応現状を把握しようという姿勢か。

佳那の両手は水谷の襟元を摑んでいる。

首を絞めようか、それとも頰をひっぱたくか。

「痛い目に遭わせてやるから、静かにしてろ。いいな？」

「そんな無理です。大声を出しますよ」

「ほう……、そんなことをするなら、今のうちに猿ぐつわをしようか？」

「僕が何をしたというんですか？　お願いです。教えて下さい。悪いことがあったら謝ります」

「悪いことをしたつもりがないって？」

「うーん」

「騙したじゃないか」

「でも、それは、窪居さんだって同じじゃないですか」

「どうして？」

「藤木さんと入れ替わったでしょう？」

「でも、そっちはそれを知ってて、仕掛けたんだろう？　鷹野君にはその事情は話したの？」

「いえ」水谷はぶるっと首をふった。「でも、彼ら、きっとうまくいきますよ」

「うまくいってた」

「え？」

「とにかく、そんなことはどうだっていい。私はね、お前の根性が気に入らないの。いいから、大人しく殴られなさい」

「うーん、それで、本当に窪居さんの気が済むなら」

「はぁ？」

「窪居さんが、それで良いと思うなら、我慢します」

「なんか勘違いしてないか、それ」

「優しくして下さいよ」

「馬鹿！」

　彼の頬をひっぱたいた。あまり力が籠《こ》もっていない。気持ちだけが先行し、実動部隊の右手は、素直にいうことをきかなかった。

　水谷が目を潤ませる。

「いいから、黙ってろ！」彼の襟元を押さえつけ、佳那は声を押し殺す。

　無言で水谷が頷いた。

　可哀相な奴だ、と思う。

　なんでこんな奴が可哀相なのだ、という疑問も。

　手を振り上げる。

水谷が目を瞑った。
殴るのはよそう。
可哀相だ。
無抵抗なのだから。
縛ったのは、少し可哀相だったか。
そのかわり、首を絞めてやろう。
佳那は、両手をそっと水谷の首に当てる。
水谷がぶるっと震えた。
呻《うめ》き声を上げる。
馬鹿だな、本気で絞めるわけがないのに。
絞めたら、死んでしまうのだ。
水谷は顔をしかめ、目を閉じている。
「こら、目を開けろ」佳那は顔を近づける。
水谷が、片目を開けた。
さらに顔を近づける。
「謝れ」
「ごめんなさい。すみません。でも、さっきから、謝ってるじゃないですか」

「いろいろなことに謝ってほしいわけよ」

「どういうことです？」

「まず、名前を呼んだこと。二回も」

「子供みたいな人ですね」

「何？」

「すいません。もうしません」

「そう言いながら、したじゃん」

「もう絶対にしません」

「あとね、理屈を捏ねるの、やめてくれる？」

「うーん、ちょっと対象が限定できませんけれど」

「だから、そういうとこだよ！」

「えっと、その、なんというのか……」

「人形を持ち歩くのもやめなさい」

「え、どうしてです？」

「格好悪いじゃないの」

「え？　誰がです？」

「お前に決まってるだろうが、馬鹿。もう一発殴られたい？」

「いえいえ、あの、僕が格好悪いことが、窪居さんに、どう関係するのでしょうか?」

「え?」

「べつに、影響はないと思うんですけれど」

「身近に、そういう変な奴がいるってのが、我慢ならないの」

「あ、では……、僕は、窪居さんの身近なんですね?」

「うーん、認めたくないけれど、それはそうでしょう。しかたがないじゃない。だからね、私につきまといたかったら、せめてもう少し私に気に入られるようにしたらどう?」

「しますしますします。なんでもしますから。具体的に、まずどうしたらいいですか?」

「そうね……」首を押さえていた手を放し、彼女は腕を組んだ。少し落ち着いてきた。面白くなってきた。これは、仄《ほの》かに楽しいかもしれない。「もう少しさあ、男らしくできない?」

「男らしい、といいますと?」

「だから、そのさ、といいますと、みたいな言い方やめてくれる? よおく自分を見てごらんなさいよ。これって、男らしい? あなたとつき合ってほしいって言えるような姿勢?」

「えっと、どういう姿勢が、その、窪居さんのお望みなんですか?」

「ん?」

「姿勢、姿勢……、姿勢って何かな？　ポーズ？」

「態度よ、態度」

「態度って、うーん、もっとワイルドな方が良いですか？」

「そうだよ。そうそう、今のあんた見てたら、ワイルドの欠片《かけら》もないもんな」

「次元大介だったら、少しはワイルドでしたか？」

「だめだめ、あんなんじゃない」佳那は首をふった。「全然違う。だめだめ」

「ちょっと、でも具体的にイメージできませんよ」

「だからさ……、なんていうか、もう少し強引さがあっても良いわけだ。くっと抱き締められたりしたら、けっこう女の子ってころんといくなんてことあるわけよ。あほら、藤木さん、彼女、見てなかった？」

「いいえ、最後までは見届けていません」

「あれは、凄かったよぉ」

「へえ……、観察しておくべきでした」

「そうだよぉ。やっぱ、あれは鷹野君、ポイントだったと思うなあ。男らしかった」

「では、強引に押し倒したんですか？」

「まあ、そうだね。言葉にすると、そうだよなあ」

「ワイルドですね」

「ワイルドだよ」佳那は頷いた。「一方の……、今の君はどうなのかな。私が押し倒してどうするの？」

「窪居さん、ワイルドですよね」

「そうさ、お前よりはな」

「小さいときからですか？」

「違います。悪かったわね」

「いえ、褒めているのですよ。しかし、一言いうならば、この状況はですね、単なる作戦勝ちというか、罠《わな》に塡めた結果のような状態だと評価できませんか？」

「知ったことか、そんなの。頭の差だよ。力がない分、頭で勝負なの」

「力あると思いますよ」

「もうさ、可哀相で殴る気も失《う》せたよな」佳那は舌打ちした。「あぁあ、さっぱりせんなぁ……。誤解しないでほしいんだけれど、全然駄目だからね。問・題・外。今日は帰って寝てなさい」

「今から、窪居さんを押し倒しても、駄目ですか？」

「へえ、やってみたら？　できる？　自分の状況わかってる？　後ろ手に縛られたまま夜道を帰るのよ。襲われるなよ。可哀相だけれど、絶対に紐《ひも》は解《ほど》かないからね。なにを言ってもきかない」

鼻をふんと鳴らして、佳那は微笑む。

「コーヒー、飲めませんでしたね」水谷がそこで微笑んだ。

「え?」

「飲ませてくれるって……」

「また今度」

「大人しくしていますから、解いてもらえませんか?」

「そんな手に乗るか」

しかし、水谷はいつもの薄ら笑いを浮かべている。

こいつ、何を笑っているのだ、と佳那は不思議に思った。

そのときだった。

61

真っ暗になった。

突然だ。

「あれ?」思わずあたりを見回す。しかし当然ながら、なにも見えない。「停電?」

停電だ。それ以外にない。

窓の外に、僅かな明かり。どこかの常夜灯の光だろうか。

既に目の前の水谷の顔も見えない。

台風でもないのに停電? 工事だろうか。そんな予告があったっけ。

どうしよう。

自分は、水谷を押さえつけている。彼の躰に乗っている。しばらく、このまま待つしかない。そのうち電気もつくだろう。

「どうします?」水谷の冷静な声。

「どうもできないだろ?」

「ブレーカが飛んだんじゃないですか?」

「ブレーカ?」

佳那は考える。飛ぶような理由がない。まだ炬燵《こたつ》もファンヒータも使っていない。特に新しく機器を接続したり、スイッチをつけたわけでも……。

「あ! コーヒーメーカ?」

声は聞こえなかったが、水谷の躰が微妙に振動している。笑っているのではないか。

「え、もしかして、お前のせい?」

「論理的に考えて、それ以外の結論は導けないのではないでしょうか?」

「なんだとう……、何をしたの?」

「まあ、簡単なタイマ回路を組み込んで、ショートをさせたというか、過電流が流れるようにしたというか」

「どこまでも、馬鹿な奴」佳那はしかし、笑えてきた。「そうか……、そこまで考えてきたとは、うん、なかなか見上げた根性だ」

彼女がそう言ったとき、躰が持ち上がった。

暗闇の中、突然、摑みかかられた。

声も出ない。

それは誇張である。

「ちょ、ちょっと」くらいの声は出たかもしれない。

あっという間に、押されて後方へ。

ソファの反対側の肘掛《ひじか》けが肩につく。背もたれに後頭部が。

状況がわからない。

しかし、顔の下に相手の髪の毛が。

腕が動かせない。

取りつかれているのだ。

抱きつかれているのだ。

何をした？

「こら、待て！」

「待ちません」すぐ近くで水谷の声。

水谷に押さえつけられている。

何故だ？

手を縛ってあったはずなのに。

彼の両手は、佳那の躰を腕ごと拘束している。しっかり抱え込んでいる状態。押し倒されている状況だ。

「待って、ちょっと。ごめん、こういうのは、駄目」

「そんな我が儘《わがまま》は困ります」

「我が儘っていうか？」

「押し倒してみろって、言ったじゃないですか」

「いや、言ったけどぉ……。えっと、わ、わかった。今日は、水谷君の勝ち。負けました」

「ゲームじゃありません」

躰をぐっと引き込まれる。

ソファの上に仰向けになった。水谷は相変わらずぴったり抱きついたまま。体重がかかり、体温も伝わってくる。

「あ、あのさ、えっと……。お願いだから」
じっと動かない。
水谷は動かなくなった。
どきどきどき。
どっちの鼓動だろう？
自分か、それとも彼か。
躰の微動が続いている。
熱も全身に広がる。
そのまま二分くらい時間が流れた。
目が慣れてきて、部屋の様子が多少見えるようになる。
水谷の頭が目の前に。
彼女の胸に顔を埋めているのだ。
彼の息のせいか。
胸が熱い。
心臓が熱い。
「ねえ、どうするの？」佳那は囁いた。
でも、反応なし。

水谷は動かない。
「水谷君？」
そのまま。
沈黙。
鼓動の音が聞こえてきそうだった。
静かな時間。
静かな暗闇。
でも、躰の中、血流は速い。
脈動する。
密着している他人の躰。
なにも考えられなかった。
えっと……、えっと……、という言葉が、
頭の電光掲示板で繰り返されている。
壊れたみたいだ。
痺《しび》れているかもしれない。
感覚がなくなってきた。
躰が宙に浮かんでいるみたいな。

ぼんやりと目の前が明るくなったような。
宇宙？
命綱が切れてしまって、宇宙船から遠ざかる二人。
ここにいるのは二人だけ。
お互いの呼吸と、鼓動と、
体温と、体臭と、
接触圧と、接触感と、
宇宙服さえなければ、もっと近づけるのに。
わからない。
どうなってしまうのだろう。
どこまで、飛んでいくのだろう。
ふわふわ。
どきどき。
気持ちが良いかも。
少なくとも、
とりあえず、
今は、

現状は、
素敵な、
どきどき。
もし、今、
手を離したら、きっと、
もう二度と、摑めない、
そんな気がした。
今だけ……。
「お願い、手を離して」彼女は優しく言った。
彼女の躰を拘束していたものが、ゆっくりと力を緩め。
一部が軽くなり。
心地の良い圧力だけが、彼女の胸に残留。
佳那は背中にあった自分の腕を持ち上げる。
その手で、彼の頭を探した。
彼を両手で触れる。
撫《な》でてやった。

その頭が持ち上がり。
彼女の顔へ近づいてくる。
「すいません」水谷が囁いた。「ごめんなさい」
馬鹿な奴。
本当に……。
佳那の目から涙がこぼれ始める。
躰がぶるぶると震えた。
「怒っていますか？」水谷がきいた。
馬鹿！
どこまで馬鹿なんだろう。
黙っていた。
彼の背中へ手を回して抱きつき。
どきどき。
引き寄せる。
どきどき。
でも、素敵だ。
良かったかも。

うん。
涙がこぼれていく。
どこかへ落ちていく。
放っておこう。
すべて、放っておこう。
彼の頭が近づいた。
やっと気づいたか。
馬鹿な奴。
違うな……。
やっと気づいたのは、私か。
馬鹿なんだから。
本当に……。
彼の口が、軽く、佳那の唇に触れた。
力が強くなる。
どちらの力だろう?
彼か、それとも、自分か。
溜息のような声が、漏れた。

誰の声だろう？

彼か、それとも、自分か。

どきどき。

どきどき。

62

狭苦しい乗りものの中。隣に座っているのは男。飛行機みたいである。ああ、いつもの夢だ、と思った。小さな窓が眩しい。彼はとんがり帽子を被っている。考えてみたら、インド人ではない。魔法使いの帽子だと気づく。その彼が顔を近づけて、不思議な言葉を口にした。

「佳那さん、愛しています」

許してやった。

しかたがない。

ファーストネームを呼ぶことくらい、許してやろう。

そもそも、どうして許せなかったのか？

なにか理由があったはずなのに……、思い出せない。

もう、起きなくては。

夢はもうお終い。

窪居佳那は目を覚ました。朝である。窓が眩しい。ベッドの上にいる。端っこだった。落ちそうだ。でも、乗っているのは上等である。

ベッドの隣に、彼が寝ていた。

それを見て、彼女はくすくすと笑えてくる。現実の朝か。変な朝なのに。彼の顔は見えない。腕が見えた。手首にビニル紐が残っていた。佳那が縛った紐だ。

彼女は、手を伸ばし、その紐を取ってやることにした。

そっと彼の手を持ち上げ、紐を解いた。

紐の端は焦げている。熱で溶けて、それが彼の肌に付着していた。火傷《やけど》したのではないか。なにか薬があったかしら。彼女は考える。あのとき、佳那がキッチンへコーヒーメーカをセットしにいったとき、水谷はテーブルの上にあった彼女のライタを手に摑んだ。それで手首のビニル紐を溶かし切ったのだ。

なんという臨機応変。頭の回転の速さ。

完敗だ。

負けて良かった。

そう思うと、また笑いが込み上げてくる。でも、彼を起こさないよう、噛み締めた。

ゆっくりと深呼吸。
そっとベッドから離れ、バスルームへ。
顔を洗い、鏡を見る。
メガネがないから、ぼんやりとしか見えなかった。
べつに、変わったところはなさそうだ。
こんなに変わったのに、見かけは同じなのだな、人間ってやつは。
バスルームから出て、初めてウサギの時計を見る。
「わ、こんな時間？」
いつもより二時間遅かった。
ベッドには動かない彼。
死体みたいだ。
メガネを探す。ソファの近くで見つかった。
少しだけ片づける。
でも、億劫《おっくう》。
電話のメロディが鳴った。彼女はテーブルの携帯電話を手に取り、再びバスルームへ。
「悪い、寝坊をしてしまってね」父の声を聞く。
「ああ、私もよ」

「頭は洗ったかね？」

「まだ。これから」

「えらく、ゆっくりだな」

佳那は欠伸《あくび》をした。

「ごめんなさい」

「体調が悪いのかね？」

「いえ、全然。絶好調だよ。あ、父さん、今度ね、男性用のシャンプーも送ってくれない？」

「え？　何故だ？」

「いや、ちょっと、洗ってやりたい頭があるもんだから」

解説

多部未華子（女優）

撮影の待ち時間に、よく本を読んでいます。キャラクタに感情移入はあまりしないほうですね。役作りの参考に、みたいなことも特に考えていません。日常と違う世界にいける感覚が、ただ、いいんです。

いま、携帯やゲーム機でも小説が簡単に読めますけれど、個人的にはそういう読み方って、あまりピンと来ないですね。本のかたちで読むからいいんだ、と思っています。どうしてかな……こういう紙の束のなかに物語が入っていて、それだけで完結していることとか、ページをめくり、読み進むにつれて、少しずつお話が〝減っていく〟感触が好きなんじゃないかという気がします。

ミステリィは普段あまり読まないので、森博嗣さんの作品には、この本で初めて出会いました。理系の人たちが主人公ということもあって、最初は「自分の分野にない感じの小説かなあ」と思ったりもしましたが、読み始めたら、とても楽しかったんです。

主人公の佳那は……ひとことで言うと面倒くさい女の子です（笑）。ものすごく独特にいろんなことを考えちゃっているし、かと思うと暴走したり……酔っぱらって公園の犬を盗んだり、招待状をねつ造して好きな人をおびき出すとか、ありえないですよね。どきどきするのはこっちだ！　と言いたいです（笑）。でも、性格はきっぱりしていて裏表がないから、友だちとしては魅力的かもしれません。毎朝のシャンプーにすごくこだわっていたりもして、独特のお洒落《しゃれ》さんという気がします。普段はもさっとしてそうなのに、好きな人に会うために、とっておきのスカートを穿《は》いて、急いでるのに自転車に乗れない、なんてエピソード、とても可愛いくて好きです。

自分と佳那は、全然似てないと思うんだけど……あっ、でも考えてみたら私も面倒くさい人かもしれません。はっきりしているところとしていないところがあって、その区切りというか、法則性が謎。どうなってるんだ、と自分に突っ込むことが多々あります。それに、他人にとってはどうでもいいところにこだわったり、ふだん冷めているくせに、いきなりやる気になって熱く行動したり……思い出してるうちに似ているような気がしてきました……（笑）。そういう、自分っていうものの、面倒くささや謎加減は、この作品のテーマなのかもしれないですね。

佳那の周りにいる、ちょっとずつ妙な人たちの行動も面白いです。武蔵坊はイカツイけど妙に可愛げもあって、そばにいたら便利そう（重いものをいつも持ってもらったり。用心棒にも最適！）。相澤先生はダンディだけど得体が知れないし、研究室の水谷くん、登場したときは人形オタクでぼそぼそ喋《しゃべ》ってて、変、というかはっきり言って気持ち悪い存在感なんですが（笑）、最後のほうでは……あ、詳しく書くとネタバレになっちゃうんですね。じゃ、お楽しみに、とだけ言っておきましょう。

私自身の「どきどき」ですか？　実はあまりどきどきしないほうなんです。緊張したり、失敗してしまったと思ってもわりと自分を抑えられるほうだし。佳那が信じられないやら、羨《うらや》ましいやら、という感じです。でも、この作品に出てくるような人たちが周りにいたら、いつもどきどきしているような気がします。そんなことしてどうするの！　どうなるの？って……気が休まらないけれど楽しいかもしれませんね。……今思ったんですけれど、私がいちばんどきどきするのは、本を読んでいるときなんじゃないでしょうか。この小説にも、たくさん楽しい「どきどき」をもらいました。佳那はいつも、普通の人がやらない変な策略をいろいろとめぐらすんだけど、それがバレやしないかとか、バレたらどうなるのかとか、佳那はいったい誰が好きなのかとか、みんな佳那のことを好きみたいだけど行動がどうも読めないとか、そもそも全員何を考えてるのか、とか……そういう「どきどき」に引っ張られて一気に読んでしまいました。主人公は面倒くさい性格だけど、お話は全然面倒くさくありません（笑）。むしろ、すごく面白い。私みたいに、読んでいる自分に関してもいろいろ考えさせられたり、新発見があったりするかもしれませんよ。おすすめします！

（談）

本書は二〇〇五年四月、小社より刊行された単行本を文庫化したものです。